# 誰說世子紈袴啊

4

完

風文創 696

暮月 著

# 目錄

# 第三十一章

沈昕顏一個箭步走到床邊，握著大長公主亂揮舞著的手。

還來不及說話，認出她的大長公主便急著問：「霖哥兒呢？霖哥兒回來了沒有？妳快讓他進來！」

「母親，他已經在回來的路上了，只是路途遙遠，暫時還沒能回到府裡，母親您先安心養好身子，等您病好了，霖哥兒也就回來了。」沈昕顏的手被她抓得老疼，可臉上卻半分也不顯，柔聲安慰著。

「真的？妳不騙我？他真的在回來的路上了？」大長公主緊緊地盯著她，蒼白而憔悴的臉上盡是懷疑。

「是的，我沒有騙您。蘊福都已經去接他了，若是您不相信，我把盈兒叫來，您細問問她可好？」沈昕顏的聲音越發柔和，耐心地哄著。

「祖母，娘說的是對的，蘊福前些日便去接哥哥了，這會兒必已經在回來的路上，您一定要養好身子，若是哥哥回來見您這般模樣，心裡一定難受極了。」魏盈芷不知什麼時候走了進來。

周莞寧怔怔地看著這對母女神情自然地哄騙著，彷彿一夜之間老了好幾歲的大長公主，久久說不出話來。

夢中的記憶雖然不是很完整，可她還是記得成婚後，大長公主從來沒有正眼瞧過她，雖不至於苛待，但言行舉止間的無視卻更叫人難堪。

所幸的是，她的夫君一直站在她這一邊，不管發生什麼事，對她的柔情由始至終都不曾變過。她想，今生今世她都再找不到一個似他那般待自己好的人了。

而半年之後，大長公主故去……

恍恍惚惚地從屋裡走出來，突然，迎面便見沈昕顏身邊的侍女春柳，領著一名女子步伐匆匆地朝這邊而來。她定睛一看，認出那女子是沈慧然，心口一緊。

這個沈慧然才是上輩子婆婆心裡的最佳兒媳婦人選，甚至大長公主對她的讚譽也比自己這個名正言順的嫡長孫媳要多。若不是因為夫君心裡始終沒有她，只怕上輩子也輪不到自己來坐那個國公夫人的位置。

後來魏盈芷意外身死，沈慧然懸梁自盡而亡，婆母病逝於家廟當中。再後來呢？雖然沒有夢到接下來之事，不過她想，以夫君對她的情意，想來他們會一輩子和和美美、恩愛一生，白頭到老吧！

滿府之人來來往往，步履匆匆，誰也沒有留意她，偶爾有得臉的婆子高聲將夫人或四姑奶奶的吩咐傳下來，自有下人應聲領命而去。

原來這輩子國公府裡當家的是沈昕顏，不是長房裡的方氏了嗎？周莞寧輕咬著唇瓣，又見一名三、四歲的孩童一路往大長公主院裡方向跑去，他身後的奶嬤嬤急得直喚「小公子慢些、小公子慢些」。

她更加澀然，心裡滿不是滋味。

這個上輩子根本不存在的孩子，難道是上天這輩子補償給她曾經的「婆婆」的？

她也不知道自己是怎麼走出去的，待她回轉過來，便見她這輩子的夫君三皇子臉帶焦急，當視線對上她的時候，臉上陡然浮現驚喜。

「妳去哪裡了？讓我好找。」三皇子鬆了口氣，伸手過來牽她。

她下意識地想要避開他的觸碰，可最終卻還是一動也不動地站著，任由那隻大手牽上她的。

「去瞧了瞧大長公主。」她輕聲道。

「姑祖母身子怎樣？可好了些？」三皇子關心地問。

「瞧著像是不大好……」

若是沿著上輩子的軌跡，再過不了幾個月，大長公主便會逝去了……

魏雋航近來忙得焦頭爛額，派出去尋找長子下落之人一批又一批，可始終沒能得到長子的下落，每每對上母親及夫人期盼的眼神，他便覺得心裡一陣陣抽痛，教他半天說不出話。

再隔得半月，戎狄人突然起兵南下，接連攻破兩座城池，消息傳回來，朝野震驚。

西延匪亂未平，戎狄人又起兵侵犯，如今的大楚朝，內憂外患，人心惶惶。

為著派何人領兵抵禦戎狄人，朝臣們爆發了激烈的爭論。幾經考慮之後，元佑帝降下旨意，著慕容大將軍與英國公魏雋航領兵。

「夫人不必擔心，旨意雖是這般說，但領兵作戰這等事還是歸慕容大將軍，我不過是擔著將軍的虛名而已。」見沈昕顏得到旨意後憂心忡忡，完全放心不下自己，魏雋航連忙安慰道。

事實上，他名為帶兵，實則另有差事。

西延匪亂、戎狄南下，這兩樁事著實太過於巧合。戎狄來勢洶洶，可大楚朝的將領也不是那等白吃飯的，如何會讓他們一下子便攻下兩座城池？這當中必有些古怪之處。

再加上不久前探得誠王世子曾經現身戎狄，元佑帝便懷疑此連番事端必是誠王世子的陰謀，故而才會借領兵出征之機，讓魏雋航前去探個分明。

沈昕顏勉強壓著內心的憂慮，親自替他收拾了行囊。

魏雋航按住她忙碌的雙手，拉著她在身邊坐下，略思忖片刻，道：「我此去，只怕短期內回不來，母親與府裡諸事便託付於妳了。」

「你放心，我知道該怎麼做。」沈昕顏點點頭，啞聲應下。

「若是妳忙不過來，便讓盈兒多回來陪陪妳。」魏雋航不放心地又叮囑道。

沈昕顏搖搖頭。「這倒不必。雖說蘊福如今不在府中，可她也是忠義侯府的主母，府裡之事並不會少，她如何能完全脫得開身？」夫妻二人不捨地在各自叮囑，片刻，沈昕顏想到一事，忙問：「此回，慕容小將軍慕容滔可也在軍中？」

魏雋航點頭。「他是慕容將軍之子，自然也會同去。」

是嗎？慕容滔也會去啊！

不知為什麼，沈昕顏總是覺得放心不下，對慕容滔並不信任，畢竟上輩子為了得到周莞寧，他連「假扮逆賊、實為擄人」之事都做得出來。

「慕容將軍倒也罷了，只是這慕容滔，我卻是放心不下。不管怎樣，此次你去，對此人不可不提防。」她終究不放心，正色地道。

魏雋航不解她為何會有這樣的想法？雖說慕容滔曾與長子有些衝突，但不至於在家國大事上犯糊塗。不過見她這般鄭重地叮囑自己，他不欲她擔心，遂頷首應下。「夫人放心，妳說的我都記下了。」

數日之後，繼送走了蘊福，沈昕顏再度送走了夫君。看著一身戎裝的魏雋航在大長公主床前磕了幾個響頭，而後陡然起身離開，走到她的身邊時腳步微頓，可最終還是一句話也沒有說，大步走了出去。

沈昕顏下意識想要去追，邁出半步後便停了下來，含淚看著他的身影漸行漸遠，最終徹底消失在視線內。

魏雋航離開後，沈昕顏便開始閉門謝客，一心一意照顧著大長公主，打理著家事，旁的再也不理會。

大長公主的病一日差似一日，到後面，已經慢慢由不停地問魏承霖，變成了問他們父子倆何時歸來。

沈昕顏唯有一再哄她。「母親放心，國公爺這是去接霖哥兒了呢！戎狄南下攻城，霖哥兒的行程被耽擱，國公爺放心不下，便親自去接他回來見您了。」

大長公主也不知有沒有聽明白她的話，怔怔地望著她，突然，臉上露出一個歡喜的笑容。「對了，戎狄人南下，國公爺領兵出征，雋霆與雋航兄弟倆也跟著，妳不要怕，這戎狄人翻不出什麼風浪，只要國公爺父子三人一去，很快便可以把他們給趕跑了。妳安心在府裡養胎，這回給玉兒和敏兒她們姊倆添個弟弟；若是覺著無聊，我讓沈氏去陪妳說說話。」

沈昕顏怔往了，好一會兒才反應過來。大長公主她……是將自己當成了方氏？

緊接著，她又聽大長公主歡歡喜喜地道——

「待雋霆回來，得知自己又再度當了爹，必定高興極了！打仗親兄弟，上陣父子兵，到時雋霆、雋航各自帶著自己的小子上戰場，將那些可惡的戎狄人全部趕出關外！」

「母、母親，您、您可認得我是誰？」她再也忍不住，小聲地試探著問。

「妳這是怎麼了？雋航剛走便糊塗了不成？」大長公主滿臉狐疑，隨即，嘆了口氣，拍拍她的手背，表情帶著幾分憐惜。「妳剛進門，想來一時不習慣，雋航他便是再不中用，可他到底是魏氏子弟，必要以國家大義、百姓蒼生為任，此次與他父兄前去，待他日凱旋，妳這身為妻子的也臉上有光啊！」

沈昕顏被她這番話弄得更加糊塗了，可有一點卻已經確定，那便是大長公主的記憶出現了問題！

她心中大響著警鈴，不安至極，反手握著大長公主的，顫著聲音順著她的話道：「母親放心，兒媳都記在心上了。」

大長公主滿意地點了點頭。「這才對了！」

沈昕顏勉強勾了個笑容，放低聲音又道：「母親今日起得早了些，想必這會兒也睏了，不如讓兒媳先侍候您歇息一陣子？」

大長公主想了想，又再溫順地點頭。「如此也好，待我略睡一會兒，再去瞧瞧霖哥兒。這孩子，昨日便鬧著要吃祖母屋裡的紅棗糕。」

「好、好，等您睡醒了，我便讓人把霖哥兒帶過來。」沈昕顏的聲音顫得更厲害。

大長公主耷拉著眼皮「嗯」了一聲。

沈昕顏連忙侍候她躺好，替她輕輕掖了掖被角，見她很快合上眼眸，不過一會兒的工夫便睡了過去，這才輕吁口氣，放輕腳步走了出去，壓低聲音吩咐紫煙。「立刻去請太醫！」

紫煙見她臉色凝重，不敢耽擱，急急忙忙便去了。

太醫診斷過後，長嘆一口氣。「殿下的情況比早前更嚴重些，只怕……」

沈昕顏心口一緊。「母親這不過是心病，若是心病得解便會無恙了吧？怎如今卻、卻有些糊塗了呢？」

「殿下終究上了年紀，這病哪會說患就患、說好便好？此回心神俱傷，終究有礙壽數。」

太醫隨後又說了一大堆專業上的話，沈昕顏的腦子卻是一片空白，再也聽不到。

待太醫離開後，她怔怔地坐在床沿，看著沈睡中的大長公主，不知不覺間，淚水緩緩滑落。

這些年，她可以迅速地將府裡之事掌起來，離不開大長公主的支持與教導；雖然大長公主仍是那個不容任何人反駁的大長公主，可待她也確是相當不錯。

她不能否認，曾經她對大長公主也是有怨的，怨她行事有失偏頗，怨她處事過於強勢，但此時此刻，在她擔心著生死不明的長子、奔赴戰場的夫君時，還有大長公主在自己身邊，憂著她所憂，念著她所念。

「夫人，您也忙了一日，不如回去先歇息片刻吧？這裡交給明霜姊姊她們便可以了。」紫煙上前來，小聲勸道。

沈昕顏垂眸，緩緩搖了搖頭。「不必了，我並不覺著累，妳們去忙妳們的吧，這裡有我便行了。」這般時候，她又哪裡睡得著？事實上，這幾日只要她一閉上眼睛，便會想到長子滿身血污的不好畫面。「四姑爺那裡可有信回來了？」她低聲問。

「方才四姑奶奶派人回過府裡，並不曾提到，想來還沒有。」

沈昕顏沈默。

紫煙見她執意留下照看大長公主，也不好再勸，輕手輕腳地退了出去。她剛走到門外，便見春柳滿臉笑容地走了過來，頓時有些意外，忙迎了上去。「姊姊難不成有了好事，怎的這般高興？」

「確是有件大喜事！」春柳按捺不住臉上的笑容，卻又故作神秘地道：「不過這會兒先不告訴妳，我要讓夫人第一個知道！」

紫煙一怔，春柳已經從她身邊走過，步履輕快地往屋裡走去。

沈昕顏正輕輕將大長公主從被子裡伸了出來的手放回去，春柳便已笑盈盈地走到了她的身邊。

春柳壓低聲音道：「夫人大喜、夫人大喜！」

大喜？沈昕顏疑惑地回望她，隨即眼眸一亮。難不成是長子有下落了？「可是霖哥兒找著了?!」她急得揪住了春柳的衣袖。

「霖哥兒、霖哥兒回來了?!」

也不知是沈昕顏的聲音略高了些，還是大長公主本就睡得極淺，她的話音剛落，身後便傳來了大長公主驚喜的話。

春柳怔了怔，看著這段日子以來難露半個笑容的婆媳倆，這會兒臉上盡是期盼，不知為何，竟有些不敢直視，連那個好消息，一時之間也不知該不該說了？

「妳倒是快說呀，真真急死人了！」沈昕顏見她只是呆呆地站著不發一言，頓時就急了，連忙催促。

「別催她、別催她！妳慢慢說，是不是霖哥兒回來了？」大長公主連忙制止沈昕顏，只是眸中的光比沈昕顏的更要亮上幾分。

春柳遲疑了一會兒，終是緩緩地道：「不、不是世子的消息，是關於四姑奶奶的，方才大夫診出，四姑奶奶有喜了！」

此話剛說完，她便見那對婆媳臉上同時露出失望的神情，只不過須臾的工夫便又綻開了笑容，異口同聲地道——

「好好好，這可真真是大喜事！」

春柳終於也鬆了口氣。

雖然還是沒有長子的消息，可女兒有孕也是一件天大的喜事，將縈繞府裡多日的憂慮、沈悶驅散了不少，便是大長公主的氣色也是瞬間好看了些。

「有孕了好、有孕了好！沈氏，妳快準備些孕婦用得著的東西送到侯府去！不行不行，蘊福不在，她一個人在府裡如何放心？妳親自去把她接回來小住一陣子，宮裡頭瑞貴妃那裡，由我去說。」大長公主撐起精神吩咐。

沈昕顏又哪有不肯之理？說實話，她也不放心女兒一個人留在侯府。急急走出幾步，她突然又停了下來，轉過身來定定地望著容光煥發的大長公主，雙眉不知不覺間便蹙了起來。

「妳還愣在那兒做什麼？快去呀！」大長公主見她站著也不動，皺眉催促道。

「喔，好、好，我這便去。不過，母親，貴妃娘娘那裡還是由兒媳去說吧，出宮之後，兒媳再順道將盈兒接回來，到時您可要好生跟她說說有哪些要注意之處。母親也知道那丫頭的性子，也只有母親您的話，她絲毫不敢違背。」

大長公主想了想便應下了。「如此也好，我到底比妳多些經驗。」

見她同意，沈昕顏便又吩咐人準備車駕進宮。

宮裡頭的瑞貴妃得知這個消息也是大喜，聽聞她想要將魏盈芷接回府裡親自照顧一陣子，又哪有不肯之理？

姪兒不在府裡，侯府又沒有長輩在，她也放心不下剛剛有孕的姪媳婦，本還考慮著要不要將她接進宮裡來親自照看一陣子，可轉念一想，便又打消了這個念頭。

如今的宮裡哪是什麼能安心靜養的地方！

沈昕顏見她應得乾脆，又賜下許多孕婦所需之物，心中自是萬般感激。辭別了她，就打算出宮往侯府接女兒。

跟著引路的宮女走出一段距離，剛坐上出宮的軟轎，忽聽轎外一陣又一陣急促的腳步聲，下一刻，像是有人在轎外說了什麼話，引得帶她離宮的宮女一聲震驚的低呼。

她心中發緊，下意識地揪緊了手上的帕子，臉上也微微發白。

若是她沒有聽錯的話，方才外面似是有人說「陛下在金殿上突然昏倒」。

在這個內憂外患的節骨眼上，她不敢想像，若是元佑帝出了什麼事，會給朝局、給國公府，甚至給她奔赴戰場的夫君與生死不明的長子帶來什麼。

剛剛得了一件喜訊，轉頭間元佑帝便出事，瑞貴妃一顆心都提到了嗓子眼。

「都愣在這兒做什麼！太醫呢？」她怒聲喝問。

「太醫來了、太醫來了！」宮女急急忙忙引著太醫進來。

沈昕顏憂心忡忡地出了宮，先是到了忠義侯府，見得到通報後早早便候著的魏盈芷，頓時將心中憂慮暫且放置一邊，拉著她的手不贊同地道：「都是有身子之人了，怎的還站在這風口處？一點兒也不會照顧自己，妳這樣，叫蘊福如何放心得下？」

「我這不是聽說娘要過來了，心裡一時著急嗎？」魏盈芷抱著她的手臂，撒嬌地道。

沈昕顏沒好氣地在她額上戳了戳。「連自己都尚且照顧不好，將來如何照顧孩子？」

魏盈芷衝她討好地直笑，母女二人相攜著進了屋，自有伶俐的丫頭奉上香茶。

「娘已經跟貴妃娘娘說過了，暫且將妳接回國公府住一陣子，妳命人收拾收拾，咱們得在晚膳前回去，妳祖母那裡離不得人。」沈昕顏道明來意。

魏盈芷也早有這個念頭了，這個孩子畢竟是她與蘊福的第一個孩子，她自是不敢有半點輕忽，可若論這個時候什麼人才能讓她全身心信賴，也只有她的祖母與娘親了。

「夫人，這是下個月的單子。」母女倆正說著話，有位婆子便拿著單子走了進來，將它呈到魏盈芷跟前。

魏盈芷接過，大略掃了一眼便扔到一旁的圓桌上。「第五項開銷錯了，回去重新算清楚了再來支取。」

那婆子不敢有二話，垂著頭應了聲「是」，取過那單子急急地退了出去。

「倒是越發有當家主母的模樣了。」沈昕顏欣慰地道。

「娘慣會取笑人，若不是她們貪得太過，我也不會這般計較。雖說水至清則無魚，可若這水太濁了，那魚還能活得成嗎？」魏盈芷頗有幾分不以為然。

「只是妳也不能萬事都抓在自己手上，得培養幾個信得過之人，也好分擔分擔，否則還不把自己給累死嗎？」沈昕顏道。

「我也是這般想著，心裡也有了人選，只如今還在慢慢觀察著。」

「妳心裡有主意便好。」沈昕顏總算是放了心。

母女倆說話間，侍女便將魏盈芷所需一應之物都收拾妥當了。

魏盈芷又喚來府裡的管事嬤嬤和外院的管家，將府裡諸事都交代妥當了，這才與沈昕顏出了門，坐上馬車往國公府去。

母女二人回了府，逕自便到了大長公主處，見大長公主正靠著軟榻，認真地聽著魏承祥的童言童語，不時伸出手去輕撫著小傢伙的腦袋瓜子，滿臉欣慰。
「祖母的霖哥兒真是個聰明孩子。」
「祖母，我不是霖哥兒，我是祥哥兒！」魏承祥奶聲奶氣地糾正她。
「祥哥兒？」大長公主明顯愣了一下，微眯著雙眸仔細打量鼓著腮幫子的小傢伙，良久，才一副恍然大悟的模樣。「是祖母記錯了，這是祥哥兒，祖母的小心肝祥哥兒！」
「祥小心肝」一聽，立即便笑得眉眼彎彎，好不歡喜。
「娘，祖母她……」魏盈芷心口一跳，下意識地望向沈昕顏。
沈昕顏嘆息著搖了搖頭，低聲道：「過會兒再與妳說。」

大長公主的情況時好時壞，壞的時候連人都認不出，好的時候又還是那個精明強勢的大長公主，沈昕顏越發憂慮。
另外，宮裡已經傳出了消息，只道陛下龍體抱恙，暫且將朝政交由太子掌理。
朝臣們倒也不至於太過驚奇，畢竟這幾年太子已經漸漸開始參與政事，元佑帝離宮前往避暑山莊時，朝政之事也是悉數交給了太子。
只是，沈昕顏始終覺得心中不安，彷彿如今這一切不過是暴風雨到來之前的片刻平靜。
再過得數日，漸漸被世人遺忘的周皇后突然復寵，往日如同冷宮一般的鳳坤宮再度熱鬧了起來。

沈昕顏大驚失色。自來後宮爭寵便是此消彼長，周皇后若是復寵，那便說明瑞貴妃將要失寵了！

「夫人，周五夫人又來了，說是想探望病中的姊姊。」紫煙進來稟報。

沈昕顏抿抿雙唇，略想了想，吩咐道：「帶她去吧，只是不可掉以輕心。」

紫煙點頭。「我明白。」

事實上，方碧蓉近來隔三差五便上門來，不是打著探望大長公主的名頭，便是打著思念病中長姊的旗號。沈昕顏斟酌著，五回裡也會有那麼一回如她所願。

畢竟對外，方氏只是抱病靜養，方碧蓉身為她的嫡親妹妹，上門探望親姊著實是再尋常不過，自己確是不便將對方拒之於門外。

可是，對方碧蓉，她始終保持著戒心，雖然准她到方氏那裡去，但是也一直讓下人緊盯著她們姊妹倆。至少，目前她還猜不透方碧蓉打的主意。

魏雋航與魏承霖不在府中，魏承釗、魏承越與魏承騏幾個，雖然也陸陸續續有了差事，但到底還沒有達到可以接觸到宮裡事的地步。

對元佑帝的突然抱恙、周皇后的突然復寵，她始終相當在意，怎麼也無法放下心來。瑞貴妃也不知出於何故，已經接連駁了兩回她進宮請安的帖子。

而大長公主這般情況，她也不敢再以這種事打擾她。

也不知怎的，一張臉龐在她腦子裡浮現，她靈光一現，一拍腦門。

對呀，怎的把他給忘了！

喬六公子滿臉失望地從店裡出來，望望熙熙攘攘的大街，路上行人絡繹不絕，偶有淘氣的孩童從他身邊追逐而過，可他想要見的那個人卻始終尋不著蹤跡。

他頭疼地揉揉額角。果真不愧是殺伐果斷的許大當家，說不會再見就真的不會再見，這輩子他也算是踢到鐵板，認栽了！

「喬六老爺。」

忽聽身後有人在喚自己，他回身一望，見是一個陌生的、作小廝打扮的年輕男子。

「喬六老爺，我家夫人有幾句話想請教請教您。」

他皺皺眉，正想拒絕，突然便見對方腰間別著的一塊玉牌，心思一動，頷首應下。「煩請前面帶路。」

跟著對方七拐八彎地到了一間頗為熟悉的雜貨鋪，他心中的猜測又再確定了幾分，直到那個人引著他進了後堂，他已經可以確定要見自己的是什麼人了。

「嫂夫人！」果不其然，進了屋便見沈昕顏坐在裡面等著自己。

「喬六老爺！」沈昕顏客氣地迎上前來。

身為魏雋航的妻子，又因著許素敏的關係與自己成了生意合夥人，喬六公子對沈昕顏並不陌生，但也想不到對方主動來尋自己所為何事。

不過都不要緊，正好他也有話想問一問她。

「不知嫂夫人最近可曾見過許當家？」落了坐後，他忙不迭地問。

「大約一個月前曾見過她一回，不過她說有事要離開京城一陣子，短期內不會回來。」

「她可有說因了何事離開？大約何時會回來？」喬六公子不死心地追問。

「倒不曾說因了何事，只說短則一年，長則兩年自會回來。」沈昕顏以為他有急事尋許素敏，故而並沒有瞞他，如實回答。

喬六公子的濃眉皺了起來，想了想還是不肯死心。「那她可說去了何處？」

「這倒不曾說過。」

雖說這答案在意料當中，但真的聽到，他還是抑制不住滿臉的失望。

他稍整理一下心情後，迎著沈昕顏的視線問道：「不知嫂夫人請喬六前來有何事相詢？夫人請直說便是，喬六知無不言。」

「陛下之病並非明面上那般簡單吧？皇后娘娘的復寵也別有深意，可是這般？」沈昕顏將困擾她多日的疑問道來。

喬六公子臉色一變，下意識地想要否認，可一想到對方的身分，猶豫了一會兒，終是點點頭。「嫂夫人猜測的一點都不錯。」頓了頓，又輕聲提醒道：「夫人也不必過於擔心，還如早前一般閉門謝客便可。宮裡頭，若無十分要緊之事，也莫要再輕易進去。只待魏二哥回來，一切便雨過天青了。」見沈昕顏張張嘴像是還要再問，他連忙打斷她。「我能說的也只有這般多，如今局勢未明，嫂夫人只安心留在府中，把府裡的一切打點好即可，其餘的，妳縱是有心，怕也是無力。」

沈昕顏見他不肯再說，也知道自己是再問不出什麼來，一時有些失望，不過此行也並非毫無收穫。至少她知道了，宮裡已然生變，並且形勢不樂觀。

瑞貴妃不肯見自己，只怕也是對國公府的一種保護。

如今她只希望瑞貴妃與太子能將朝局穩住，只要他們穩住了，便相當於給魏雋航與魏承霖提供了最堅強的支援。

自來將帥領兵在外，最怕的大抵便是後方不穩，主上拖了後腿，延誤了戰機吧！

魏雋航雖未必會上陣，但到底也是在軍中，若是出了什麼事，他自然也逃不了。

數日之後，元佑帝病情惡化幾致昏迷不醒的消息，終於在朝堂上傳開了，一時之間，朝臣人心浮動。

不知從何時開始，竟然還傳出了陛下病得蹊蹺，怕是被有心人暗中算計之故。而這個有心人，明裡暗裡指向了「受益者」——太子。

宮裡的周皇后突然降下鳳旨，將瑞貴妃禁足宮中。太子因為維護生母，言語間衝撞了周皇后，頓時，朝野之上便又傳出太子不敬嫡母的話來。

緊接著，朝中陸陸續續多了些對太子不滿的聲音；與此同時，不管出於什麼心思，支持二皇子與三皇子的人也漸漸多了起來。

沈昕顏雖然緊閉府門，但也著人留意著宮中之事，瑞貴妃與太子面臨的危機很快她也知道了，她眉間憂色漸濃。

反應如此迅速，流言擴散如此之快，若說背後沒有有心人推動，她是絕對不會相信的。而背後之人的目的是什麼？想要藉機取太子之位而代之，還是別有目的？

「娘，貴妃娘娘如今在宮裡的情況不妙，我想進宮瞧瞧她。」這些事自然也瞞不過魏盈芷。

沈昕顏搖搖頭。「貴妃娘娘不會見妳的，妳還是安心養胎吧！」

瑞貴妃連她都不肯見，又怎肯讓懷有身孕的魏盈芷進宮去？

魏盈芷也明白這一點，輕咬著唇瓣，片刻，突然道：「周皇后重又得勢，您說什麼人最為得意？」

「自然是周府嫡系。」沈昕顏回答，略頓，她又搖搖頭。「當年周府嫡系對皇后娘娘見死不救，這些年來也是不聞不問，只怕早就寒了皇后娘娘的心，皇后娘娘未必肯再捧著他們，給他們榮耀。」相反的，庶出的周懋卻因為替周皇后求情而被牽連，丟了好官位；再者，周懋可是比周府其他房扶不起的阿斗們能幹多了。

母女二人正低聲討論著，紫煙白著臉，跌跌撞撞地進來。「夫、夫人，大事不好了！」

「有事慢慢說，不必著急！」沈昕顏呼吸一窒，忙道。

「夫人，外頭都傳遍了，抵禦戎狄的大軍失利，接連敗退，都說是國公爺與戎狄人內外勾結，才使慕容將軍的退敵之策回回落空！」

「荒唐，簡直太荒唐！魏氏男兒一心為國，怎會做出這等通敵叛國之事來！」大長公主不知什麼時候拄著枴杖走了出來，剛好聽到她這番話，頓時便氣得渾身顫抖。

沈昕顏擔心她的身體受不了，連忙上前勸道：「母親不必動怒，所謂清者自清，陛下與太子也不會相信這種無稽之談的，咱們切莫自亂陣腳，白給他人增添談資。」

「娘說得對，祖母若是為這種不實之言氣壞了身子，那才是得不償失。」魏盈芷也勸道。

母女倆一左一右地勸著，大長公主的臉色才稍緩，但心裡那股怒火一時半刻還是無法熄滅。

# 第三十二章

大軍失利的消息漸漸傳了出來，戎狄人雖然未能再度攻下一城，但也在漸漸逼近，破城彷彿不過是時間上的問題。

朝堂上再度吵了起來，有說增兵援助慕容將軍的，有說倒不如撤換將領的，也有說慕容將軍戎馬半生，豈會連區區戎狄人都打不過？這當中必有緣故。

既然有人提出疑問，也不知是何人起的頭，箭頭漸漸地就指向了近日京城中那些似真似假的傳言——英國公魏雋航通敵叛國，致使前方戰事接連失利。

太子冷眼旁觀，見他們終於將矛頭直指英國公，登時怒極。

「……通敵叛國，必會留有書信往來之證據，臣以為，必須盡早揪出這害群之馬，將其發落，以慰我天朝戰死沙場將士之英靈！」

「王大人所言甚是。」

「臣附議。」

……

見終於有人提出搜府的主意，甚至附議之人也不在少數，太子不禁怒喝：「荒唐！只為了一些無稽之談便對世代忠良之家搜府，此舉也不怕寒盡了天下人之心！」

自然也有不少人堅定不移地支持著太子，聞言也加入陣列，聲討那些提出搜府的朝臣。

頓時，殿上眾人你一言、我一語，你來我往的好不熱鬧。

有支持搜府的，也有反對的，但也不乏中立保留意見的。

太子強壓著怒氣，看著這混亂的一幕。自從周皇后突然復寵之後，不管是後宮還是前朝，他都感受到了極大的挑戰。而元佑帝的病情加重，近些日已經陷入了昏迷，瑞貴妃在宮中經營多年，周皇后卻占著名分，兩人一時均拿對方無可奈何。

數日之後。

沈昕顏正在侍候大長公主喝藥。這兩日大長公主的精神越發的差，清醒時會一直問著前方戰事、問著魏雋航可有信函歸來。

沈昕顏同樣擔憂著前線的魏雋航。前線傳回來的消息越來越不利，關於英國公通敵的傳言更是愈演愈烈，甚至連魏承霖並沒有死，而是暗中投靠了戎狄人這樣的話都傳了出來。

她覺得，國公府像是被什麼人給盯住了，正有一張黑暗中的大網逐漸張來。

偏偏她一個內宅婦人也想不出什麼行之有效的法子，唯有緊緊遵從魏雋航臨行前的囑咐，將整個國公府看管得水洩不通，甚至還以雷霆手段，從重處罰了幾個在府裡散播不實流言、引得人心惶惶的下人。

這一招殺雞儆猴確實也取得了效果，再沒有人敢碎嘴，蠱惑人心。

「夫人，有官兵來了！」正在此時，春柳白著臉進來，在她耳邊小聲道。

沈昕顏正拿著匙羹的手一抖，幾滴藥汁便滴落在大長公主身上的薄毯上。

她深深地呼吸幾下，壓下心中的憂慮，不慌不忙地將藥碗遞給一旁的明霜。「妳侍候殿下先喝藥。」又對大長公主道：「母親，我去去便回，您吃過藥先歇息片刻，若是覺得悶得慌，便讓盈兒來陪陪您。」

大長公主精神不濟，眼皮子都耷拉著，也沒有在意她說了什麼話，只是「嗯」了一聲便當是應下了。

沈昕顏鬆了口氣，又吩咐著屋內的侍女好生侍候，這才帶著春柳快步走了出去。

路上，春柳便將事情對她細細稟來。

「說是奉命要搜查咱們府，可也沒有明說想要搜些什麼，大管家如何敢讓他們進來？只是那些人凶神惡煞的，沒有辦法，大管家只能暫且穩著拖延時間，命人來請夫人。」

沈昕顏腳步一頓，眉頭緊緊地皺著，好一會兒，在她耳邊小聲地吩咐了幾句。

春柳不住地點頭，最後說：「夫人放心，我這就去辦！」

沈昕顏到了前廳時，廳內的氣氛已有些劍拔弩張，一方是身帶武器、作侍衛打扮的數名男子，另一方則是以魏承釗為首的府內小輩。

「你們想搜府？也要看小爺手裡這根棍子答不答應！」魏承越一揮手中那根足有孩童手腕粗的棍子，惡狠狠地道。

「下官也是奉了皇命，三公子還是莫要阻撓為好，否則陛下怪罪下來，怕不只是三公子，便是府裡的國公爺也擔當不起。」為首的男子冷笑道。

「你敢！」

「越哥兒！」見魏承越氣得脹紅著臉就要衝上前去，沈昕顏連忙將他喝住。

「二伯母／二嬸。」魏承釗、魏承騏見她到來，連忙見禮問安。

「你們都回去吧，這裡交給我便好。」沈昕顏吩咐。

「二伯母，我還是留下來保護您吧！」魏承越緊握著木棍，一臉堅定地站在她的身旁。

「你們先進去，我自有安排。」沈昕顏小聲道。

魏承越還想要說什麼，一旁的魏承釗眼眸微閃，拉了拉弟弟的袖口，率先道：「既如此，甥兒便先進去。二伯母若有事，儘管使人來喚便是！」說完，一手扯著魏承越，一手拉著魏承騏，硬是拖著他們離開了。

「國公夫人倒是個講道理的。」那人又是一聲冷笑。

沈昕顏同樣回敬他一聲冷哼。「我自是要凡事講個理字。敢問這位大人，奉了何人之命？來此做甚？」

「下官奉了陛下之命，前來搜查國公府，還請夫人行個方便，否則，陛下怪罪下來，下官倒也罷了，若是連累了貴府……只怕夫人也無法面對龍顏之怒。」

「自古出師要有名，不知我府中何人犯了事，又犯了何事，竟會招來搜府之禍？」

「陛下之意又豈是我等所能猜測？夫人只要行個方便，其餘諸事無須多問。」那人的語氣相當強硬。

「放肆！我魏氏一族世代忠良，平內亂、驅外敵，為朝廷立下汗馬功勞，聖祖皇帝御筆親書『忠君愛國』四字，賜封國公爵位，傳襲數代，豈容你一個無恥小輩輕易玷辱！」沈昕顏陡然一聲怒斥。「你想搜府，便踩著魏氏宗婦之屍體、魏氏歷代英士之靈位進去！」她突然抓起桌上一只白底紅梅瓷杯，重重地砸在地上，只聽「啪」的一下清脆響聲，瓷杯應聲而碎，隨即，本已經離開了的魏承釗等小輩魚貫而入。

每人的懷中，均抱著一塊靈位。抱在最小的魏承祥懷中的，正是他的嫡親祖父、上任英國公之靈位。

魏承釗等人神情肅穆，一字排開，眼神均死死地盯著那人。

那人臉色一變。

本以為這國公府沒了魏雋航與魏承霖在，便可以任人搓圓捏扁，不承想連一個婦道人家都是塊硬骨頭。

這樁差事在他看來再是簡單不過，略恐嚇幾句，估計便能成事了，可如今……再細看魏氏男丁手上捧著的牌位，以及那位滿臉怒容、大有以死抗爭的英國公夫人，他便知道此事是有些棘手了。

別說如今還沒有任何有力的證據證明魏雋航通敵叛國，便是有，歷任英國公確是立下不世之功績，受萬民敬仰，若是他今日硬闖，驚了英靈，只怕今後便會被無數人戳脊梁骨，不管是誰，都護不住他。

可是，若就此空手而回……他也不好對宮裡頭那位交代啊！

年紀最小的魏承祥抱著他祖父的靈位，眼珠子滴溜溜地轉動幾下，看看柳眉倒豎的娘親，又瞧瞧對面為首的那人，小小的眉頭皺了皺，突然朝那人走過去，用力朝對方踢了一腳。「壞蛋，欺負我娘親！」踢完之後，他又「噔噔噔」地跑了回去，學著幾位兄長的模樣，板著小臉、瞪大眼睛，緊緊地抱著懷裡的牌位。

沈昕顏沒有料到小傢伙居然來了這麼一齣，神情略有幾分怔忡。

而魏承釗、魏承越與魏承騏三人則讚賞地望了望魏承祥。

魏承祥感覺到他們的誇獎，得意地挺了挺小胸脯，圓圓的小臉蛋因故作嚴肅而繃得緊緊的。

那人沒有想到今日居然被個小孩子踢了一腳，一時有幾分羞惱。

「夫人還是莫要為難下官，你們如此，難不成是因為心中有鬼，故而才一再阻撓？」他深深地吸了口氣，壓下心頭怒火。

沈昕顏正要說話，身後突然傳來大長公主威嚴的喝聲——

「讓他搜！」

她回身一看，便見春柳扶著大長公主走了進來，連忙迎上前去，攙扶著她另一邊。「母親怎的過來了？」一邊問，一邊不贊同地瞪了春柳一眼。

春柳朝她做了一個無奈的表情，表示自己也是無辜的。

「下官參見大長公主殿下！」那數名侍衛打扮的男子，一見是當朝的靜和大長公主，連忙行禮。

「你叫什麼名字？奉了何人之命意欲搜我國公府？」大長公主冷然問道。

「下官何鵬，乃是奉了陛下旨意。」為首的那人回答。

「何大人，你想搜府，可以！只是，若是在我府裡搜不出任何東西，本宮要你一隻手！」大長公主臉上一片森然，眸光銳利，直射向那名為何鵬的男子。

何鵬呼吸一窒，雙唇抖了抖，似是想要說什麼。

大長公主又冷笑道：「怎麼，不敢了？本宮的地方，豈是爾等能隨意亂闖的！今日你們要搜府可以，本宮不為難你們。只是本宮既為朝廷的大長公主，又是英國公府的宗婦，臉皮都被人撕下來踩在地上了，自然也得討些公道回來，否則，本宮這大長公主的顏面何存？魏氏世代忠良的顏面何存？皇族的顏面又何存！」

沈昕顏攙扶著她，靜靜地注視著那何鵬，沒有錯過他臉上的猶豫，便是他身後的另幾人，也是面面相覷。

今日若是讓這些人輕易搜了府，這魏氏一族便成了笑話，日後如何立於朝廷？

「對啊，祖母說得對！搜府可以，搜不出東西，你這條手臂便留下來！」魏承釗等人也反應了過來，你一言、我一語地跟著道。

「大人？」見場面完全出乎意料，何鵬身後一名有些瘦弱的男子遲疑地低喚。

何鵬一咬牙，決定賭了。「好！若是搜不出想要的東西，下官便留下這條胳膊！」

「好，何大人堂堂七尺男兒，想來不會是那等言而無信之人！」大長公主不著痕跡地瞅了沈昕顏一眼。

沈昕顏微不可見地點了點頭，朝著何鵬冷冷地道：「只是有一點還請何大人務必記在心上。國公府內多是歷代先皇及當今陛下御賜之物，大人與您的屬下手腳還是要略輕些，若是磕著、碰著了，陛下怪罪下來，只怕大人不好交代。」

何鵬臉色難看，忍聲吞氣，咬著牙道：「夫人放心！」

「既如此，大人請吧！」沈昕顏扶著大長公主避到一邊，魏承釗等人見狀也陸陸續續地讓出了路，自有府裡得臉的下人親自將何鵬等人帶了進去。

「母親怎的過來了？可是哪個不長眼的驚動了您？」沈昕顏扶著大長公主落了坐，柔聲問。

「我就是覺著心裡悶得慌，出來走走，便見丫頭們個個面露驚慌，一問之下方知道出了事。」大長公主疼愛地撫著魏承祥白嫩的小臉蛋道。

「是兒媳安排不周，驚擾了母親。」沈昕顏歉然。

「哪是妳之錯，只是今日終究驚擾了列祖列宗。」大長公主嘆氣，見沈昕顏臉上又添了幾分歉意，連忙拍著她的手背道：「我這不是怪妳，妳做得很好，先祖們必不會怪妳的。」

魏承釗兄弟幾人將懷中的牌位一一放在上首長桌上，以大長公主為首，魏氏一族子孫們恭恭敬敬地跪了下去，朝著先祖們磕頭。

魏承祥似模似樣地學著哥哥們的動作，歪歪扭扭地也磕了頭。

禮畢，大長公主疼愛地摟著他，慈愛地道：「祥哥兒真乖。」

魏承祥撒嬌地在她懷裡蹭了蹭，糯糯地道：「哥哥們也很乖。」

「都乖，都是魏氏的好兒郎！」大長公主點點頭，讚許的目光一一落在下首的魏承釗三人身上。

三人被她誇得有些不好意思。

約莫半個時辰之後，何鵬帶著他的人，臉色難看地走了進來。

沈昕顏不動聲色地望了望跟在他們身後的大管家，見他朝自己微微點了點頭，心裡頓時一鬆。

「何大人，可搜著你想要的東西了？」大長公主也注意到她的視線，心思微微一動，冷冷地開了口。

何鵬心知今日是將自己栽進去了！滿朝文武誰人不知大長公主睚眥必報的性情，今日他得罪了她，偏偏又沒能搜到想要的東西，只怕這條胳膊是要保不住了。

「取刀來！」大長公主一聲冷喝，自有府裡的下人將鋒利的長刀呈了上來。

春柳機靈地上前，又哄又騙地將魏承祥給抱了下去。

「殿下，今日是下官魯莽，只是下官也是奉命行事，這才不得已，還請殿下寬恕則個。」寒光閃閃的大刀就擺在眼前，何鵬縱是膽子再大，這會兒心裡也開始發毛，硬著頭皮放軟了語氣。

「本宮從來便是言出必行！何大人，是你自己動手，還是本宮的人動手？」大長公主冷漠地道。

看著魏府護衛持著長刀一步一步朝自己走來，何鵬下意識地握緊腰間長劍。

倒是何鵬帶來的那些人，一時抓不住主意。萬一打了起來，他們是否應該上前相助？

「何大人，願賭服輸，今日你若乖乖留下一臂自好，否則本宮鬧上金殿去，怕是你這條命也難保！」大長公主注意到他的動作，厲聲道。

何鵬心一顫，握劍的手終於緩緩地鬆開，知道大勢已去。若是今日不讓大長公主滿意，以她的性情，真的會鬧上金殿，到時別說一條胳膊，只怕真的是性命難保。

命都沒有了，還留著胳膊又有什麼用？

他終於絕望了，只恨自己太過於相信那人，太小看了這國公府的女眷，以致今日竟落得這般下場。

持刀的護衛越逼越近，刀刃上散發的寒氣直撲臉龐，他合著眼眸，等待著那劇痛來臨。

「慢著！」突然，女子的喝止聲在偌大的正廳裡響了起來。

何鵬睜眼一看，見出聲之人正是那國公夫人。

「母親，兒媳想親手砍下此人一隻手，以洩今日被欺辱之恨。」沈昕顏緩緩地道。

大長公主深深地望了她一眼。「可！」

何鵬的臉色再度變了。若今日難逃斷手之禍，他寧願求一個痛快！正想說些什麼，沈昕顏已經接過了府中護衛手中長刀，也不等他反應，高舉著長刀便朝他劈過來！

何鵬大驚失色，下意識地想要拔劍抵擋，可那長刀已經砍到，只覺左邊胳膊一陣劇痛，他痛呼一聲，腦子裡除了斷手的絕望外，再無其他。

可是，當他伸出另一隻手想去按住斷臂的傷口時，卻發現左邊胳膊還好好地長在身上，除了被刀砍傷的地方正流著血。

「兒媳不中用。」沈昕顏將長刀交還給護衛，一臉歉意地朝著大長公主道。

「罷了，算他今日運氣好！」大長公主掀了掀眼簾，而後，又望向何鵬冷笑道：「怎麼，何大人還不帶著你的人走，難不成還不死心，打算再搜一回？」

「不敢！今日多有得罪，請殿下與夫人寬恕！」何鵬撿回一條胳膊，嚇得一身冷汗，哪還敢有二話？姿勢擺得更低，帶著他的人急急忙忙便走了。

「真真是可惜，早知我就親自動手了，必定可以將那廝的一條胳膊砍下來！」待大長公主與沈昕顏領著男丁，將列祖列宗的牌位請回了祠堂，魏承越才一臉可惜地道。

「真是笨蛋，祖母與二伯母這是唱雙簧呢！」魏承釗瞥了他一眼，滿臉嫌棄。

「唱雙簧？什麼意思？哎，你別走，給我說清楚啊！」魏承越糊塗了。

「二哥的意思，大概是指祖母與二嬸都不是真的想要那位何大人的一隻手。」魏承騏好心地解釋。

「為什麼不要？那廝如此囂張，不給他點顏色瞧瞧怎麼行！」魏承越還是氣不過。

「若真是砍了他一隻手，怕從此給國公府添了敵人。咱們雖不怕他，可是小鬼難纏，如今又是非常時期，二叔和大哥都不在，倒不如略震懾一番，使人不敢再輕易小瞧便是。」魏承騏耐心地道。

此時的大長公主也在問沈昕顏。「妳是不是心裡早就有了謀算？」

沈昕顏笑了笑。「果然什麼都瞞不過母親。」

「那妳也知道他們要找的是什麼？」

沈昕顏頷首。

大長公主深深地望著她，半晌，輕嘆一聲，緩緩地躺回床帳裡。「我老了……」也可以徹底地放手了。

沈昕顏替她脫去鞋子，聞言道：「母親一點兒也不老，今日若不是母親及時趕到，怕未必能輕易震懾到對方。」

對方既然帶了人到來，那這府必是要搜的，況且京城流言滿天飛，她今日拒了，只怕明日國公府便又會陷入更大的流言當中。故而，府是要被搜，但也不能太過於輕易被搜。

大長公主合著眼眸沒有再說，沈昕顏替她掖了掖被角正欲離開，忽聽她問——

「那些人主要搜了哪些地方？」

「國公爺書房，隨後……長房大嫂那處。」沈昕顏略有幾分遲疑，但還是如實回答。

「長房那兒啊……」

大長公主自言自語說了句什麼，她也沒有聽清楚，片刻，不見大長公主再有話，這才靜悄悄地退了出去。

雖然經過一番搜府，但對方明顯是將大長公主的威脅聽進去了，並不敢大肆翻動，故而府裡並不算亂，半個時辰不到，府裡下人便將一切還原成最初模樣了。

「聽說妳今日又耍了一回威風，把人給唬得一愣一愣的，偏是不敢動妳屋裡的東西？」回到屋裡，見魏盈芷正摟著魏承祥餵食，姊弟倆你一口、我一口的，將滿碟子的點心吃得乾乾淨淨，沈昕顏便忍不住笑道。

魏盈芷替魏承祥擦了擦小嘴，聞言不以為然地道：「我屋裡的東西樣樣精細，他們也不瞧瞧自己，也配動我的東西？」

沈昕顏搖搖頭，倒也沒有再說什麼，摟著衝自己撒嬌的兒子親了親，哄著他跟著小丫頭出去玩耍，這才喚來府裡大管家，吩咐他將今日發生之事迅速傳揚出去。

大管家略一思忖便明白她此舉用意，含笑應下而去。

「娘這是要以弱示人？」魏盈芷問。

「這是自然，別人能用流言相逼，我便不能回敬一二？」

次日，京城便傳揚開了有人趁英國公領兵出征之機，欺凌國公府婦孺一事，傳言有鼻子有眼，有理有據，煞是精彩，一下子便將早前關於英國公通敵叛國的流言沖淡了不少。若有人再提起這通敵叛國之事，周遭迅速便會有路人反駁——官差搜府都找不出半點證據，可見是有人故意要陷害忠良！

事情沿著沈昕顏所希望的方向發展，她稍緩了口氣，再度吩咐了大管家幾句。

再隔得數日，英國公府舉行祭祖一事又傳了出去，眾人一打聽，方知原來那日官差搜府時，連歷任國公爺之靈位都驚擾了，如今國公府舉行祭祖，以慰列祖列宗英靈呢！

一時之間，關於朝廷欺凌忠臣之後的傳言傳得大街小巷都是，逼得太子殿下不得不親自駕臨英國公府撫慰忠臣之後。

然而，很快又有消息傳出，當日官差搜府，太子殿下是強烈反對的，不承想陛下居然下了旨意。

可立即便又有人反駁，陛下明明龍體抱恙，故而才將朝政交託太子，正是安心養病之時，又哪還會降下這種旨意？

在有心人的引導下，各種陰謀論頻出，有說有人假傳聖旨的、有說陛下早就被人挾持的，各種各樣的猜測，將京城這一趟混水攪得更混亂了。

也正因為如此，圍繞著國公府的種種非議與流言卻是少了。

方碧蓉再度上門欲探望親姊時，沈昕顏正陪著大長公主說話，得了下人的稟報，她先是望向大長公主，見她眼皮子都不抬一下，知道她是讓自己決定了，遂吩咐道：「將她帶到大夫人處便是。」

方碧蓉原以為今日會再被拒之門外，若是可以，她也不想再登門，可如今事情已經脫軌，她心裡急得不行，必是要再親自來一趟。

她只在廳裡坐了不到一刻鐘，便有府裡的丫頭前來引著她到了長房方氏處。見屋裡只得方氏一個人，她雖覺得有幾分奇怪，但也不由得暗暗慶幸。

若屋裡有其他人，她還要花心思將人引走，倒不如似如今這般方便說話。

「長姊。」她定定神，朝著頭也不抬的方氏走過去。

「妳來做什麼？」方氏拿著繡繃穿針引線，瞧也不瞧她一眼。

「姊姊精神瞧著好了些。」方碧蓉無視她的冷顏，搬了張繡墩在她身邊坐下。

方氏沒有理會她。

「許久不曾見姊姊做繡活，這針線倒是精湛了不少。」方碧蓉無話找話。

方氏終於停下了手中動作，掃了她一眼，將繡繃放到一邊，淡淡地道：「妳想說什麼儘管說便是，何必東拉西扯的，沒的浪費時間。」

方碧蓉輕咬著唇瓣，打量了一下屋裡，確信沒有第三人，也沒有人在偷聽，這才壓低聲音問：「上回我給妳的東西，妳怎的不放進去？」

「放？我為什麼要放進去？」方氏似笑非笑地反問。

「不是已經說好了嗎？妳若是不放進去，二房那位又怎會倒臺？他不倒，騏哥兒又如何能承爵？」方碧蓉一聽便急了，心裡氣得要死。若不是長姊臨陣反悔，官差搜不出證據，她又怎會吃了那人好一頓排頭！

「妳這是當我瞎了眼，還是以為我當真被怨恨蒙了心，連最基本的判斷力都沒有了？」方氏盯著她，冷冷地問。

方碧蓉心中一緊，連忙否認。「長姊這話是什麼意思？我哪有這般想！」

「妳不這般想，居然還讓我陷害魏雋航通敵叛國？焉知覆巢之下，安有完卵，魏雋航倒了，難不成我們母子還能落得什麼好？」

方碧蓉被她盯著渾身不自在，唯有硬著頭皮道：「長姊若是不肯，當日便不應該將東西收下，又用話來哄我。妳以為我這都是為了誰？還不是為了妳和騏哥兒！真真是把好心當成驢肝肺！」

「我不把東西收下，豈有機會看看是什麼人在背後搞鬼？」方氏冷笑。

「什麼搞鬼不搞鬼，長姊莫要將話說得這般難聽！」方碧蓉有些生氣。

「那日若來的是陛下之人，便說明陛下對魏雋航、對國公府起了猜忌之心，有心要除去，縱是魏雋航死了，爵位落到騏哥兒身上，那也不過只是一個空名，毫無半點實權；若來的不是陛下之人，那你們就是謀逆，是大逆不道！我又怎會把自己牽扯進去送死？」方氏眸光森然，面容帶怒。

方碧蓉心口一跳，有些不敢對上她的視線，勉強道：「妳、妳胡說些什麼！」

「妳走吧，日後不必再來了，咱們姊妹之情就到此為止吧！」方氏不願再與她多說，取過桌上的繡繃，再度穿針引線起來。

方碧蓉早就被她的話說得慌了神，根本不敢再留。「那、那我便先回去，改日……」她想說「改日再來看妳」，可一想到方才那句「日後不必再來了」，話又嚥了回去，像是賭氣一般道：「長姊既是這般說，我也不好勉強，這便告辭了！」

方碧蓉離開後，片刻，方氏才緩緩地開了口。「都聽了這般久，二弟妹還覺得不夠嗎？」

話音剛落，從屏風後轉出一個人，正是沈昕顏。

「大嫂當真是令我刮目相看。」沈昕顏的眼神有幾分複雜。

畢竟是大長公主千挑萬選定下的嫡長媳，大是大非面前，仍是能穩得住的。

方氏抬眸瞅了她一眼，再度低下頭去，視線不離手上針線。

「這府裡哪處的一舉一動瞞得過妳？我都這般模樣了，也是時候看清形勢認命了。」

沈昕顏沈默。

眼前的方氏打扮素淨，不施粉黛，神情卻添了幾分前世今生自己都沒有看過的平和，她一心一意地做著刺繡，彷彿這世間上任何事都及不上她手中的繡綳。

她想，或許方氏真的是想通了，也看清了。

她靜靜地在屋裡站了良久，垂眸轉身正要離開，忽聽身後方氏開口——

「二弟他……會平安歸來的吧？」

「會的！」沈昕顏無比堅定地回答。

「那就好。」方氏低低地道了句，再無他話。

不管她再怎麼不願意承認，如今的國公府離不得魏雋航。他若在，便可保住闔府的富貴與平靜；他若不在，誰也無法預料等待著自己的會是什麼樣的命運。

別說妹妹給的那些東西根本不可能放得進去，就算是能，她前腳放進去，後腳沈氏便會拿她開刀了。她不想認命，但是她更不想當魏氏一族的罪人，不想被親生兒子一輩子怨恨！

經過搜府一事，沈昕顏更加確定宮裡必定已經出事了。那何鵬既然敢打著「奉旨行事」的旗號而來，可見這個「旨意」是真的，但她卻不確定旨意是否真的出自下旨人本意？

朝堂之上，太子漸漸勢微，雖然仍舊擔著監國之名，但是對朝堂的掌控卻是大不如前。相反地，二皇子與三皇子的擁護者漸多，尤其是二皇子，聲勢直逼太子，加上背後又有周皇后與淑妃的全力支持，大有取太子而代之的架勢。

元佑帝的病情仍是反反覆覆，據聞昏昏沈沈的時候較多。沈昕顏也只是從魏承釗口中聽來，真真假假也無法分辨。

魏承釗自與楊氏娘家姪女訂下了親事後，便由魏雋航作主，替他在五城兵馬司那裡尋了份差事。按魏雋航的意思，是打算鍛鍊他，將來也好給魏承霖添個有力的幫手。

便是對魏承越和魏承騏兩個，魏雋航心中也有了安排，只是還來不及付之行動，便出了魏承霖失蹤一事，緊接著又是戎狄南下。

魏承釗也清楚如今是非常時期，故而每日下了衙便準時回府，從來不在外頭過多逗留，偶爾也會將在衙門裡聽來的各種消息告訴沈昕顏。也是這個時候，沈昕顏才發覺，楊氏這個兒子，其實論聰明，一點也不遜她的長子魏承霖，甚至比魏承霖更添了幾分低調與圓滑。

上輩子長房的魏承騏為了方氏，幾乎是淨身出戶，這以後的日子過得也相當苦。倒是三房搬離國公府後，魏承釗帶著嫡親的弟弟魏承越很快也尋到了差事，兄弟倆齊心協力，日子倒也過得有聲有色，楊氏也因此挺直了腰板，將那些不曾生育過的妾室、通房發賣了，餘下的那些，帶著子女在她跟前討生活，自然不敢再掀風浪。

各人有各人的活法，表面風光的，內裡未必就真的自在從容，譬如上輩子的她；明面瞧著落魄、失了依靠的，實際上卻未必真的苦盡半生，譬如上輩子的楊氏。

英國公府閉門謝客，沈昕顏約束著府裡的下人，一心一意照顧著大長公主和孕中的魏盈芷，楊氏偶爾也會前來搭把手。至於方氏，仍舊在「抱病靜養」，但沈昕顏也不會再像早前那般，暗裡派人死死地盯著她的一舉一動。人都有軟肋，而魏承騏就是方氏最大的軟肋，她可以不在乎任何人、不關心任何事，卻不能不在乎兒子。

# 第三十三章

這日，沈昕顏與魏盈芷正在大長公主屋裡說著話，大長公主本是有些精神不濟，可一看到孫女已經開始慢慢顯懷的肚子，精神頓時便好了不少，關切地詢問著她孕中之事。

魏盈芷摟著她的腰，如同小時候那般膩在她懷裡撒嬌，惹得她笑聲不絕。

一會兒，魏承祥便「噔噔噔」地跑了進來，動作索利地爬上了軟榻，硬是拉開姊姊抱著祖母的手，將自己小小的身子縮進祖母的懷抱，這才滿足地笑了。

他這副護食的小模樣，逗得眾人哈哈大笑。

笑聲中，紫煙在沈昕顏耳邊低低地說了句話。

沈昕顏點點頭，望了望那樂成一團的祖孫三人，也不驚動他們，悄無聲息地走了出去。

「二伯母！」早就等在廊下的魏承釗見她出來，忙迎上前。

「出什麼事了？」沈昕顏見他一臉焦急，心口一緊。

「太子殿下出事了！今日一早，孫首輔與幾位朝廷重臣進宮議事，發現二皇子滿身是血地倒在碧秀宮中，幾位大人進去之後，見太子殿下手上拿著一把沾血的匕首！」魏承釗一口氣將剛得到的消息道來。

沈昕顏的臉色頓時大變。

「二殿下死了？」

「太醫們正在全力醫治，如今只是吊著一口氣，情況甚是凶險，能否救得過來還是個未知數。這會兒朝臣聯同宗親們都進了宮，若不能洗脫嫌疑，太子殿下危矣！」

「陛下那裡怎麼說？」沈昕顏追問。

「陛下一整個上午都在昏睡當中，好不容易醒了過來，聽聞之後，便讓太醫院全力醫治二皇子，同時宣召了理國公府六老爺進宮，別的甥兒便不清楚了。不過……汝陽王已經請旨將太子殿下囚禁於宗人府。」魏承釗遲疑了一會兒，還是如實道來。

汝陽王乃是如今皇族當中輩分最高的，便是大長公主見了他，也得喚他一聲皇叔。

太子被囚禁於宗人府，若是不能洗脫嫌疑，不只太子之位不保，只怕還會牽連甚廣。可是，如今的元佑帝還可以相信嗎？一個會下旨搜查國公府的皇帝，他還是當初那個最看重瑞貴妃與太子的皇帝嗎？沈昕顏並不敢抱太大的希望。

若是太子倒了，瑞貴妃恐怕也難以獨善其身，而身為太子一系的英國公府……

她打了個寒顫。

「二伯母，您說此事會不會是三皇子所為？您想想，若是二皇子重傷不治，太子殿下又不能洗清罪名，那陛下膝下不就只得一個三皇子了嗎？這太子之位捨他其誰？」魏承釗壓低聲音道。

沈昕顏臉色凝重。「你說的不無道理。只是釗哥兒，真相一日沒有查清，誰也不敢肯定到底是何人所為。此事，還是先想個辦法與宮裡的貴妃娘娘取得聯繫，看看咱們可能幫得上忙？」

魏承釗想了想也是這個道理，頷首應下。「二伯母說得是，是甥兒思慮不周。」頓一頓，他又問：「二伯母，喬六叔一向與二伯父關係親近，咱們要不要向他打聽打聽？」

沈昕顏搖搖頭。「正是因為他與你二伯父關係親近，咱們才不能向他打聽。陛下說不準會讓他徹查二皇子受傷一事，若是咱們與他私下接觸，於他而言，不見得是什麼好事。」

魏承釗聽她這般一說便明白了。

「若說要與宮裡的貴妃娘娘取得聯繫，看來還得拜託四妹妹才是。」魏承釗道。

沈昕顏能想到的也是魏盈芷，畢竟魏盈芷是瑞貴妃的姪媳婦，又懷有身孕，瑞貴妃雖然這段日子並沒有宣召她進宮，但隔三差五也會派人出宮給她送東西，自然也會在魏盈芷身邊放人，以便她可以及時瞭解姪媳婦孕中的情況。

誠如沈昕顏所猜想的那般，元佑帝果然讓喬六公子會同大理寺徹查二皇子重傷一事，而沈昕顏也得到了宮中瑞貴妃讓她靜待的消息。

她暗暗鬆了口氣。瑞貴妃能這般說，可見並不是全然沒有把握。

因是二皇子被刺，太子成了疑凶，朝臣們人人自危，待大理寺越往後查，便有越多的證據指向三皇子，而宗人府裡，三皇子便與太子成了一對難兄難弟。

太子出事，元佑帝強撐著病體出面主事，可朝臣們卻發現，陛下的臉色越來越差，身體也越來越弱，往往朝臣們正爭得激烈，待奏請皇帝決斷時，卻發現他居然在龍椅上睡著了。

一時間，朝堂上人心渙散。

皇帝抱病，三個皇子去其一，另兩個又關在宗人府裡；關外戎狄人步步進逼，西延匪亂未平，這朝廷，已陷入了最大的危機當中。

後宮中，二皇子生母淑妃因為兒子的生死未卜而日夜以淚洗面；三皇子生母麗妃與太子生母瑞貴妃被禁足；周皇后再度執掌鳳印，重現往日風光。

待邊關大捷的捷報八百里加急送抵御案上時，朝臣們均鬆了一口氣。

在禍事接連發生的這個時候，他們迫切需要一個好消息來沖散內心的焦躁與不安。

緊接著，原本傳聞或許已死於匪亂當中的西延城守備魏承霖，突然率兵一舉攻破匪首大本營——青峰山，活捉寨中大當家，斬殺二當家及三當家，然後與忠義侯的援兵會合，乘勝追擊，不足一個月，徹底平定困擾朝廷多年的西延匪亂。

消息傳回國公府，大長公主喜極而泣，緊緊抓著沈昕顏的手，不住地道：「我就知道，我就知道霖哥兒一定不會有事的！他祖父耗費了那般多的心血栽培他，他又豈會因一小小的匪亂而喪命！」

「是，母親說得是，霖哥兒他沒事……」沈昕顏的喉嚨有些堵，眼中同樣泛著水光，哽聲回答。

這段日子她的心一直在煎熬，可偌大一個府裡的人都在看著她，她不能顯露半分。

如今邊關捷報，長子生還，這兩個天大的好消息傳回來，才讓她日日夜夜的擔憂有了宣洩的出口。

「早知當初，我也跟著蘊福去就好了……」一旁的魏承越替堂兄高興，可語氣卻又有些失望。

連蘊福這個金貴的侯爺都上了戰場，當初他的武藝還不如自己呢！若是他也跟著去，必然可以和大哥一起，將那些山匪一網打盡！

便是魏承釗眼中也帶著幾分懊惱、幾分嚮往。

魏承騏武藝平平，自來也是喜文多於武，故而除了替堂兄與妹婿高興外，倒也沒有其他什麼感覺。

國公府內眾人因為這難得的喜訊而歡喜連連。

宮中，原本應該昏睡的元佑帝揉揉額角，接過喬六公子遞過來的烏黑藥丸嚥了下去，又接連灌了幾口水，這才嘆道：「可總算有好消息回來了，雋航再拖拖拉拉，朕只怕就快要演不下去了！」

喬六公子笑道：「陛下這回當真是讓臣刮目相看，自嘆弗如啊！」

元佑帝瞪了他一眼，再一想近段日子發生的一切，只恨得臉色鐵青，勉強壓下心頭怒火問：「二皇子可救得下來？」

「性命倒是無憂，只是日後怕是再離不開藥罐子了。」

元佑帝冷笑。「這也是他自找的！若他沒生出不該有的心思，何至於會被人利用，以致險些連命都丟掉！」

「這也不能全然怪他，人家瞄準的本就是他的嫡子。畢竟，太子沒有了，立個尚在襁褓之中的太孫，於他們而言，反倒是更有利的。」喬六公子攤攤手。

太子成婚多年，膝下只得兩個嫡女；三皇子剛成婚，因此二皇子的嫡長子便算是皇室小一輩的獨一份了。

這樣一根獨苗苗，又還是個奶娃娃，確是最容易控制不過，比扶起一個成年的皇子可是有用多了。

「雋航說，誠王世子已經潛回了京城，你查了這些日子，可有頭緒？」元佑帝深深地呼吸幾下，又問。

「暫且還沒有。」喬六公子有些汗顏。

元佑帝雖然心急，但也知道此事急不來，故而也沒有怪他。

喬六公子離開時，恰見周皇后帶著她的侍女緩緩而來。他不欲見禮，故而趁著她們發現前飛快地閃到了一旁的假山石後，想著等她們走過了再離開。

女子行走時激起的環珮相撞聲漸行漸遠，他才從假山石後走了出來，不經意地望了望那幾人的背影，目光漸漸地落在周皇后身邊那名躬著腰的太監身上。

也不知是不是他的錯覺，總覺得此人有些怪，可到底是哪裡怪，他一時半刻又想不出來。略思忖片刻，他決定尋個機會再探一探。

不管是不是錯覺，既然有了懷疑，總得想辦法去查證查證才是。

內侍進來稟報，說「皇后娘娘來了」時，元佑帝已經換上了病中虛弱的模樣，只是眸中卻浮現幾分厭惡。

這個賤人，竟然真的敢夥同逆賊給自己下毒，意圖操控自己。原本他還念著曾經的情誼，想著好歹給她一個善終的，如今……他的臉上迅速閃過一絲殺意。

這段日子所受的屈辱，他日必教賤人付出十倍代價！

繼大軍傳回的第一封捷報後，接下來的幾場戰事，大軍均取得了勝利，戎狄人接連失利，已經漸漸被逼出關外。

朝臣們一邊關注著二皇子一案的進展，一邊關注著邊關戰事，得知戎狄人終於被趕了出關，失地一寸寸被收了回來，均大鬆一口氣。

隨即，朝堂上便有了應該見好就收的聲音。有朝臣認為，既然外敵已經被趕跑，那就應該收兵，靜待議和，免得百姓再禁受戰爭之苦。

這般言論一出，自然也不乏附和者。但同樣也有不少持相反意見者，認為我軍應該一鼓作氣，徹底踏平戎狄，以一勞永逸。

主和派與主戰派各不相讓，直爭得面紅耳赤，均恨不得請陛下採納己方意見；至於二皇子一案，自然也就挪後了。

朝臣之爭，沈昕顏這種內宅婦人自然知之有限，只是每日從魏承釗零零碎碎的話裡得知一二。

比起這些，她更關心的是魏雋航與魏承霖父子何時才能歸來？

她記得上輩子慕容將軍是領兵直搗戎狄皇廷，打得戎狄人再無還手之力，從此對朝廷俯首稱臣，再不敢有貳心。

而也是在那一戰當中，魏承霖的軍事才能得到徹底的展現，與慕容將軍聯手，再度重現了魏氏與慕容氏聯手作戰、攻無不克的輝煌榮景。

從此，朝野上下再無人敢小看了這位年紀輕輕的英國公。

可是這輩子，魏承霖卻是去了西延，平定了西延匪亂，故而沈昕顏真的無法確定，他還會不會再參與對戎狄的戰事？

隔得數日，元佑帝降下旨意，著慕容將軍率兵全力攻入戎狄，徹底為邊疆百姓、為朝廷解決這個大患。

在主和派與主戰派的鬥爭當中，主戰派得到了最終的勝利。

對此，沈昕顏並不覺得意外，畢竟上輩子朝廷也是這個選擇。

只讓她有幾分意外的是，元佑帝竟又下了旨意，著剛平定了西延匪亂的魏承霖與忠義侯率兵支援慕容將軍，兩軍合一，大有不踏平戎狄皇廷不返之勢。

沈昕顏長嘆一口氣。果然，有些事不管是上輩子還是這輩子，都改變不了。

唯一的改變，就是這一輩子，不只是她的兒子，連她的夫君、她的女婿也參與了。

大長公主自從得知兒子與長孫都無恙後，病情瞬間便好轉，雖然有時候還會犯糊塗，拉著沈昕顏的手和她嘮嗑著老國公和魏雋霆、魏雋航兄弟之事，但大多數情況下，還是相當清醒的。

朝廷要全力追擊戎狄的意思傳開後，大長公主難掩憂慮，也不顧沈昕顏的勸阻，堅決要到寺裡替魏雋航父子及蘊福祈福。

沈昕顏久勸不下，也唯有順了她意，趁著這日天氣晴好，親自陪著她到了位於京郊的靈雲寺。

原本得知她們要去祈福的魏盈芷也要跟來，被沈昕顏數落了一頓，又加上她身子漸重，不得已只能放棄了。

沈昕顏這才輕哼一聲，吁了口氣。婆婆她奈何不得，難道女兒她還奈何不得了？

馬車一路往京郊而去，沈昕顏提前一日便與寺裡打過了招呼，將一切都佈置妥當，也是怕到時廟裡人太多，衝撞了大長公主。

畢竟如今大長公主的身子再不及從前，是半點也輕忽不得。

到了靈雲寺，她陪著大長公主祈福，又陪著她去聽惠明大師講經。

死過一回又重生，她對鬼神的敬畏之心又添了不少，如今也希望神明可以保護她的親人平安歸來。

從靈雲寺離開時，晚霞照得滿山一片紅。

沈昕顏扶著大長公主上了馬車，吩咐下人小心駕車，馬車平穩地駛在路上，朝著城中方向而去。

「不好了、不好了！有逆賊，快跑！」

突然，也不知從何處響起的一陣叫聲，將車廂裡的婆媳嚇了好一跳。

「出什麼事了？」沈昕顏忙問。

「夫人不好了，前面據說有逆賊闖來，大夥兒正在逃命呢！」車外響著侍從的聲音。

「天子腳下，哪來什麼逆賊？荒唐！」大長公主喝道。

「不管怎樣，母親，咱們還是趕緊回府吧，不怕一萬就怕萬一，如今正是非常時刻，不得不防。」沈昕顏勸道。

大長公主臉色稍緩。「聽妳的便是。」

沈昕顏遂吩咐車夫加快速度，盡早回府。

也不知為什麼，那「逆賊」二字總是讓她心中生出不安之感。

上輩子慕容滔不就假作了一回逆賊嗎，難道這輩子他還是故伎重施？

想來應該不會吧，這個時候的慕容滔應該跟著他的父輩在戰場上才是。

而三皇子還被關在宗人府，身為三皇子妃的周莞寧應該也沒有那個閒工夫外出。

這樣一想，她的心便又安定了幾分。

突然，馬車一個急停。好歹也經歷過了這樣的突發情況，沈昕顏非常機靈地穩住了，連帶著大長公主也被她扶得穩穩的。

「救命，快救救我家夫人！」女子驚慌的哭求陡然從外面傳了進來，也讓駕車的僕從將即將出口的罵聲給嚥了回去。

沈昕顏一驚，只覺得這女子的聲音像是有幾分熟悉，一掀車簾，見馬車旁一名狼狽不堪的女子正扯著駕車的車夫哭求不止。

女子看見她出現，立即便撲了過來。

「夫人，求求您救救我家夫人！」

沈昕顏瞬間僵了身子。此人不是別人，正是周莞寧的侍女流霜！

「可是三皇子妃出事了？」她厲聲喝問。

流霜流著眼淚，連連點頭。「夫人，求求您救救三皇子妃，她方才被突然衝出來的逆賊擄去了！」說到這兒，她再忍不住痛哭出聲，哭聲絕望。若是三皇子妃有個萬一，她也別想活了！

什麼？三皇子妃被賊人擄了去？車內的大長公主清晰地聽到她們的話，臉色大變。

光天化日之下擄人，這賊人也太過猖狂了！

「你帶著人沿路追蹤，看賊人將三皇子妃擄向了何處？切記不可與他們動手，他們既敢擄人，必然有了充足準備，你們是打不過的。你快馬加鞭趕回城裡，找周懋周大人，將此事詳細告訴他。妳趕緊上車，咱們立即回城！」沈昕顏鎮定地一一吩咐著。

「為什麼不讓你們的侍衛去追？」流霜抹了一把淚，有些不滿。

沈昕顏冷笑。「你們三皇子妃身分貴重，難不成我英國公府女眷的性命便不值錢？」

別怪她自私，在她眼裡，十個周莞寧也比不上一個大長公主！

流霜嘴唇動了動，到底怕得罪了她，不敢再說，飛快地爬上了車。當她進入車裡，看到大長公主端坐在裡頭時，俏臉瞬間白了白，有些後悔自己方才那句話了。

「妳說你們家三皇子妃被賊人擄走了，可是真的？」大長公主臉色凝重，眼睛緊緊地盯著她問。

「是、是真的。」流霜畏懼她的威嚴，結結巴巴地回答。

「你們府裡的侍衛呢？難不成堂堂皇子妃出門，身邊竟連個保護之人都沒有？」大長公主皺眉。

「有、有的，只是賊人來勢洶洶，侍衛們都抵擋不住，這才讓他們給得手了。」

「如今那些侍衛呢？全部傷重了？怎就只剩下妳一個人？」大長公主又問。

「他們都受了傷，讓我回去搬救兵，如今想來還在那邊的山腳下。」

大長公主眉頭皺得更緊。「想來還是你們三皇子妃安排得不夠周全，如今正是多事之秋，如要出門，這護送之人寧多不能少。」

「這些日三皇子妃已經來了好幾回，回回都沒事，只今日才出了意外。」流霜替自家主子解釋道。

「三殿下如今正困於宗人府，麗妃娘娘為了三殿下之事日夜難安，你們皇子妃不留在府裡掌理家事，又不進宮勸慰娘娘，卻隔三差五跑到這邊來是何道理？」大長公主臉色一沈，臉上已然相當不悅。

「三皇、皇子妃是、是來替、替三、三殿下祈福的……」流霜縮了縮脖子，小小聲地為主子辯護著。

沈昕顏在一旁聽得直皺眉，心裡有些奇怪。

來了好幾回？周莞寧早前不是已經夢及前世事了嗎？若是如此，應該會知道上輩子也是在如今這般相似的情況下，她被慕容滔擄了去，這輩子理應早作提防，不敢再輕易出外才是，怎還在這般非常時期只簡單地帶著侍衛與婢女外出，還接連到了同一個地方好幾回？

難道周莞寧沒有夢到此事？這個念頭剛一生起，她便打消了。

照理不會，周莞寧都知道自己上輩子被長子送往了家廟，理應也清楚自己被送去的原因才是。

她越想越糊塗，越想便越覺得此事來得蹊蹺。到後來，她甚至生出了一個「周莞寧彷彿在等著自己被人擄走」這樣的荒謬念頭，下一刻她又覺得不可能。

被賊人擄走，於如今世道的婦人而言，不亞於直接要了她的命。縱然是清清白白地平安歸來，可誰會相信？有幾個人會相信一個年輕貌美的婦人，落在了賊人手裡還能保持清白之軀？更何況周莞寧還是那樣的傾城之色。

周莞寧便是再蠢，也不會拿自己的名聲、自己的性命來開玩笑吧？萬一三皇子不似前世她的長子那般，對她深愛不移，她面臨的將會是萬劫不復！

「夫人，不先去報官把賊人抓起來嗎？」流霜不敢再對著大長公主，於是轉過身去問沈昕顏。

沈昕顏斜睨她一眼。「妳若是想去報官，我自是沒有半點異議，只不知道你們周大人與周大夫人，可否同意妳將他們的女兒被擄走之事捅到官府去？」

「愚不可及！」大長公主沒好氣地瞪了流霜一眼。發生這樣的事，誰家不是緊緊地捂著？若是張揚開了，縱是人平安救回來，旁人的唾沫也能將她給淹死，偏這個蠢貨，居然還想著要報官！

流霜被罵得俏臉一陣紅、一陣白，也終於醒悟過來自己確是犯了蠢，頓時將身子縮作一團，再不敢多話。

「妳把自己收拾收拾，這般模樣，是生怕旁人不知道妳們出事了不成？」大長公主沈著臉又道。

流霜一聽，慌不迭地開始收拾自己的儀容。

沈昕顏蹙著眉，從車廂內的暗格裡取出一把桃木梳子和一塊手持銅鏡扔給她，看著她動作還算索利地將自己收拾妥當。

半個時辰不到，馬車便駛抵京城，沈昕顏命人直接將流霜送到了周府後，並不停留，吩咐駕車回府。

「幸好當日雋航及時回來，咱們才沒有替霖哥兒聘娶周懋這個女兒。」回到府裡，大長公主略帶慶幸地道。

沈昕顏正侍候著她淨手洗臉，聽到她這話微微一笑，點點頭表示贊同。「母親說得極是！」

「此女美則美矣，然，著實不是賢妻人選。常言道，妻賢夫禍少，只盼著霖哥兒經此一回能想明白，也漸漸地熄了對那周家女的那份心。」大長公主嘆了口氣。

對這個，沈昕顏倒是不怎麼敢肯定。

畢竟上輩子周莞寧落到慕容滔手上多日，可她被救回來之後，長子對她的情意並沒有削減半分，待她的態度也不曾有變。

派去通知周懋的侍衛很快便回來了，只道周大人像是請了什麼人幫忙，帶著人馬前去營救了。沈昕顏也沒有太過放在心上。這輩子周莞寧與她毫無瓜葛，於她而言不過是一個認識的陌生人，著實沒有必要讓她耗費太多心思去關注。

況且，若擄走她的是慕容滔，那她便絕對不會有生命危險，慕容滔哄著她還來不及，又怎麼可能捨得動她半根手指頭？

只是，她後來派去追蹤賊人的另兩名侍衛卻始終沒有歸來，時間越久，沈昕顏便越發擔心，生怕那兩人已經遭遇了不測。到後面，她甚至還有些後悔派了人前去追蹤。

大長公主像是明白她心中所憂，拍著她的手背安慰道：「妳放心，這些侍衛都是當年你們父親親自訓練出來的，縱是武藝及不上賊人，只這自保的本領還是有的。」

沈昕顏聽她這般說，倒也放心了不少。

若擄人的是慕容滔，他不會傷害周莞寧，對其他人可就未必會手下留情了。如果國公府的侍衛因為這兩人之事而死，那才叫真正的不值得。

也許是周懋作了周全的安排，又或許是朝野上下不是關注著邊疆戰事，便是關注二皇子一案，一時之間竟然也沒有人知道朝廷的三皇子妃被賊人給擄走了。

便是三皇子的生母麗妃，也沒有察覺在兒子被囚禁於宗人府的時候，她的兒媳婦卻不見了。

但是，沈昕顏清楚紙是包不住火的，短時間之內還能瞞得住，可若時間久了，必然會引起人們的懷疑，這頭一個，必定會是周府裡的五夫人方碧蓉。

周府裡的嫡庶之爭早就已經白熱化了，論理，周氏嫡系已經漸漸勢微，闔府只有一個庶長子周懋在朝為官，府裡眾人便應該看周懋夫婦臉色過日子才是。

可是，周府的中饋卻始終掌握在五房的方碧蓉手上，溫氏在她手裡討不到半點便宜，還要處處受她制約，不可謂不憋屈。

對比兩輩子，沈昕顏覺得，這輩子溫氏最倒楣的，就是有了一個完全不同於上輩子的五弟妹。方碧蓉的心計與手段，縱是溫氏多活了幾年，依然鬥她不過。

而過得半月有餘，二皇子一案終於水落石出，太子與三皇子都是被人冤枉的，但背後設計這一切之人，卻在大理寺的官差到來時，發現他早就已經服毒自盡。

這個人不是別個，正是二皇子府上的一名謀士。官差再在其府上一搜，竟然搜出許多誠王府上舊物，頓時，關於誠王世子已經秘密回京的消息便在朝堂上傳開了。

元佑帝更乘機下了旨，嚴命京中各處守衛加強巡邏，務必將誠王世子的落腳之處尋出來。

頓時，京城守衛漸漸森嚴，每日均有不少官差守在各個城門處，對進出城之人嚴加檢查，生怕誠王世子混在百姓當中。

「沈氏，對此事妳是如何看的？」這日，大長公主用過了早膳後，望了望眼前的沈昕顏與楊氏，突然便問。

沈昕顏略思忖片刻，緩緩地道：「真凶是否真的是真凶，這一點有待商榷。若按兒媳猜測，加強京城守衛，全力搜尋誠王世子才是陛下的真正目的。」

大長公主讚許地點了點頭，又望望滿臉狐疑的楊氏，微微笑了笑，轉移話題道：「釗哥兒的婚禮還是按原定的日子吧，想來到那時候，雋航他們父子已經凱旋了。」

一聽她提到兒子的親事，楊氏大喜，連連點頭。「母親說得極是，兒媳已經託了不少人合算，那日真的是個難得的好日子，最最適合嫁娶了。」

早前楊氏便已經替兒子和娘家姪女定好了婚期，可是府裡不久便出了魏承霖失蹤、生死不明一事，再接著便是戎狄南下攻城，魏雋航出征，她便不好再開口提及這些了，只是心裡到底急得不行，更擔心著萬一魏承霖真的丟了性命，她兒子的親事還不知要挪到何年何月？

如今終於得了準話，她總算是落下了心頭大石。

這一高興，話也就越發的多了。

「不是我誇口，我那姪女確是個難得的好姑娘，凡是見過她之人，便沒有不誇的……」

沈昕顏聽著她的滔滔不絕，卻是有點兒想笑。姪女和兒媳婦又哪會是一樣的？這會兒還是姪女時，自然怎麼看她怎麼好，可一旦成了兒媳婦，那可就不一樣了，簡直就是拿著那西洋擴大鏡看對方，不管對方再怎麼好，也總有讓她瞧不上的地方。

沈昕顏清清楚楚地記得，上輩子楊氏可是沒少私底下對自己抱怨她曾經的姪女，後來的長子媳婦。

大長公主卻是難得好脾氣地聽著楊氏對未過門的兒媳婦綿綿不絕的誇讚，甚至在察覺楊氏的喉嚨似是有些許乾時，還體貼地示意沈昕顏替她倒茶。

沈昕顏收到大長公主的視線，含笑端過茶壺替楊氏倒了一杯茶送到她跟前。

「……不是我說，這娶媳婦嘛，品行乃是首要，這容貌與之相比，倒是不那般重要了。瞧周府那位生得國色天香的姑娘，如今的三皇子妃，就是容貌太過招人，才惹來賊人的惦記！」

沈昕顏心中一驚，下意識地望向大長公主，恰好對上大長公主同樣吃驚的視線。

「三弟妹，妳這話是何意思？什麼賊人的惦記？」她試探著問。

「二嫂妳不知道也不奇怪，我也是昨日回了一趟娘家才聽來的，都說三皇子妃被賊人給擄走，三皇子剛一從宗人府出來，便帶著人馬救她去了。哎喲喲，這三皇子妃也不知是不是太倒楣了，這一被擄，下半輩子可就沒了。」楊氏嘖嘖幾聲，臉上的神情卻是一副看好戲的模樣。

「可有證據證明三皇子妃被賊人擄去了？」沈昕顏又問。

「外頭都傳開了？」大長公主隨即問。

「哪能都傳開了，若是都傳開了，母親與二嫂只怕早就聽到了風聲，哪還輪得到我來說？只不過是有知情人私底下透露幾句，大夥兒也就聽著罷了。」楊氏笑道。

「若無證據，此等話還是莫要亂傳，名聲與清白於女子而言何等重要，不可人云亦云，無端害了別人一生。」大長公主教訓道。

楊氏訥訥地應了一句，再不敢多說。

沈昕顏沈思。這種似是而非的話到底是何人傳出來的？雖說都沒有確鑿證據，可這樣一傳十、十傳百，其威力也是不容小覷。傳出這樣的話，分明是要往死裡治周莞寧。

不知為什麼，她腦子裡突然閃出方碧蓉的臉龐。

會是她嗎？沈昕顏並不排除這個可能。周府嫡庶之爭，周莞寧是庶出長房周懋最疼愛的女兒，毀了周莞寧，便相當於重創了周懋夫婦，對方碧蓉來說，並不是做不出之事。

數日之後，當日被她派去追蹤賊人的兩名府中侍衛回來了，同時還帶回來了周莞寧被三皇子平安帶回府的消息。

「如此說來，是三皇子救了三皇子妃？」沈昕顏問。

兩名侍衛臉上略有幾分遲疑，彼此對望一眼，當中一名個子稍高的便回答道：「不是三皇子從慕容小將軍手上救下的三皇子妃，而是、而是世子爺！」

沈昕顏吃了一驚，神情愕然。

「世子爺？你們確定是世子爺救的？可世子爺不是與侯爺帶領著兵士，前去襄助慕容將軍嗎？」

「屬下很確定，是世子爺帶著人馬把三皇子妃救了下來，然後再命人護送著她與趕來的三皇子相見。」

沈昕顏久久說不出話來。

她千算萬算都沒有算到，這輩子居然還是長子將周莞寧救了下來。明明這個時候長子應該快要與慕容將軍會合，即將帶著兵馬攻向戎狄皇廷才是。

「那世子人呢？」她追問。

「世子救了人之後，便又帶著人馬離開了，屬下瞧著，應該是趕去與侯爺會合。」

沈昕顏鬆了口氣。

雖然不知道他到底是如何得知周莞寧被劫的，但不管怎樣，他這一回沒有被情愛沖昏了頭，沒有不顧皇命在身，更沒有不顧京裡的親人。

# 第三十四章

卻說魏承霖當日平定了西延的匪亂，原本是打算配合當地官府安置百姓，不承想元佑帝突然降下了旨意，命他與蘊福帶著兵馬前去與慕容將軍會合，共同追擊戎狄。

魏承霖自小便聽了不少關於曾祖父的光輝事蹟，對這個一生從無敗績的曾祖父無比敬仰。故而得知自己可以真真正正地上一回戰場，還是與當年和祖父齊名的慕容將軍一起，不得不說，他的心裡還是相當激動的。

接到聖旨那一刻，他立即便命人簡單地收拾過，和蘊福一起帶著兵馬上了路。

急行軍不到半個月，突然接到了父親的信函，命他帶上一小隊人馬前去救人。

信中並沒有明言要他救的是什麼人，魏承霖也無暇多想，交代過蘊福後，便帶著他的親衛隊，沿著信中所指方向直奔而去。

快馬加鞭趕了數日路後，在一處僻靜的山路上，居然讓他看到了一個熟悉的身影。

「是你？你不隨慕容將軍出兵追擊戎狄人，為何卻在此處？」他勒住韁繩，臉上難掩疑惑。

慕容滔下意識地握緊腰間長劍，只一聽他這話，想要拔劍的動作便停了下來，心思飛快閃動。看來他不是特地來截自己的，那想來也不知道……只是，根本不等他想出什麼對策應付過去，身後的馬車裡已經傳出周莞寧又驚又喜的聲音——

「魏、魏大哥！」

魏承霖陡然抬眸望向他身後的馬車，厲聲喝問：「什麼人在車裡面？」他的心跳急劇加速，不敢相信自己方才聽到的聲音，那聲音太過於熟悉，卻是屬於那個不應該出現在此處之人。

在周莞寧出聲那一瞬間，慕容滔便知道事情已經到了無法挽回的地步。真是沒有料到，她的藥效居然這般巧地在魏承霖出現時過去了。

「魏、魏大哥，是我啊，我是阿莞啊！」周莞寧渾身無力，可還是掙扎著去掀車簾。當馬車裡露出那張絕美的臉龐時，魏承霖如遭雷轟。「妳、妳怎會在這裡？」身為皇子妃，怎會出現在遠離京城的此處？不等周莞寧回答，他陡然瞪向慕容滔。「是你！是你將她擄過來的？」

慕容滔一聲冷笑，「噌」的一聲拔出腰間長劍。「廢話少說，今日你我也該有個了斷了！」

當日若不是他設計害自己身受重傷，阿莞如何會嫁給三皇子？歸根到底，他會出此下策也全是這個人害的！

魏承霖心中同樣恨極，只覺得此人著實是不可理喻！女子名聲何其重要，阿莞這般被他擄走，日後該如何自處？三皇子又會如何看待她？他同樣抽出長劍，怒目圓瞪，策馬朝著揮劍而來的慕容滔迎了上去。

只聽一陣兵器交接的「乒乒乓乓」響聲，不過片刻的工夫，兩人便纏鬥起來，招式凌厲，各不相讓。

周莞寧看得大急，拚命喊著住手，可那兩人新仇舊怨交織一起，只恨不得立刻將對方擊殺當場，又哪會聽她的？

尤其是慕容滔，痛失愛人之恨、數年前被算計之仇，每一樁想起來，便讓他的殺意增添幾分。

反倒是魏承霖心裡顧忌著前線的慕容將軍，一招一式當中均留了餘地。

兩人武藝本就是不相上下，若是均全力以赴，倒也難分個勝負；可如今一個一心置對方於死地，一個招招留情，時間一長，魏承霖便落了下風。

周莞寧眼睜睜地看著魏承霖好幾回險些喪命於慕容滔劍下，整顆心都揪緊了，尖聲叫著。「住手！慕容滔，你給我住手！」

可她不會想到，她愈是叫住手，慕容滔的殺氣便越發強烈。

魏承霖被他逼得直往後退，一個不著，胳膊便被對方劃傷，眸中登時閃過一絲怒意，殺意陡現。既如此，他也不必留情了！心裡作了打算，他驟然一聲大喝，凌空飛起一腳，再虛晃一劍，趁著慕容滔閃避之機，突然出手，長劍直刺向對方眉心！

慕容滔暗道不好，急急抽身，險險地避過他這一劍。只還未來得及站穩，魏承霖下一劍又殺了過來。

霎時間，劍光四溢，殺氣滿天，也讓雙方的侍衛你望望我、我看看你，均打不定主意要不要上前幫忙？

慕容滔賣了個破綻，趁著魏承霖舉劍迎來之機，突然抽手，提劍朝著他的胸口刺過去。眼看著劍尖即將刺入對方胸膛，突地，「噹」的一聲，橫插進來的一柄長刀生生地將他的劍打開！

慕容滔大怒，正想喝罵這殺出來的程咬金，不想在看清對方容貌時，臉色大變。「二叔?!」

來人正是他的嫡親叔父，鎮國將軍的親弟慕容玨。

「畜生！」慕容玨直接便抽了他一記耳光，直打得他嘴角都滲出了血絲，足以見得他用力之大。「你枉為慕容家子弟，簡直令慕容氏一族蒙羞！」慕容玨怒極，驟然飛起一腳，將他踢飛出數丈之遠，再重重地摔落在地。「把這逆子綁了！」

立即便有兵士上前，將掙扎著想要爬起來的慕容滔五花大綁。

「叔父、叔父……」慕容滔大急，想要說些什麼，慕容玨直接便拿布巾堵住了他的嘴，根本不願聽他說。

「多有得罪，還請魏世子莫要見怪才是。」收拾了姪兒後，他深呼吸幾下平息怒火，朝著魏承霖拱了拱手。

魏承霖避過。「不敢當。」

慕容玨的眼神有些複雜。

魏氏與慕容氏自來便是既合作又競爭的關係，先祖驍勇善戰，可因為有魏氏壓著，始終不能到達頂峰。

如今兩府小的一輩當中，這魏承霖已經漸漸顯了出來，而慕容氏一族最大的希望，卻仍然沈迷女色，不知悔改。

當日魏雋航對他提及姪兒擄走了三皇子妃時，他還不相信，只怪魏雋航是有意往慕容氏身上潑髒水，畢竟如今對戎狄的大戰中，若論功行賞，魏氏必是會被慕容氏所壓的。

可他萬萬沒有想到，魏雋航所言竟然非虛！

他的好姪兒，竟然假作受傷退出前線，以護送糧草為名，實則私下進京擄人！

他又緩緩望向正狼狽地從馬車裡爬下來，吃力地想要走過來的周莞寧，眼中殺意頓現。

「將軍！」魏承霖察覺他對周莞寧起了殺心，側身上前一步，擋住了他的視線。

慕容玨冷笑一聲。「莫非魏世子也被這禍水所迷惑了？」

魏承霖淡淡地提醒他。「將軍，她非尋常人家婦人，而是當朝的三皇子妃，若她有個什麼不測，只怕將軍不好向三皇子交代。」

慕容玨方才不過是一瞬間的衝動，冷靜下來也知道此女殺不得，聞言又是一聲冷笑。

「既如此，此女便交給魏世子了！」說完，他也不等魏承霖反應，帶著掙扎不休的慕容滔便走了。

魏承霖沈默片刻，緩緩地走向眸中含淚、正激動地望著自己的周莞寧。

「阿……三皇子妃，臣這就命人護送妳回京。」

「三皇子妃？你竟然叫我皇子妃？若不是因為你當年一聲不吭地走掉，我又如何會成了這皇子妃！」周莞寧不敢相信地瞪大了眼睛。

「當年之事，是我對不住妳。」魏承霖沈默半晌，臉上難掩愧色。

不管原因如何，當年他拋下她不聲不響地走了，確是他之錯。

「你知道嗎？為了見你一面，我甚至想辦法讓自己落入慕容滔之手，因為我知道，你一定會來救我的。你看，我不是猜對了嗎？在我最危險之時，你果然來了！」周莞寧含淚道。

「妳是故意落入慕容滔手上的？」魏承霖皺眉。「妳如何會得知慕容滔的打算？」

「你相信嗎？上輩子我們本就是夫妻，而慕容滔也如這般將我擄走，是你趕了回來救了我！」周莞寧抓著他的衣袖，臉上浮現一抹柔情。

「妳受了驚嚇，我還是著人送妳回京吧！」見她開始胡言亂語，連「上輩子」這樣的話都說出來了，魏承霖有些擔心地道。

「我沒有胡說！是真的，上輩子我們就是一對恩愛夫妻！因為母親，就是、就是國公夫人將我推下馬車，致使我被慕容滔所擄，你、你還將她送到了家廟終老！」周莞寧見他不相信，頓時便急了。

「胡說！」魏承霖喝住她。「將生母送至家廟終老，這與畜生何異！」

「……畜生所為？」周莞寧只覺得整顆心像是被利箭刺中了一般，滿目盡是不可思議，連聲音都是抖的。她不敢相信，顫聲又道：「你、你怎會、怎會這般說？對對對，我知道了，因為你根本不知道上輩子我們之間的感情有多深，所以才會這樣說！上輩子我們成婚之後一直很恩愛，雖然祖母和母親，還有盈芷，她們一直對我有些偏見，但是不管發生了什麼事，你一直都站在我這邊。甚至、甚至在盈芷意外而亡後，你也沒有因為二哥的失手而怨我半分，待我一如既往、體貼入微；在母親一而再、再而三地尋我麻煩時，也始終護著我，便是後來慕容滔他將我擄了去——」

「住口，妳不要再說了！什麼上輩子、這輩子，妳這簡直是滿嘴胡言！」魏承霖氣急地打斷她的話，根本不敢再聽下去。

「我為什麼不能說了？我說的都是真話！上輩子你一直不滿盈芷刁蠻任性，不滿母親一直想讓你娶沈慧然，不滿——」周莞寧的聲音已經變得有些尖銳。

魏承霖的不相信，像是戳中了她心中最痛的地方，她不敢相信，她一直珍藏在心底最美好的那些記憶，竟然得不到她一直心心念念的那個人的承認。

他不但覺得她所說的這些都是胡言亂語，甚至還認為上輩子他對自己的維護是畜生所為！這叫她怎能接受？

「夠了！」魏承霖臉色鐵青，僅僅是聽她說的這番話，他便覺得自己平生的認知受到了極大的挑戰。

如果真有上輩子，如果上輩子他確如她口中所言的那般，那便真真是應了父親那句「不忠不孝不仁不義」，教他如何自處？

「盈兒的性子縱是有幾分嬌縱，但她從來便不是不講道理、只會胡攪蠻纏之人，更與『刁蠻任性』扯不上半點干係。如若她果真喪於妳兄長之手，哪怕他不是出自於本心，我也絕對不會輕饒過他，更不可能還能當作什麼事情也沒有發生過，毫無芥蒂地與妳恩愛一生！母親慈愛溫和，體貼、尊重晚輩，縱是喜歡慧然表妹端莊溫柔，意欲結親，也絕對做不出為人所難之事。如若她果真經歷了失女之痛，以致行為有所失常，那也是情有可原，身為人子，怎能無視生身之母內心悲痛，反倒怨她、怪她不體諒自己？妳口中那個『上輩子的我』，豈是能以畜生形容？其所作所為、一言一行，分明是連畜生尚且不如！不念生養之恩，不顧手足之情，枉為人子，枉為人兄，又有何面目立於朗朗乾坤之下？不忠不孝，不仁不義，如何敢稱魏氏子孫！」

周莞寧臉色慘白。魏承霖對「上輩子的他」的每一句指責，就像是往她心口扎上一刀，一刀比一刀狠，不過頃刻間，她覺得她的心便已經是千瘡百孔。

原來她一直珍藏的所有美好，於這輩子的他而言，竟是那樣的不堪，那樣的無法接受！

「不是的，不是的，不是你說的這樣……我們上輩子真的、真的一直很好很好……」她緊緊摀著嘴，眼淚如斷線的珠子一般，迅速滾落了下來。

「怎樣才算是很好很好？親妹因舅兄而死，生母被自己遺離身邊，縱是嬌妻在旁，此生此世，但凡良心未泯，只怕餘生也是寢食難安、愧疚連連，如何還能很好很好？」魏承霖深深地吸了口氣，平復了一下內心的激動，緩緩地道。下一刻，他又覺得自己居然氣惱難消地一一反駁對方的胡言亂語，這著實是有些幼稚，遂清了清嗓子，平靜地說：「此處不是久留之地，妳先收拾一下，我命人護送妳回京。」

周莞寧只覺得自己所有的堅持瞬間倒塌，所做的一切都變得可笑。

為了見他一面，為了喚起上一輩子他們之間的美好與幸福，她甚至拋下了一切，以自身為餌，任由慕容滔將她擄來這荒野之地。可到頭來她得到了什麼？得到的竟是他一句「畜生不如」！

剎那間，她不知道自己堅持了這般久為的是什麼？連魏承霖又對她說了什麼話，她也沒有聽清楚，只是努力睜著一雙水氣氤氳的眼眸，想要將這個神情冷漠的人看清楚。

魏承霖見她只是哭，一動也不動，有些頭疼，又有些無奈，儘量將語氣放得軟些。「不要哭了，這周圍還有人，讓他們瞧見了不好。」

「我還怕什麼被人瞧見？怕是回京之後，還不知要被多少人在背後指指點點……」周莞寧哭著道。雖是這般說，可她還是掏出了帕子拭去淚水。

魏承霖沈默片刻。說到底，這輩子終究是他先對不住她。

周莞寧見他不作聲，內心更覺得絕望。

自成婚後，三皇子對她事事體貼，可她總是不由自主地拿他與上輩子的夫君比較，愈是比較，心裡便愈是難以平衡。

尤其婚後沒多久，三皇子便捲入了太子與二皇子的爭鬥當中，後來更是被囚禁於宗人府內。她只覺得，這個夫君，不如魏大哥有魄力，不如魏大哥體貼，不如魏大哥才華橫溢……在他的身上，不如魏承霖的著實太多太多。

最後，魏承霖還是從親衛隊中撥出大半人馬，讓他們親自護送著周莞寧回京。

周莞寧見他居然只是將自己交給侍衛，甚至連親自送她回去都不肯，終於徹底絕望了。這個魏大哥，不是她心裡的那個魏大哥，更不是她上輩子那個事事以她為先的夫君！

她一時又生出幾分茫然來，只覺得天下之大，竟然找不到她容身之處。回京做什麼呢？繼續當她的皇子妃嗎？可三皇子還能容得下她嗎？

一時又覺得心灰意冷，腦子裡甚至生出了不如一死的念頭。可是，終究是捨不得。捨不得家中慈愛的爹娘、友愛的兄長。

山風迎面撲來，帶著一絲涼意，也吹動她身上的衣裳翻飛起來，更是令她本就纖弱的身軀又添了幾分楚楚可憐。

魏承霖見她神情茫然，低低地嘆了口氣，道：「我送妳到前方的鎮上，再替妳安排好。妳放心，我必會讓他們安全把妳送回京中，送回三皇子身邊。」

送回三皇子身邊？周莞寧垂眸，半晌，低著頭一言不發地回到了馬車上。

是啊，這輩子她也只有三皇子府可以去了。

車簾垂落，將她的身影擋在了簾後。

魏承霖抿抿雙唇，回身朝著遠遠避到一邊的護衛招了招手，吩咐了當中的一名護衛駕車，自己則是翻身上了馬，領著他的護衛隊，親自送著周莞寧到了最近的鎮上。

他尋了間客棧，請掌櫃娘子替周莞寧重又買了些換洗的衣物，望望天色已然不早，遲疑片刻，終於還是行至神情木然的周莞寧跟前道：「妳路上小心些，方才我得到消息，三皇子正帶著人趕來接妳了，我讓他們送妳去與三皇子會合，從此以後……」頓了頓，他終是沒有再說，轉過身後囑咐了護衛幾句，帶著僅餘的兩名護衛，頭也不回地邁步離開。

周莞寧張張嘴想要說些什麼，卻是半點聲音也沒有發出來。

她想，或許那些真的不過是她的一場夢，一場只得她一人覺得美好的夢。

「……縱是嬌妻在旁，此生此世，但凡良心未泯，只怕餘生也是寢食難安、愧疚連連，如何還能很好很好？」

魏承霖那句話忽地又在耳邊迴響，她輕咬著唇瓣，臉上一片澀然。

若他真的是這般想，縱然夢中所見的一幕幕確是上輩子之事，可後來呢？在魏盈芷與國公夫人先後離世後，她就真的和她的夫君從此過上了幸福而又平靜的生活了嗎？

也是這個時候，她猛然發現，其實她的夢境，竟是在國公夫人過世後便終止了。

她突然覺得遍體生寒。

後來呢？後來他們又怎樣了？心裡生出一股慌亂，她甚至不敢去想，不敢去探尋答案。

魏承霖離開後，一路快馬加鞭趕去與蘊福會合。在路上耽擱了不少時日，他更擔心延誤了軍情。

馬蹄的「噠噠」聲響在寂靜的路上揚起了滿天的塵土。

中途稍作歇息時，他隨手從行囊裡翻出乾糧，就地而坐，接連灌了幾口水，又嚼了兩個已經有些硬了的白麵饅頭。

吃飽喝足之後，他背靠著一塊巨大的青石閉目養神，不知不覺間，早前周莞寧那番關於上輩子的「胡言亂語」又響在耳畔。

儘管已經聽過了一回，可再一次想到的時候，他仍是不可抑制地打了個寒顫。

不可能的、不可能的，即便真的有什麼前世今生，即使所謂的前世今生走的是同樣的人生，他又怎可能做得出那樣的事來？

他不敢再想，努力摒棄心中雜念，待覺精神再度充沛後，翻身上馬繼續趕路，爭取早日與蘊福會合。

遠在前線戰場的魏雋航很快便知道了長子的決定，他慢慢地將手中的信函摺好，重又放回信封裡，良久，才長長地吁了口氣。

這一回，他的長子沒有讓他失望，沒有辜負其祖父對其多年的教導，在國家大義與百姓蒼生跟前，終於作了一回正確的選擇。

至於慕容滔……他搖了搖頭，心中生出一股惋惜。

看來女子的直覺終究還是相當準的，當日若非夫人提醒他要注意慕容滔，他也不會著人留意他的動靜，自然也不會知道他居然膽大包天到私自回京擄走當朝三皇子妃。

這已經不是可以用簡單的色令智昏來形容了！至親在前線為著朝廷、為著百姓而拚死奮戰，他的心裡卻只念著男女私情。

魏雋航已經可以想像接下來的鎮國將軍府會掀起什麼軒然大波了，也能夠體會慕容將軍得知真相後的痛心與失望。

畢竟，他曾經也經歷過同樣的痛心，同樣的失望。

沈昕顏從侍衛口中得知周莞寧平安回了京城，心中一時感嘆。

果然，這周莞寧的命格就注定她無論何時都會逢凶化吉。只是如今這一回卻鬧得有些大，雖然沒有證據，可關於她被賊人擄走的流言，早就在京城不少人家的內宅裡傳開了。

流言最可怕的地方，就在於它根本不必講什麼證據，只要傳的人多了，縱是假的，也會成真。

更何況，那些並不是流言，而是真真實實發生過之事。

三皇子不是她上輩子的長子，周莞寧也不是如上輩子那般，只落在慕容滔手上數日。這輩子，她足足失蹤了將近兩個月，已經足夠讓那些「流言」傳播的範圍迅速擴大。

還有便是宮裡的元佑帝與麗妃，若是得知周莞寧曾被人擄走，貞潔上有了「污點」，只怕未必會輕易揭過。

從來皇家人便是最好顏面的，又哪會容許皇室中有「失貞」的媳婦。

她覺得，這一回的周莞寧、周懋夫婦面臨的難題，遠比上輩子他們所面臨的要大得多。

畢竟，上輩子她的長子在周莞寧被擄時已經徹底掌控了國公府，沒有任何人膽敢質疑他的任何決定，只要他護著，沒有任何人能傷害到周莞寧。

可這輩子的三皇子，他要堵的是悠悠之口，面對的是宮裡的九五至尊。

過得數日，前線便傳回了慕容將軍在戰場受傷、英國公父子臨危受命，率軍攻入戎狄境地的消息。

霎時間，朝野上下的目光齊唰唰地落到了照舊閉門謝客的英國公府。

曾經在背地裡取笑老國公一世英名，卻養了個紈袴子之人，這會兒只覺得臉上有點熱。

這哪是什麼紈袴啊？若這種也算是紈袴子，那自家可得多生幾個！

「慕容將軍哪是在戰場上被敵軍所傷，分明是被慕容滔給氣的。生了這麼一個兒子，不氣死已經算是運氣好了。」一待元佑帝合上密函時，喬六公子才撇撇嘴道。

元佑帝搖搖頭，隨即又嘆了口氣，語氣難掩惋惜。「鎮國將軍府的一世英名，全然毀在這個不肖子孫身上。」

眼看著鎮國將軍府在軍中的威望即將壓下英國公府，哪想到在這個關鍵時候，自己府裡悉心培養的繼承人卻拉了後腿。

「已經確定周氏失蹤的那幾個月是落到了慕容滔手裡？」少頃，元佑帝皺著眉又問。

「已經確定了，還是魏世子與慕容玨前去將她救了下來的。」喬六公子頷首回答。

「慕容滔豈會無緣無故擄走她，可見她仍在閨閣當中便已經不安分，與慕容滔怕是有了牽扯。是朕錯了，當日便不應該替三皇兒賜下這樁婚事。」元佑帝一臉的冷漠。

當日他只顧著照顧忠心追隨的臣子，也沒有過多查探那女子的品行，以致到了如今這般地步。

喬六公子摸摸鼻端，倒不好接他這話。雖然這些年他與魏雋航走得近些，但與周懋也是合作過幾回，彼此印象倒也不算差。

「外頭傳揚的那些關於周氏的話，你想個法子掩下去。」元佑帝又吩咐道。

喬六公子有些為難。「陛下，都是些內宅婦人在傳，這叫屬下如何想法子去掩蓋啊？」

元佑帝的眉頭皺得更緊了，又問：「這番話傳得有鼻子有眼，可見源頭不是在周府，便是在三皇子府。」

「三皇子府前段時間一直置於多方人馬的監視之下，出自他府裡的可能性基本上可以排除。故而，這些話極大可能是源於周府。」
「周府如今掌著中饋的是何人？」
喬六公子略思忖片刻。「屬下沒有記錯的話，應該是五房那位夫人。」
「不是周懋的夫人？」元佑帝有些意外。
「不是。」喬六公子搖頭。
元佑帝的臉色有些不怎麼好看，但到底也沒有再說什麼。
「周氏此事暫且壓下，待事情了斷之後再作處理。還有，吏部這位齊柳修是何人推出來的，可曾查到了？」良久，他才道。
「查到了。這齊柳修原是翰林院編修，早些年辦差出了點差錯，被降了職，後來一直鬱鬱不得志。陛下想來不知，這位齊大人還是英國公的連襟。」說到後面，喬六公子笑了笑。
「喔？」元佑帝挑了挑眉。「還與雋航是連襟？看來這兩位的夫人關係並不怎麼好。」
「這屬下便不大清楚了，只知道這位齊夫人與國公夫人仍在閨閣當中時，兩人比其他姊妹要親近些，直到數年前，也不知發生了什麼事，這兩人才斷了來往。」喬六公子嚥了嚥口水，繼續道：「這位齊夫人近年來與周五夫人走得比較近，兩人一起賺了不少不義之財，只是齊夫人膽子小些，不及周五夫人。那齊柳修，就是通過周五夫人的關係進的吏部。」
「若不是來了這麼一齣，朕都不知道吏部竟是這麼容易進去的。」元佑帝冷笑。
那人的手已經伸到了吏部，甚至還伸到了宮裡，若不揪出來，他這把龍椅只怕也坐不安穩。

前線捷報頻頻，大軍漸漸逼近戎狄皇廷，戎狄王族派出了議和使臣意欲與朝廷議和，朝臣們都等著元佑帝在朝上提及此事，可左等右等，卻等來陛下龍體抱恙，罷朝三日的消息。

沒有得到宮裡的旨意，大軍繼續前進，不到一個月，戎狄王宮便被攻破，戎狄王族悉數被擒。

「太好了，這戰事總算是完了，爹爹與大哥他們也可以班師回朝了！」福寧院內，魏盈芷興奮地道。

「只可惜蘊福卻趕不及在妳生產之前回來。」沈昕顏輕撫著女兒的腹部，略有些遺憾。

魏盈芷的產期便在這幾日，除非蘊福肋下生出雙翼，否則要想親眼看著孩子出生是不可能的。

魏盈芷自然也覺得失望，但是身邊還有她最親的人，故而也是相當安心。

「對了，娘，貴妃娘娘真的已經沒事了嗎？」想到前幾日從宮裡傳來的消息，她不放心地問。

「沒事了，陛下龍體漸安，自然分得出好歹。皇后娘娘縱是占著名分，可貴妃娘娘與陛下這麼多年的情分，又哪是她能比得上的？」沈昕顏安慰道。

太子殿下與三皇子洗脫了嫌疑，瑞貴妃與麗妃的禁足令自然也解了，周皇后復寵得突然，可瑞貴妃又豈是省油的燈？幾個回合之後，周皇后已經被逼得節節敗退。後宮的掌握權，重又落回瑞貴妃手中。

魏盈芷是在一個下著傾盆大雨的日子裡開始陣痛的，國公府早就已經作了充足的準備，一直在等著她發動，故而雖然經過初時片刻的慌亂，但在沈昕顏的指揮下，很快便有條不紊地忙碌了起來。

知道女兒心裡害怕，沈昕顏一直坐在產房內陪著她，緊緊握著她的手，不時低聲和她說說話，以分散她的注意。

到後面陣痛越來越頻繁，越來越強烈，魏盈芷已經連說話的力氣都快沒有了。

沈昕顏在她耳畔一聲一聲地鼓勵著她，外間不知什麼時候進來的大長公主也不時大聲安慰幾句，便連楊氏亦然。

次日點燈時分，在經過十幾個時辰的陣痛後，英國公府內終於響起了嬰孩落地的啼哭聲。

「恭喜夫人、賀喜夫人，是個小公子！」穩婆抱著小小的嬰孩，笑著道喜。

「快快快，快讓我抱抱！」早就按捺不住地走了進來的大長公主連忙道。

沈昕顏笑著將懷裡的孩子小心翼翼地送到她的懷中，看見她的雙眸一下子就亮了起來，隨即氤氳了水氣。

「長得像蘊福，必也是個有福氣的。」片刻，大長公主才將孩子交還給她，抹了抹眼中水霧，笑著道。

沈昕顏像是沒有看到她的淚意，含笑道：「是，這孩子必然是個有福氣的。」

將孩子交給奶嬤嬤後，沈昕顏又進了裡間看看昏睡中的女兒，望著她恬靜的睡顏，不知不覺間，眸中含了淚水。

她當外祖母了……她就知道，這輩子一切都會不一樣的，她的女兒一定會有一個美滿的人生。

走出屋外，看著府內燃起的燭光，她的臉上揚起了淺淺的笑容。

如今，只待遠方的夫君與長子歸來了……

「夫人，大事不好，門外來了一批官兵，將咱們府給團團圍住了！」紫煙喘著氣，小跑著前來稟報。

沈昕顏正欲問個究竟，府內的大管家已經急步而來。「有亂臣賊子發動宮變，夫人莫慌，只緊閉府門靜候便是。」

「可知道是否僅是咱們府被圍？」沈昕顏追問。

「並不只是咱們府，這一條街上的府邸全都被圍住了，想來只是將各府裡之人困住，不准隨意進出。」

沈昕顏勉強鬆了口氣。只要不傷人便好，其餘諸事也輪不到她來擔心。

慶幸的是魏承釗等小輩一早就回了府，倒也讓人放心幾分。

宮廷生變，這一晚注定便是個不平之夜。

「二嫂，發生什麼事了？我怎的聽說有官兵把咱們府給包圍了？」楊氏急急忙忙地走了過來，額上甚至還滲著汗漬。

「我也不清楚，如今官兵只是圍府，倒也沒有其他舉動，應是暫且無礙。」沈昕顏回答。

楊氏皺起了眉。「真真是多事之秋，這一年來就沒個讓人輕鬆的時候。這官兵圍府，難不成宮裡頭那位要換了？」最後一句，她是壓低聲音說的。

「小心隔牆有耳。」沈昕顏衝她作了個噤聲的動作，不贊同地搖了搖頭，見楊氏拍了拍自己的嘴巴，揚了個抱歉的笑容，她才緩緩地道：「宮裡頭之事也輪不到咱們來管，且安心等候著便是。」

「我最近這心裡總是七上八下的，好不容易今日來了件喜事，這還沒來得及喘口氣呢，外頭又鬧事了！」楊氏嘆了口氣。

「待國公爺他們父子回來，咱們再熱熱鬧鬧地給釗哥兒辦場喜事，將那些黴氣、晦氣全部沖走。」沈昕顏笑著道。

見她神情輕鬆，似乎絲毫不擔心外頭之事，不知不覺間，楊氏整個人也放鬆了不少，聞言也笑道：「如此，改日便讓釗哥兒來給他二伯母磕頭！」

「偏妳最最精明，受了他的禮，我這便要豁出去替他大辦一場了！」沈昕顏打趣道。

楊氏歡喜得直笑。「何止要大辦一場？妳這二伯母的賀禮可也不能薄了！」

「哎喲，敢情妳這是替釗哥兒要賀禮來的！」沈昕顏戲言。

兩人說笑了一會兒，楊氏吃了定心丸便告辭離開了。

沈昕顏想了想，怕大長公主擔憂，便轉了個方向往大長公主處去。

進去的時候不見大長公主的身影，一問侍女，方知大長公主去了小佛堂。她乾脆便又尋到了小佛堂，一直等著大長公主誦完經，這才上前將她扶了起來。

「妳也累了一整日，早些回去歇息才是，我這一把年紀了，什麼大風大雨不曾見過？當年先帝登基時，京城也是腥風血雨沒個安穩，今夜這官兵只是把咱們府給包圍了又算得了什麼？他們圍著才好呢！圍著說明他們無心傷害咱們，也不想咱們捲入事端中去。想來朝堂上數得出名號的王公大臣府邸，全部都被圍住了。」大長公落了坐，不慌不忙地道。

「到底是母親見多識廣，不像兒媳，方才聽紫煙那般一說，險些沒把我的魂都嚇沒了。」沈昕顏喟嘆般道。

大長公主輕笑著拍拍她的手背，和藹地道：「回去吧！天塌下來也有高個子在頂著，咱們不過是婦道人家，外頭之事，縱是有心，也是無力，何苦還要惦記著讓自己沒個安穩。」

沈昕顏稱是應下，扶著她回了房，和侍女一起侍候她梳洗後，這才告辭。

但她也沒有回自己屋裡，而是轉身又去看看她的小外孫。看著小小的嬰孩睡得正香，她忍不住用指腹輕輕戳了戳那紅通通的小臉蛋。

榮升外祖母，這樣的感覺實在太過於新奇，好像不久前她的女兒還是個愛撒嬌、易衝動、極護短的小丫頭，她至今還記得當年小丫頭如同盛怒中的小老虎一般，死死地護著蘊福，不讓人將他趕走。

一眨眼間，小丫頭便已經長大成人，成婚生子了。

她的心思都放在襁褓裡的嬰孩上，對外頭的腥風血雨自然就關注得少了，心也漸漸地平靜了下來。

待春柳尋過來的時候，她才驚覺自己居然就這般坐了將近一夜。

「夫人當真讓人好找，四姑奶奶醒了，想要看看孩子呢！」春柳有些無奈地道。

沈昕顏起身揉揉有些痠痛的肩膀，春柳見狀忙上前去替她按捏著。

自然有跟進來的奶嬤嬤將孩子抱了出去。

「盈兒可曾用過膳了？」沈昕顏問。

「用過了，一醒過來便喊餓。」

「外頭怎樣了？可有消息？」沈昕顏又問。

「府裡各處門都緊緊鎖著，也安排了人留意門外的動靜，這會兒暫且不見有異響，想來那些官兵還是緊緊地包圍著，再沒有別的。」

待天邊泛起魚肚白時，府外的官兵便悄無聲息地撤去了，沈昕顏緊繃著的神經頓時一鬆，隨即命人到外頭去探個究竟。

前去打探消息的護衛很快便回來了，簡單地將事情經過道來。「聽說是有亂臣賊子闖進了皇宮，意圖逼宮，不承想陛下早就做了充足準備，將賊人全部捉了起來打入天牢。」

「昨日圍府的確是官府裡的人？」沈昕顏問。

「確是官府裡的人。」侍衛回答。

沈昕顏沒有再問什麼便讓他下去了。

# 第三十五章

宮裡，元佑帝臉色有幾分難看地高坐寶座上，一直到喬六公子進來回稟說已經將誠王餘孽悉數抓了起來，神情才稍緩和幾分。

「可有漏網之魚？」他不放心地追問。

「一個不留。」

元佑帝點點頭，隨即又冷笑道：「身為皇室子弟，為了一己之私，竟然勾結外敵，置朝廷、置百姓於無物，這樣之人，縱是死一百次也不夠！」

難怪戎狄初時可以迅速攻下兩座城池。誠王當年便是一員戰將，對朝廷邊防佈置有一定瞭解，誠王世子投靠外敵，自然是將這些都洩漏了出去。所幸的是他所知並不多，故而戎狄連攻兩城後，再到第三城時攻勢便緩了下來。

「這次朕一個也不會放過他們，必要他們人頭落地！」這全是當年斬草不除根留下的隱患，這一回他必要將所有的毒瘤挖出來！他深深地吸了口氣，又問另一旁的黑子。「周懋的傷勢如何？」

「傷口極深，但已無性命危險。」

「這回多虧了他及時護住朕，否則朕這條命休矣！」元佑帝有幾分慶幸。

喬六公子挑挑眉，暗道這周懋果然是個夠聰明也夠果斷之人，莫怪魏雋航那老滑頭從來不敢小看他。

周皇后與誠王世子勾結，意圖逼宮，這是株連九族的大罪，可周懋卻從一開始便立場堅定地與他們劃清界線，到如今周府即將被清算的時候，又立下了救駕之功。有著這份天大的功勞，至少他那一房是保住了。

這樣的人精，腦子清醒，處事果敢，對陛下還忠心，縱然陛下如今對姓周的厭惡至極，但對他卻始終留情。

只可惜這樣的聰明人，身邊拖他後腿的著實太多了，生父、嫡母、兄弟，甚至還包括他的妻女。否則，以他的才能，何至於只屈居一個鴻臚寺卿之位，並且一坐就是這麼多年，再沒有挪動半分？

緊接著的日子，沈昕顏每日都收到又有哪個官員丟官下獄、哪位被抄了家的消息，這當中，便有以前的周首輔和他的兩名嫡子、兩名庶子。

可以說，除了庶出的長子周懋外，周氏一族無一倖免，甚至還包括了宮裡的周皇后。

同樣被牽連的還有方氏與方碧蓉的娘家平良侯府。

看著拚命地向大長公主磕頭，請她替娘家人求情的方氏，沈昕顏眼神有些複雜。

方氏很快便看見了她，哭著撲了過去，抓著她的裙裾便道：「二弟妹，往日千錯萬錯都是我的錯，我也無顏求妳原諒，只求妳向貴妃娘娘說幾句好話，好歹留下家父性命，求求妳了……」一邊說，還一邊向沈昕顏磕起頭來。

沈昕顏連忙拉住她，不讓她再磕。「大嫂，妳莫要如此，貴妃娘娘乃深宮婦人，如何能干涉前朝之事？」

「只求她替家父向陛下說兩句好話，留下性命便可！」方氏忙不迭地道。

「若是旁的事，我豁出臉去找貴妃娘娘也並無不可，只如今牽扯到謀逆，陛下又是一副打算從重處置的模樣，卻是不好說話。」沈昕顏為難地道。

大長公主長嘆一聲道：「沈氏說的沒錯，陛下正是震怒之時，此時去求情，豈不是往槍口上撞？妳也莫要過於擔心，令尊只是下了牢，不像旁的那些或被斬首、或被流放、或被抄家的，可見他罪名不算重，陛下還不至於要取他性命。」

「真的嗎？」方氏抖著唇，淚眼矇矓地問。

「母親何必騙妳？快起來吧，若是讓孩子們瞧見了多不好。」沈昕顏將她扶了起來。

方氏就著她的力起身，口中一直喃喃地說著「不會有事的、不會有事的」諸如此類的話，也不知是想說服別人，還是想要說服自己？

沈昕顏有些同情。有著這種才能、見識有限，偏又不甘屈於人下的親人，著實算不得什麼幸事。

她想，平良侯府一系真正的聰明人，想來也就只有方氏一人罷了。

前朝後宮開始了大清算，每日均數不清有多少人被處置，一時之間，朝野上下人心惶惶，尤其是倖免的那些官員，既慶幸得以保存自身，又難免傷感。

經此一回，朝堂上的大臣去了五之一、二，看著那些或曾有幾分交情，又或是總愛針鋒相對的朝臣的身影消失在金殿上，餘者可謂百感交集，心有戚戚然。

此時，元佑帝睥睨著癱坐地上、早已經瞧不出半分往日雍容之貌的周皇后，不疾不徐地道：「看在曾經的那點情分上，今日朕便留妳一個全屍。」

「是嗎？如此真是要謝陛下隆恩了。」經歷過那夜的擔驚受怕後，待到死亡到來的這一刻，周皇后反而是鬆了一口氣。

是生是死已經成了定數，她再怎麼擔心也沒有半點用處了。

可是，當她看到元佑帝臉上那毫不掩飾的厭惡時，心還是顫了顫。

如果當年她老老實實地嫁入誠王府，不去肖想那些不屬於她的，今日的結局會不會就不一樣了？

「忘了告訴妳，妳為之效命的那個人，朕已經命人將他五馬分屍，並將他勾結外敵、引戎狄人進關等罪名公諸於天下，如今他們誠王一系已經被萬民唾罵，死後也不得安穩……不，朕說錯了，他們已經不是皇族之人，皇叔祖正式將他們除族了，如今他們不過是毫無根基的孤魂野鬼。妳若是走得快些，這會兒還能與那人做一對同命鴛鴦。」

周皇后面無血色，努力睜著雙眼望著他。眼前這個充滿殺氣、對自己厭惡至極的男子，真的是當年她拋棄了誠王世子也一心想要嫁的人嗎？

縱然當年她嫁他，確是有對權勢的渴望，但也是有著戀慕之情的。

「來人，賜周氏三尺白綾！」元佑帝已經不想再看到她，轉過身後大聲吩咐。

話音剛落，一直候在殿外的內侍，便雙手捧著疊得整整齊齊的白綾走了進來。

周皇后面如死灰，只仍不死心地問：「這麼多年來，難不成你對我竟沒有半分情意嗎？」

「沒有！當年若不是妳設計，朕根本不會納妳進門。」元佑帝冷漠地回答，言畢，抬腳大步邁了出殿。

「請皇后娘娘殯天！」內侍尖細的聲音響在殿內，周皇后眼帶絕望地望向那個離她越來越遠的身影。當脖子上被白綾纏繞時，她也不掙扎，仍死死地望向殿外那人消失的方向。

呼吸越來越困難，她終於劇烈地掙扎起來，雙手用力地抓著脖子上的白綾，像是想要將它扯開，可身上的力氣卻漸漸使不出半分。

意識越來越渙散，恍惚間，她又看到了當年碧波亭上的那對璧人，琴簫相伴，縈繞在他們身上的那些柔情密意，縱是離得遠遠的她，也能深深地感受到。她羨慕地想，若是那個人也能這樣待自己便好了。

可下一刻，誠王世子倒在血泊中的那一幕又出現在她的眼前。她喃喃地又想，錯了，一切都錯了，她當年便不應該貪戀不屬於自己的東西，而是應該好生去經營獨屬於自己的幸福……

良久，她抓著白綾的手終於無力地垂了下來。

「皇后娘娘殯天了！」不到一會兒的工夫，內侍的聲音便響了起來。

瑞貴妃憑窗而立，怔怔地望著遠處出神，皇后殯天的消息傳來時，她只是淡淡地道了句「知道了」。

宮女猜不透她的心思，也不敢再說，躬身退了出去。

死了嗎？也好，活著也不過是一種折磨，倒不如死了一了百了。

她知道自己應該覺得高興的，從此這個後宮便真真正正成了她的天下，冊立她為皇后的聖旨就放在御書房內，並且一放就是這麼多年。

她想，或許她早就應該讓那聖旨被打開了。

她與周氏的這場爭鬥，以她的全面勝利而告終。

可是，她就真的贏了嗎？她得到了什麼？皇后之位？數不清的榮華富貴？她苦澀地勾了勾嘴角，抬手輕輕覆在雙眸上。

這雙據聞清澈得如同稚子般的眼眸，經過這般多的殺戮，早就已經變得渾濁不堪，便連那些陰私手段，她也使用得爐火純青了……

「娘娘，侯爺有信來了！」

她怔了怔，身上的冷漠頓時一掃而清。「取來讓本宮瞧瞧。」

她想，不管後半生的路是否坎坷，她都能毫不遲疑地走下去，就為著她關心的這些人。

英國公府大門再度敞開之時，已是到了大軍即將班師回朝的時候。

府上一掃往日的沈悶，變得喜氣洋洋起來，上自大長公主，下至普通的掃地僕婦，均伸長了脖子等著這府邸的男主人歸來。

「人呢？怎的還沒有回來？」大長公主左等右等，均不見兒子和長孫歸來，一時便急了。

「還早呢、還早呢，如今剛進了城門，還要進宮，只怕要再過陣子才能回府。」早就出去探消息的魏承越一溜煙地跑了回來，聽到她這般問，連忙回答。

大長公主唯有強壓著內心的焦躁，任由沈昕顏將她扶了進屋坐下。

「上一回盼著他們父子得勝歸來還是好些年前之事了。」大長公主臉上盡是懷念之色，卻聽得沈昕顏及在場的楊氏等人臉色微變。

因為她們都知道，這個父子指的必然不會是魏雋航與魏承霖，因為魏承霖領兵出征還是頭一回，絕不可能好些年前便有過了。

沈昕顏與楊氏對望一眼，均從對方眼中看到了擔憂。

明明這段時間大長公主已經好了許多，一直不曾再犯過糊塗，沒有想到今日居然又犯了。

「霖哥兒頭一回上陣殺敵便有此成就，比他大伯父當年也是絲毫不差，真真不愧是他祖父親自教養長大的。」楊氏頓了頓，笑著便道。

「不錯不錯，這孩子是個爭氣的，也不算辜負了他祖父多年心血。」大長公主笑呵呵地連連點頭。

沈昕顏與楊氏再度對望一眼。這是……又恢復了？

大長公主並不知道這兩人的心思，早就樂呵呵地轉過身去逗著魏盈芷剛抱進來的重孫。

此時的魏雋航是歸心似箭，對元佑帝的問話根本沒有太過注意，他身邊的魏承霖亦然，直看得元佑帝又好氣、又好笑，最終無奈地揮了揮手。「罷了罷了，你們父子便回府去吧，想來姑母也等得急了。」

兩人急急地行禮告退，退出殿外後，迎面便見周懋在內侍的帶領下正走過來。

周懋也看到了他們，腳步頓了頓，淡淡地道了句。「恭喜國公爺與世子得勝歸來。」

「多謝多謝！」魏雋航似是沒有感覺到他的冷漠，客氣地回了句。

倒是魏承霖臉上有幾分遲疑，亦帶著幾分難掩的愧疚，恭敬地拱手行禮。「周大人。」

周懋只瞥了他一眼，沒有再說，大步進了殿。

要他再以平常心對待這魏氏父子，於他而言難於上青天，尤其想到相當於被軟禁在府裡的女兒，他的心便在滴血。

今日種種，全因那魏承霖而起，若非他，女兒何至於會落得這般下場?!

他深深地吸了口氣，將滿腹的忿恨按下，朝著元佑帝跪下。「臣周懋，參見陛下！」

出宮的路上，魏雋航瞅了瞅身邊的兒子，像是能明白他的心思一般，片刻，伸手去拍拍他的肩膀，卻是一句話也沒有說。

魏承霖感覺到父親無聲的安慰，心裡那些說不清、道不明的感覺頓時便消散了不少，低低地喚了聲。「父親。」

「回去吧，你祖母與母親還在等著咱們呢！」

「嗯。」

長子與那周家姑娘之事，早就已經分不清孰是孰非了，周氏女有錯，可長子就沒有錯嗎？歸根到底，不過是誰家的孩子誰家心疼。

而他，終究也只是一個自私的父親。

周懋聽著元佑帝不疾不徐地跟他說著對周府的處置——流放。

他知道陛下這是打算放過自己一家，心中總算是鬆了口氣。再一聽元佑帝打算將他調入六部，並問他的意思時，他心口一緊，緩緩地跪倒在地，低著頭半晌，才緩緩地道：「臣願以這進六部的名額，換取臣那不肖女兒餘生的安穩。」

元佑帝怔了怔，沒有想到他竟然會說出這樣的話。

早在周莞寧被三皇子帶了回來之後，他便起了殺心。皇家如何會留著這種不貞的媳婦？若不是三皇子死活要護著，這會兒周莞寧就已經香消玉殞了。

「你可曾想清楚了？如若朕已經不打算要你那個女兒的性命，你依然要這般做？」他平靜地問。

「是臣辜負了陛下隆恩，只是，臣斗膽，請陛下成全！」周懋的話沒有半點遲疑，無比堅決地回答。

女兒如今暫且無性命之憂又如何？若是有心，讓一個人靜悄悄地「病逝」並非什麼難事。三皇子如今還會護著她又如何？只待天長日久，他便真的能拗得過陛下嗎？他就真的敢為了一個女子而觸怒陛下嗎？若是他不能，女兒的苦日子才算是真真正正地到來。

而他，縱是護得住她一時，難不成還能護著她一世嗎？

見他毫不遲疑地應下，甚至連眉頭也不眨一下，元佑帝便知道他的心意已決。

「你要知道，這是你最後的機會，朕不會給同一個人第二次機會，放棄了這一回，這輩子你的官職也就到頭了。」

「臣明白，請陛下成全。」周懋如何會不知道這一點？可他也是沒有辦法，要他眼睜睜地看著女兒連命都丟掉，他又如何捨得！

「好，好，好，果真是慈父之心！你既執意如此，朕成全你便是。朕答應你，只要她從此安安分分，過往之事朕便不再追究，她依然穩穩地當她的三皇子妃！如此，你可滿意了？」元佑帝冷笑一聲問。

「臣謝陛下恩典！」周懋將頭垂得更低，恭恭敬敬地道。

元佑帝又是一聲冷笑，倒也沒有再說什麼話。

「國公爺回來了、世子回來了！國公爺回來了、世子回來了！」

下人們歡喜的叫聲傳了一層又一層，也讓屋內的沈昕顏陡然起身，竟是連大長公主也顧不上了，飛快地邁著步子衝了出去。

倒是楊氏笑著扶起了大長公主，攙扶著她緊跟在沈昕顏的身後。

沈昕顏立在廊下，激動地望向門外，直到遠處漸漸顯現一對同樣身穿盔甲的男子，她終於紅了眼，緊緊地盯著走在前面的那人。

那人步伐沈穩卻又略帶急躁，彷彿也看到了她，竟是一個踉蹌，虧得他身旁之人扶了他一把，可下一刻，他便推開那扶著他的手臂，將步子邁得更開，急切地走了過來。

魏承霖看看越走越快的父親，再望望廊下翹首以盼的祖母與母親，緊緊地抿了抿雙唇，隨即，快步追著父親的身影而去。

「母親，不孝子雋航回來了！」魏雋航走到大長公主面前，「撲通」一聲跪了下來，哽聲道。

大長公主流著眼淚、顫著雙手去扶他。「好，回來了就好、回來了就好！」

圍觀的府內眾人不知不覺也濕了眼睛。

沈昕顏輕咬著唇瓣，激動地望著他，卻沒有上前，只是在他望過來的時候，雙唇顫了顫。

「夫人……」滿腹的思念在看到這張熟悉的臉龐時，卻什麼也說不出來，魏雋航望著她輕柔地喚。

「你、你回來了……」沈昕顏的喉嚨有些堵，勉強揚了個笑容。

「我回來了，辛苦夫人！」魏雋航眼神越發柔和，縱有滿腔的話，可卻不便訴說。

大長公主的視線又落到嫡長孫身上，本就好不容易止住了的淚水，一下子又流了下來。

魏承霖看得心酸，猛地上前一步，跪了下去，啞聲喚：「祖母……」

大長公主老淚縱橫，只能抓著他的手連連點頭，卻是一個字也說不出來了。

沈昕顏拭了拭淚，上前柔聲勸慰，好一會兒才將她給勸住了。

眾人簇擁著大長公主進了屋，魏承霖又跪下先後向大長公主及沈昕顏磕了頭。

沈昕顏將他扶了起來，仔仔細細地打量了一番，見他明顯消瘦了不少，一雙眼睛卻炯炯有神，面容堅毅，渾身上下猶帶著幾分從戰場上下來的冷凝。只是眸中那因激動而泛起的水光，將這種冷凝沖去了不少。

「母親……」魏承霖回望著她，聲音微顫。

「回來了就好……」沈昕顏露出一個帶淚的笑容，柔聲道。

一會兒，自有府裡的小輩前來見過得勝歸來的兩人，伯父、叔父、大哥之類的稱呼夾雜著喜悅的笑聲，充斥著屋子，久別重逢的歡欣縈繞著眾人，久久不曾散去。

「這是祥哥兒？許久不見，都已經長這般高了！」魏雋航彎著身子，慈愛地望著已到他腰間高的幼子。

魏承祥眼睛滴溜溜地轉著，小手卻緊緊地抓著娘親的手，半邊身子都藏在娘親身後，好奇地望著眼前笑容和藹的男人。

「祥哥兒不記得了？這是你爹爹呀！」沈昕顏將他從身後拉了出來，笑著道。

魏承祥歪著腦袋盯著魏雋航打量了好片刻，見這個人笑容親切，長得也跟娘親屋裡那幅畫上的人一模一樣，終於確信了眼前這人真的是哥哥們一直在他耳邊唸著的爹爹。

「爹！」他清脆而響亮地喚。

「誒！」魏雋航高興得大笑，陡然伸出手將小傢伙抱住，就像當年那樣，將他高高地舉了起來。剎那間，魏承祥高興的尖叫聲便響徹半空。

「哎喲，好小子，都這般重了，再過幾年，爹爹都抱不動你了。」逗了小傢伙一會兒，魏雋航才在母親與妻子的嗔怪眼神中將小兒子放了下來。

「都上過戰場了，還是這般胡鬧的性子！」大長公主沒好氣地瞪了他一眼，招招手示意魏承祥到她身邊，指著含笑站立一旁的魏承霖問他。「祥哥兒，這是你大哥，可還記得？你以前最最喜歡大哥了。」

魏承祥這下倒沒有半點遲疑，又是一聲清脆響亮的「大哥」，惹得魏承霖忍不住伸出手去，揉了揉他的小腦袋。

突然，一陣嬰孩的哭聲驟然響了起來，將屋內眾人的注意力瞬間吸引了過去。

魏雋航與魏承霖對望一眼，神情是一模一樣的疑惑。

哪來的嬰孩？難不成府裡三房又添丁了？

正不解，便見魏盈芷抱著一個大紅襁褓出現在門口處，父子二人的眼睛一下子便瞪得老大，看著沈昕顏快步迎了上去，接過魏盈芷懷中的孩子，熟練地哄了起來。

只片刻的工夫，孩子的哭聲便止住了。

「這孩子，到底還是最親他外祖母，也不枉他外祖母疼愛他。」楊氏笑道。

「外祖母？什麼外祖母？」魏雋航怔住了，隨即眼睛瞪得更大。

「什麼外祖母？自然是你親外孫的外祖母啊！」楊氏難得地打趣道。

「這這這……這是、這是盈、盈、盈兒生的?!」魏雋航與魏承霖異口同聲地問。

「不是盈兒生的還能是哪個？」大長公主笑著反問，又衝著沈昕顏招招手。「沈氏，快把孩子抱過來，讓他外祖父與大舅舅好生瞧瞧！」

魏盈芷掩著嘴偷笑，還是頭一回看到父兄這般有趣的反應。

魏雋航父子領兵在外，只有他們有機會送信函回來，府裡眾人卻是不便去信，沈昕顏更怕他們征戰在外還要掛念著家中，故而也沒有想過去信。

故而，魏盈芷有喜，並且成功地生下一個兒子之事，魏雋航與魏承霖也是到了今日才知道。

「別別別，莫要靠得太近！我身上帶著寒氣，驚了孩子便不好了。」魏雋航又是搖頭、又是擺手，不敢靠那個小小的襁褓太近。

魏承霖則是一臉敬畏地連連後退了好幾步，同樣不敢靠近。

眾人再忍不住，笑出聲來。

「還說是大將軍呢！要我說，還是咱們小佑安最厲害，一下子便將兩位大將軍給嚇跑了！」魏承越笑著道。

佑安，正是大長公主給重孫起的小名，既是希望這個孩子一生平平安安，也是盼著遠方的兒子與長孫能平安歸來。

眾人一聽，頓時便笑得更厲害了。

最後，還是大長公主抹了抹眼中笑出來的淚花，道：「你們父子倆趕緊去換身衣裳。」

魏雋航父子二人被眾人笑得均有些不好意思，一聽這話連忙應了下來，轉身正要下去換衣裳，便聽魏盈芷問——

「爹、哥哥，蘊福呢？怎的不與你們一起？」

「蘊福被貴妃娘娘叫了去，想來很快便會過來了。」魏承霖回答。

魏盈芷略有幾分失望，不過一聽他這話又鬆了口氣，笑道：「爹和哥哥快去換衣裳，換好衣裳便要好好抱一回佑安。」

魏承霖只當沒有聽到。開玩笑，這般軟綿綿、像是沒有骨頭的孩子，他敢去抱才見鬼了，萬一沒控制好力量，把孩子給弄傷，豈不是得後悔一輩子？

魏雋航也是同樣的心思，敷衍地應了幾聲，急急忙忙便下去更衣了。

沈昕顏如何不知他們父子二人的想法？忍俊不禁地低下頭去。

當年長子與幼子出生的時候，那個人也不敢去抱。長子亦然，祥哥兒剛出生的時候，府裡的孩子們都急著想要去抱抱新得的小弟弟，偏他就是不敢。

待魏雋航父子換上常服再度進來時，蘊福不知什麼時候已經到了，正摩挲著手掌，激動地盯著魏盈芷懷中的孩子，像是想要上前抱抱，但又不敢。

父子二人頓時就覺得心裡平衡了。看吧看吧，連蘊福這個親爹都不敢抱呢！

蘊福作夢也沒有想到府裡會有這麼大的一個驚喜在等著自己，難怪方才從姑母處離開時，姑母臉上會帶著那種神秘兮兮的笑容，原來都在等著自己呢！

「岳父大人、大哥，你們瞧，我當爹了！」一見他們的身影，蘊福一個箭步便迎了上去，臉龐因為激動而泛著紅，眸中光芒閃耀。

魏雋航哈哈笑著拍拍他的肩膀。「恭喜福小子得了個安小子！」

蘊福嘻嘻地直笑，笑容瞧著卻有些傻乎乎的。

「這個傻爹爹！」沈昕顏好笑地搖搖頭。

當晚，為慶祝魏雋航父子及蘊福平安歸來，國公府內擺起了盛大的家宴，上自大長公主，下至襁褓中的趙佑安，統統出席；便是方氏，也被准許參加。

大長公主對方氏的那等禁足令雖然沒有撤銷，但實際上卻也不會對她諸多限制了。只是方氏卻不知是不是被關得太久，已經習慣了清靜，平日並不怎麼出門，依然安安靜靜地待在她自己屋裡，或是刺刺繡，又或是描描花樣子，神情之平靜，像是這世間上再沒有什麼能打亂她的心房。

周莞寧自回京後，一直被軟禁在三皇子府內，再不能輕易出去。

在元佑帝的示意、喬六公子的操控之下，京中漸漸流傳了「三皇子妃因為生病而使得容貌有了瑕疵，故而一直躲在府裡不敢見人」之類的話，這同時也解釋了為何早前流言傳得那般厲害，都沒有見她現身澄清。

畢竟似她這般姿容出眾的女子，自然更加愛惜容貌，又豈會讓人瞧見她不完美的一面？

當然，這番話自然也不是人人都相信的，只不管如何，到底也傳揚開了。

元佑帝對周府的判處也下來了，除救駕有功且不曾參與謀逆的長房外，包括曾經的周首輔在內的其他各房人，一律流放千里。

旨意傳下的前一日，周前首輔大罵前去獄中探望的長子，放下話將他逐出家門，從今往後周氏一族，與他周懋再無干係。

周懋一直低著頭讓老父罵，到最後被趕了出去，還在牢門外恭恭敬敬地叩了好幾個響頭，嗚咽著感謝父母的生養之恩。這一幕，讓不少路過的百姓看了個正著，待他悲痛萬分地離開後，略一打聽便知道了緣由。

此事一傳開，朝野上下對這周府自然是更加鄙棄了。與此同時，便是對周懋的越發同情。

如此不忠不仁不義之家，脫離了更好，倒是可惜了這位長房的周大人，品行多貴重的一個人啊，竟然攤上了這麼一家子。

「這老匹夫臨死前倒是做了一回好事。」喬六公子得知後冷哼一聲，隨手給自己倒了一杯酒。

正在收拾著書案的魏雋航聽罷，動作頓了頓，不過須臾便又若無其事地將案卷放回櫃中，不緊不慢地道：「與其說這周老頭子做了一回好事，倒不如說咱們那位周大人反應夠快，一下子便將自己摘清了，還能順便贏得朝野上下的同情，從今往後，再不會有人膽敢說他不孝。」

「原來如此，倒真是位不可小覷之人！」喬六公子恍然大悟。

「他從來便不是位簡單人物，否則又怎能從周府脫穎而出？這些年周府經歷得那般多，回回他都能全身而退，並且不曾讓陛下對他起過疑心。若非受家人所累，只怕如今的他離位極人臣也不會遠了。」

說到這兒，魏雋航還是生起了幾分惋惜來。

周府被流放千里那日，京城不少百姓都去圍觀，對著他們指指點點。也不知是什麼人起的頭，突然從人群中響起一聲「打死這賣國求榮的畜生」，話音未落，一顆雞蛋驟然從人群裡飛了出來，險險地砸在了方碧蓉頭上，引來她的一聲尖叫。

緊接著，數不清的蔬菜、雞蛋等物紛紛砸了過來，而官兵也沒有阻止的意思，不過瞬間，周府這些人頭上、身上便沾滿了各種諸如爛蔬菜、臭雞蛋之類的污物，十分狼狽不堪。

而這其中，以方碧蓉最為狼狽。

也不知是怎麼回事，落在她身上的東西總是比其他人要多。

得知方碧蓉在流放途中殺了人的消息時，沈昕顏正在準備著給沈慧然的賀禮。

早前因為二皇子一事，太子與三皇子被連累得囚禁在宗人府，而朝廷大軍也一度連吃敗仗，因此陳府與靖安伯府不得不將兒女的婚期延後，畢竟太子出事，身為太子妃娘家親戚的陳府，也沒有什麼心思辦喜事。

而兩府也不希望這門親事草草辦了，於是一合算，乾脆延期。

故而，沈慧然仍以十八歲的「高齡」待字閨中。

如今戰事已經平息，這門親事自然不能再拖，兩府重新定下了婚期，便在這個月的十八日，即是三日之後。

娘家姪女出嫁，沈昕顏自然無比歡喜，趁著這日得閒，她乾脆便到了庫房親自挑選賀禮。

「夫人，齊夫人出事了！」春柳一臉凝重地進來，在她身邊壓低聲音道。

沈昕顏好一會兒才反應過來，這個齊夫人指的是她的庶妹，已經許多年不曾見過面的沈昕蘭。

自從當年沈昕蘭為著夫君齊柳修之事求上門無果後，姊妹二人再不曾往來，沈昕顏也就早前從許素敏口中得知，這沈昕蘭與方碧蓉走得比較近，兩人還不知怎的與鹽幫搭上了關係，私底下賺了一筆不義之財。

「她出什麼事了？」她合上手上錦盒，皺眉問。

「齊夫人死了，被流放途中的周五夫人殺死了！」

什麼?!沈昕顏吃驚地瞪大了眼睛，簡直不敢相信自己所聽到的。「流放途中如何殺人？這押解的官兵還在盯著呢！再說，沈昕蘭無緣無故的去找那方碧蓉做什麼？」宮變之後，元佑帝清理朝堂，新任的吏部尚書齊柳修位置還沒有坐熱便被捋了下來，直接扔進了大牢，不久前也被判了個抄家流放……等等，流放？沈昕顏忽地心思一動，追問：「難不成，那齊柳修流放之地與方碧蓉一樣，兩人在途中還遇上了？」

「夫人說的沒錯。」

魏雋航的聲音在身後響了起來，沈昕顏連忙將手上的東西交給春柳，迎上前去。

「回屋裡我仔細說與夫人聽。」魏雋航牽著她回了屋，將她輕按在軟榻上。

「此事說起來也是蹊蹺得很，兩方隊伍中途相遇，不知怎的那周五夫人與那齊柳修便避人耳目敘起了舊，又不知怎的竟被趕來送夫君一程的齊夫人給撞了個正著，兩位夫人便纏鬥了起來，糾纏之間，周五夫人失手殺害了齊夫人。如今，官府因為此事正商量著如何處置周五夫人？」

魏雋航緩緩地將事情經過道來，直聽得沈昕顏臉色幾變。片刻後，她蹙眉道：「此事確是古怪得很……」

魏雋航探出手去，輕輕將她的眉間撫平，似是有些漫不經心地道：「其實，細究下來，我也多少猜得出背後是何人設計的這一齣，為的又是什麼？」

「你既知道，那怎不快跟我說說？」沈昕顏有些心急地將他的手拉下。

難得見她這般急切的模樣，魏雋航啞然失笑，也不欲再逗她，清清嗓子道：「早前京裡曾傳出三皇子妃被賊人所擄之話，夫人可還記得？」

「這個自然。」

「這番話的源頭，正是那位周五夫人。」

沈昕顏的眉梢微微挑了挑，倒也不覺得意外，因為她也懷疑是方碧蓉所為。「那麼……今日此事是周大人所為，為的便是替他的女兒出氣？」她試探著問。

魏雋航讚許地望著她，一副與有榮焉的模樣。「我的夫人果然聰慧！」

沈昕顏不理他，繼續問：「只是，周大人此舉，便不怕……」

「他能有什麼好怕的？周府除了他們一房，其他幾房人早就徹底惹了陛下的厭。尤其是那位五夫人，著實是自作聰明，三皇子妃可不僅僅是他們周家的姑娘，還是皇室中人，壞了她的名聲，皇室可會饒過她？周大人想來也明白這一點，故而出手毫不遲疑。那位五夫人，接下來的日子必然要比流放千里還要難過。」魏雋航搖搖頭。

周五夫人與那位齊夫人，一個是大嫂的妹妹，一個是夫人的妹妹，兩個都不是省油的燈，落得如今這般下場，也有幾分咎由自取的意味。

沈昕顏倒是一番感嘆。沒有想到這輩子的沈昕蘭居然死在了方碧蓉手上，心裡倒也有些複雜。

沈昕顏深恨上輩子沈昕蘭聯合外人陷害自己不成，反倒連累秋棠慘死，可這輩子自己也不過是希望與她做一對陌生人，並沒有想過要對她怎樣，不承想她最終竟落得了這麼一個下場。

「舅兄著人前去收殮了，她的一雙孩子也接回了伯府。」魏雋航忽地又道。

沈昕顏訝然，只想一想又覺得最是正常不過。

沈昕蘭死了，齊柳修被流放，齊氏族人想來避他們一家子如蛇蠍，又怎可能會替她收屍？更不必說還要收留她留下來的孩子。這一切，自然便落到了沈昕蘭的娘家人，如今的靖安伯頭上了。況且，以靖安伯那個軟性子，會這樣做一點兒也不意外。

只不過……沈昕顏眉間皺得更厲害。就怕這對孩子會如他們的母親那般，是兩頭養不熟的白眼狼，到時兄長便是引狼入室了。

她記得沈昕蘭的長子今年已經十六，女兒也有十三了，這樣的年紀說大不大，說小也不算小，但性情均已成形，並非能輕易改變的。

這輩子她與這兩個孩子並無接觸，上輩子又太過於久遠，印象亦不深，一時倒也不知他們性情到底如何？

只是不管怎樣，這對孩子既然姓齊，父族那邊又不是沒有人，實在不應該成為靖安伯府的責任。

這一點，她還是得找個機會與兄長說說才是。

# 第三十六章

元佑帝既處置了亂臣賊子，自然也到了論功行賞的時候。

英國公魏雋航已經貴為超品國公爺，封無可封，元佑帝只是下了嘉獎旨意，賞賜了不少奇珍異寶，反倒是世子魏承霖被提為四品鎮威將軍；其他有功將士也得到了相應的嘉獎。

鎮國大將軍晉封鎮北侯，襲三代。

鎮國大將軍顫抖著跪下謝恩，心裡卻是百感交集，只道陛下果真是位仁厚之君，並沒有因為逆子一事而牽連慕容氏一族，也沒有抹殺他們慕容氏的功勞。

魏雋航卻知道，若不是因為慕容滔之事，鎮北侯這個爵位就不會只襲三代，而是世襲罔替。慕容滔做的那些事自然不能擺上檯面，但是也不代表元佑帝心裡沒有疙瘩，只瞧著如今這個「襲三代」的侯爵便知道了。

周懋垂眸，彷彿絲毫不在意殿內發生的一切，只是在鎮北侯謝恩時飛快瞅了他一眼，隨即又垂下眼簾，一副老神在在的模樣。

沈慧然出嫁這一日，沈昕顏等人一大早就到了靖安伯府。

如今的靖安伯府內宅由嫡長子沈峰之妻崔氏掌理著，崔氏到底年輕，也是頭一回主持婚嫁之事，一時有些手忙腳亂，一見沈昕顏到來便鬆了口氣。

不管怎樣，有個長輩坐鎮著總是更讓人心安，更何況還是一個頗受夫家人敬重的長輩。

沈昕顏被崔氏拉著說了好一會兒話，好不容易脫身，才往沈慧然屋裡去。

進屋便見裡頭除了魏盈芷外還有隔房的幾位姪女在，正圍著沈慧然說著話，見她進來，連忙上前見禮。

當年以為伯府會被梁氏連累時，二房和三房慌不迭地提出分家，打那以後，沈昕顏與這兩房人便少了往來，僅僅維持著表面的禮數，不至於讓人看了笑話，可若是再要親近些便沒有了。如今再看到這兩房的人，她倒也沒有太大的感覺，一一含笑回應了。

「許些日子不見，姑母瞧著倒像是年輕了好些，越發光彩照人了！」二房的姑娘率先道。

「可不是嗎？若是與盈兒表妹走在一起，不知道的還以為妳倆是姊妹呢！」三房的姑娘不甘落後。

「我瞧著好些日子沒見，妳們幾個丫頭的嘴巴倒是越發會說話了。」嫡親的姪女出嫁，沈昕顏心情甚好，難得地與她們開起玩笑來。

見她這般笑容滿面、語氣親切，眾女精神頓時一振，越發奉承起來。

「妳這幾位堂姊、堂妹可真是會說話，瞧把我娘給哄得眉開眼笑的！」一旁的魏盈芷湊到已經梳妝好的沈慧然耳邊，戲謔地道。

沈慧然嗔了她一眼，如同小時候那般往她嘴角上捏了一把。「妳若是出馬，想把姑姑哄得眉開眼笑還不是輕而易舉之事？」

魏盈芷嘻嘻地笑，替她扶了扶髮髻上的鳳簪。

沈慧然問：「今日可有把安哥兒帶過來？我還不曾見過他呢！卻不知是長得像妳，還是像侯爺更多些？」

「這人來人往的，哪敢把他帶過來，若是哭鬧起來，豈不是要誤了這大好日子？至於長得像誰，祖母和娘她們都說長得像蘊福多些，如今蘊福整日在我跟前得意，只說兒子長得像他，真真氣人！」想到蘊福那得意洋洋的模樣，魏盈芷便覺得心裡不平衡了。

她十月懷胎好不容易生下來的兒子，據聞除了眉毛及眼睛外，其餘的都像他爹！

「兒子長得像爹自是更好，若是他像侯爺小時候那般勤奮好學又乖巧聽話，那妳這個當娘的可就是福氣四溢了！」沈慧然輕笑。

姊妹倆說著話，那廂好不容易將眾女打發了的沈昕顏正走了過來，將兩人的對話聽了個分明，遂笑道：「安哥兒的容貌是像他爹，可那愛鬧騰人的性子，卻是更像他娘！」

「娘！」魏盈芷聽出她的取笑之意，不依地嗔道。

三人笑鬧一番，魏盈芷便被崔氏叫走了。

「姑姑，這是我娘讓我轉交給您的。」待屋裡只剩下姑姪二人，沈慧然才翻出一個描金錦盒，輕輕地推到沈昕顏跟前。

「妳娘給我的？是什麼東西？」沈昕顏不解地問，順手接過那錦盒打開，見裡面居然放著好厚的一疊銀票。好傢伙，張張的數額還不算小。

「我娘說，這是當年她欠下您的，如今連本帶利全部還給您。」沈慧然輕聲道，不等沈昕顏說什麼，她忙又回了句。「姑姑放心，我娘說，這些都是她這些年做生意賺的，存了好久，都是乾乾淨淨的錢！」

沈昕顏的眼神有些複雜，沒有想到梁氏居然還記著當年她貪了自己嫁妝鋪子裡的銀兩一事，並且一直在默默地存著錢要還給自己。

其實這些年來，靖安伯每個月都會代梁氏還給她一筆銀子，那些銀子大部分被她通過各種方式又用在了沈峰兄妹幾個身上，畢竟靖安伯的家底有多少，沈昕顏大略還是有數的，每個月還給了她那麼一筆不算少的銀兩，那相對地，留在府裡用的必然會少了。

「這些錢我不能要。當年她欠我的，這些年妳爹爹已經陸陸續續代她還清了，所以，她不再欠我什麼。」沈昕顏將那錦盒重又推了回去。

「姑姑您一定要收下，否則我不好向娘交代，娘她也不會安心的！」見她不收，沈慧然急了。

沈昕顏想了想，不再勉強。

收下也好，不但梁氏，便是沈峰兄妹也能安心了。

見她終於肯收下，沈慧然這才鬆了口氣，臉上瞬間便露出了輕鬆的笑容。

沈昕顏見狀，更覺得自己決定收下是正確的。沒有人想一輩子欠別人東西，梁氏如此，得知當年那樁事的沈峰與沈慧然兄妹二人亦然。

「姑姑，我想向您討個人。」沈慧然又道。

「喔？瞧上了姑姑身邊什麼人？」沈昕顏有些意外。

「便是珠兒。想來是習慣了珠兒在身邊侍候，自從回到府裡之後，總是覺得缺了些什麼。」沈慧然微赧。

珠兒？沈昕顏只是怔了須臾，又覺得在意料當中。

珠兒是當年她特地撥過去侍候到國公府小住的沈慧然的，說是侍候，其實珠兒還擔負著觀察沈慧然言行之責，為的便是怕沈慧然又會陷入上輩子對魏承霖那些不應該生的情絲裡。

雖然這輩子沈慧然仍然無可避免地對魏承霖起了不必要的心思，但到底不再像上輩子那般執拗，不顧姑娘家的矜持，也不顧身為伯府嫡女的驕傲，而是毅然揮劍斬情絲。

「妳若不嫌棄她，改日我便讓人把她的身契送到陳府去，如此也算是她的一番造化了。」

「多謝姑姑！」沈慧然鬆了口氣。

沈昕顏瞧著時辰差不多了，親自替她補了補妝容。很快地，崔氏及喜娘一前一後地走了進來，沈昕顏不便打擾，遂去了坐滿賀喜賓客的花廳處。

待喜炮「噼噼啪啪」地燃放起來，不過多久，便傳來了「新郎來了」的喜慶聲。

片刻，滿身喜氣的陳家三公子的身影便出現在眾人眼前。男子身姿挺拔，丰神俊朗，臉上帶著毫不掩飾的歡喜，足下步子的急促，倒是打破了他表面的鎮定。

就是這麼一瞬間，沈昕顏一直緊懸著的心便落回了實處。

她想，這輩子她的姪女終於也有了獨屬於她一人的夫君，獨屬於她一人的懷抱，不必去羨慕嫉妒，只需安心將自己的日子經營好便是。

魏承霖也在賓客群當中，遙遙地看著陳三公子將人接走，不知怎的想到周莞寧早前那番瘋言瘋語，無奈地搖搖頭。

他一轉身，便對上一女子有些複雜的眼眸，怔了怔，瞬間便認出對方竟是長寧郡主。

自當年他親自護送著長寧郡主上山靜養，不久兩家婚事取消，他就沒有再見過長寧郡主，只知道後來她病癒回京，再多的便不知道了。

可是，儘管多年不見，對這個得盡家人誇讚的女子，他心裡卻總是記得的，尤其是知道她當年那場病竟是出自大伯母之手後，對長寧郡主，他多了些許愧疚。

「郡主。」他定定神，拱手行禮。

「世子無須多禮。」長寧郡主心裡一樣有些複雜，也沒有想到會再度遇上他。

不，其實她早就應該想到才是，畢竟靖安伯是他的舅舅，今日的新娘子是他的表妹。

甚至，她潛意識裡會選擇到靖安伯府而不是陳府，也是有著想要見見他的意思在。

兩人一時相對無言。

片刻，還是魏承霖先開口。「郡主身子可大安了？」

「多謝世子，已然大安了。」看著眼前早已褪去了當年少年青澀的男子，長寧郡主滿是唏噓，垂下眼眸掩飾一下後，揚著笑容道：「一直不曾恭喜世子得勝回朝，今日借此機會道一聲恭喜。恭喜世子凱旋，恭喜世子揚名立萬。」

「多謝郡主。」

再度相對無言。

魏承霖本就是個沈默寡言的性子，與長寧郡主雖曾有過未婚夫婦之名，但實際上見面的次數也是數得過來，私底下更不曾有過什麼接觸，彼此瞭解不多，加之心中還存了那麼一分愧疚，這話自然也就更少了。

長寧郡主心裡有些堵，突然也不知道自己今日來見他是為了什麼？是來見見他好不好，還是恭喜他年紀輕輕便已立下了這不世的功勞？

「哥哥，原來你在此，娘正尋你呢！」正在此時，魏盈芷走了過來，一見兄長居然在與一名女子說話便先吃了一驚，定睛再一看，認出那女子居然是好多年不曾見過的長寧郡主，頓時大喜。「郡主！」

「盈芷妹妹！」長寧郡主微不可見地鬆了口氣。魏盈芷出現的那一瞬間，原本縈繞著的尷尬與不自在頓時一掃而空。

「郡主在此，怎也不去尋我？咱們好些年不曾見過了！妳身子可已經大好了？」魏盈芷親親熱熱地挽著她，笑著問。

「妳這會兒是個大忙人，我怎好前去打擾？我身子已經大好了，多謝妳一直記掛著。」長寧郡主唇邊帶笑。

「縱是再怎麼忙也及不上郡主妳呀！郡主是什麼時候回京的，我怎也不知道？」

「上個月才回來的。」

這些年長寧郡主住在雲雁山上的日子更多些，只是不時回京看望爹娘。寧王妃雖然不捨女兒，但女兒去了雲雁山不久，病情就得以好轉，便覺得那處果真是個福地，故而也不阻止。

經歷過一回，再沒有什麼能及得上女兒的健康了。

魏承霖見兩人手挽手靠在一起親熱地說著話，不知不覺間，嘴角微微上揚。片刻，像是想到了什麼，笑容便添了幾分澀意，微不可聞地嘆了口氣，也不欲打擾那兩人，靜靜地離開，前往見沈昕顏了。

「方才世子與長寧郡主見面了。」屋裡，紫煙小聲地向沈昕顏稟報。

沈昕顏詫異。「長寧郡主也來了？」

她一時心中百感交集。如果當年沒有方氏暗中搞鬼，這時候長寧郡主早就已經成了她的兒媳婦，說不定連孩子都生下了。

說到底，還是她的兒子沒有這個福氣，也是這兩人缺了些夫妻的緣分。
「母親，盈兒說母親在尋我，可有事？」
正想著，魏承霖便走了進來。
「也不是什麼事，你峰表兄那裡有些忙不過來，想讓你過去搭一把手。」沈昕顏回神，也不打算去問他與長寧郡主見面之事，含笑回答。
「知道了，我這便過去。」魏承霖倒也不推辭，問明了沈峰所在之處便過去了。
「長寧郡主好像仍未嫁人，恰好霖哥兒也不曾娶，說不定這兩人是命中注定的夫妻，故而縱是當年無奈退親，兜兜轉轉這些年，仍是男未婚、女未嫁。」楊氏方才也看到魏承霖與長寧郡主見面，尋了個空來與沈昕顏說。
沈昕顏輕輕搖了搖頭，不知該說些什麼？
「我瞧著，倒不如再把這兩人的姻緣線一拉，這樣，妳也好，母親也好，甚至寧王妃也了了一樁心事。」楊氏笑著又道。
沈昕顏輕嘆一聲。「此事並非我所能決定的，還是再瞧瞧吧！」
見她如此，楊氏也不好再說什麼。反正又不是她的兒子，她有什麼好急的？
待賓客漸漸散去，沈昕顏便也準備告辭離開，卻見崔氏滿臉的遲疑，一副欲言又止的模樣。

「可是有話要說？」她問。

「三姑母留下的榮哥兒和芳姊兒……」

沈昕顏一怔之下才想起此事，頓時一拍腦門。

瞧她這記性，明明來之前還打算與兄長說說沈昕蘭這對孩子之事，今日倒是忘了個一乾二淨。

瞧著崔氏這模樣，想來也不是很樂意讓那兩個孩子留下。這也難怪，首先這兩個孩子姓齊，而齊家並不是沒有族人，輪不到他們靖安伯府來養。其次，孩子們的父親是牽涉了誠王世子謀逆一案的，縱然沒有被處斬，也沒有牽連族人，但這謀逆之罪，誰沾上了都不會有好結果。

「此事我心裡都有主意了，妳放心，我現在便去與大哥說說。」沈昕顏安慰地拍拍她的手背。

崔氏這才覺得鬆了口氣，又像是怕沈昕顏誤會了一般，忙又道：「我不是連兩個孩子都容不下，只是……」

「我明白，妳擔心的那些，也正是我所擔心的。」沈昕顏如何不知她所想？頓了頓，她問：「那兩個孩子呢？」

「榮哥兒在前院暫住著；芳姊兒在以前她娘住過的屋子，姑姑若是想見她，我讓人叫她來。」

「暫且不見吧！」沈昕顏搖了搖頭，決定還是先與兄長見過再說。

靖安伯正在書房裡整理著他的書冊。女兒出嫁，他了了一樁心事，只是心裡卻又覺得空落落的，乾脆找些事來做，也不至於會一直想著成了別人家媳婦的女兒。

聽說妹妹來見自己，他連忙將書冊放下，正起身，便見沈昕顏推門而入。

一見他這副假裝忙碌的模樣，沈昕顏便知道他是捨不得女兒了，笑著寬慰了他幾句，兩人落了坐，她才提起此行的目的。

「榮哥兒與芳姊兒——」

「他倆是好孩子。妹妹不知，齊氏那些族人視他們兄妹如同洪水猛獸一般，又欺他們無人撐腰，竟連三妹妹僅餘下的那幾兩銀子都搶了去。我著實憐惜他們，不忍見他們流落在外，這才將他們接了回來，也想著給他們一個棲身之處。」靖安伯坦然道，不等沈昕顏將利害對他說分明，便打斷了她的話。「至於妹妹所擔心的那些，我都明白，只是，這世間之事哪能事事較得清？不管他們父母如何，這兩孩子總是無辜的，罪不及家人。連陛下都只是處置了三妹夫一人，沒有牽連他的親人，可見三妹夫當日並沒有牽扯太多。陛下是個有道明君，既然已經有了處置，日後自然不會再抓著此事不放。」

靖安伯雖是個軟性子，但他決定了的事，也是不容別人反對的。見他如此，沈昕顏便知道自己這回是白跑一趟了，無奈地嘆了口氣，終是還有些不甘心。「大哥只需記得，防人之心不可無，其餘的，我這個當妹妹的也不好再說什麼。」

靖安伯點點頭。「好了，天色已經不早，妳也該回去了。」

沈昕顏遂起身告辭。

直到她的身影消失後，門外的拐角處才轉出一個少年。

少年望望她離去的方向，又看看重又關上了的房門，眼眸複雜。

如今他們兄妹已經成了旁人避之不及的對象了嗎……

自從在靖安伯府重又遇到長寧郡主後，魏盈芷一得了空便往寧王府跑，美其名曰與郡主姊姊聚舊，實則另有打算。

長寧郡主自從病後離京長住，便與從前的閨中好友甚少見面了，加上這幾年她們陸續成家，見面的時候自然就更加少了，故而對魏盈芷的到來表示了十分的歡迎。

寧王妃也樂意見到女兒與魏盈芷親近。

魏盈芷今時不同往日，乃瑞貴妃唯一的姪媳、忠義侯夫人，忠義侯如今又有軍功在身，不是一個掛著虛銜的侯爺，和她交好，於女兒、於王府來說都是極為有利的。

「還是到了郡主這裡才有些安寧。妳是不知道，我家裡那個小子，整日鬧騰，鬧得我頭都大了，偏還一個個護得緊，我這個當娘的竟是拿他半點法子也沒有。」這日，魏盈芷再度上門，被寧王妃親自迎進了長寧郡主的屋裡，待屋裡只剩下她與郡主後，這才長嘆一聲道。

長寧郡主挾了塊紅豆糕送到她嘴邊，聞言便笑了。「安哥兒那般討人喜歡的孩子，誰不疼？偏妳愛抱怨！」

魏盈芷嚼了幾下，將那糕點嚥了下去，拭了拭嘴角，又啜飲了幾口茶，這才往她身邊湊。

「我娘與祖母這兩人尤其偏心，明明是安哥兒自己調皮，我說他兩句，她們竟然還怪我！」

「一個奶娃娃，妳倒還說他？也不看看他聽不聽得懂！」長寧郡主有些想笑。

魏盈芷抿抿嘴。「年紀雖小，可人精著呢！膽子也大得很，旁的孩子都不敢往我哥哥身邊湊，偏他一看見我哥哥就張著手，呀呀叫著讓抱。」沒有錯過長寧郡主在聽到魏承霖時笑意稍凝，她一咬牙，便乾脆試探地道：「我哥哥這些年身邊一直沒人，姊姊也仍是……可見——」

「我已經訂親了！」長寧郡主忽地打斷她的話。

「訂親了?!」魏盈芷吃了一驚，瞪大眼睛，不可置信。

長寧郡主頷首。「他是上一科的狀元，在雲雁山時，淨虛師太見證，我娘作主，將我許配給他了，我爹也已經同意。如今他回鄉祭祖，只待歸來之後便成婚。」

魏盈芷微張著嘴巴，終於相信她所言非虛，頓時有些洩氣，緊接著便又替她高興起來，真誠地道：「如此，我便恭喜姊姊了，也祝願姊姊與姊夫百年好合！」

長寧郡主眸中閃過一絲溫柔，倒也落落大方地道：「那便承妳吉言了。」

沒能將郡主姊姊變成郡主嫂嫂，魏盈芷到底還是有些遺憾。離開時，長寧郡主親自將她送出了院門，看著她的身影漸漸消失在眼前，臉上的笑容不知不覺便斂了下來，低低地嘆了口氣。

魏承霖是她年少時的一個美夢，是她平生第一次心動的人，可是她也很清楚，當年那場訂親僅是父母之命，魏承霖的心裡從來不曾有過她。

其實病癒後從雲雁山回到京城的某一日，她曾私自跑去見魏承霖，可看到的卻是他對著另一名擁有絕世姿容的女子溫柔相待，她至今還記得他眸中那根本掩飾不住的柔情，還有那小心翼翼呵護的動作。

也是那個時候，她知道自己再沒有希望。

不屬於她的終究不會屬於她，再怎麼勉強也沒有半點用處。

不知怎的便想到了另一個與魏承霖截然不同的溫文男子，臉上的苦澀漸漸被溫柔所取代。

她想，或許這便是傳言中的塞翁失馬，她失了年少時第一個動心的人，卻得到了另一個願意與她相伴終生之人。

「郡主已經和上一科的狀元郎訂下了親事，只等狀元郎祭祖回京便會成親了。唉，我原以為她還有機會給我當嫂嫂的，不承想竟是空歡喜一場。」魏盈芷一邊哄著兒子，一邊對蘊福道。

蘊福正握著兒子軟軟肉肉的小手輕輕地搖，逗得小傢伙咧著小嘴衝他直樂，聽到魏盈芷的話也只是笑了笑。「如此只能說明大哥與郡主少了些緣分，郡主既然另有良緣，大哥自然也不會例外，妳又何必著急？」

「怎的能不急？娘與祖母更加急！你是不知道，我娘她已經在四處打聽京裡適齡姑娘的情況了，如今正與祖母在商量著呢，說不定再過幾日便又會四處相看了。」魏盈芷見兒子的笑容著實可愛，一個沒忍住，便在那小臉蛋上親了親，這才緩緩地道。

蘊福也能想像得到沈昕顏與大長公主著急魏承霖親事的模樣。「只這終身大事縱是急也急不來，大哥又不像我，打小便與未來的夫人相識，早早便將人給訂下來了！」說到這裡，蘊福有幾分得意。

魏盈芷沒好氣地嗔了他一眼。

夫妻二人很快又說起其他話，也將此事給揭了過去。

沈昕顏自然很快便也知道了長寧郡主已經訂了親之事，而且與她訂下親事的恰恰又是她上輩子的夫君，心裡不禁一陣感嘆。

也許長寧郡主與她的夫君才是天定姻緣，兜了這麼一個大圈子，這兩人還是能結為夫婦。

倒是大長公主得知後，心裡有些悶悶的。

長寧公主是她相中的第一個嫡長孫媳人選，也是至今為止她最為滿意的一位。可惜了……

當年若不是長媳從中作梗，長寧郡主早就已經嫁過來了，何至於直到現在，長孫的親事仍無半點著落？眼看著與他同齡的男子一個個都成了親，孩子也一個接一個地生，偏是他，連親事都不曾訂下。

這般一想，她便越發的惱了，當侍女前來稟報，說是方夫人求見時，她直接便拒了。

「不見！」

侍女不敢再說，只是求救地望向沈昕顏。

沈昕顏無奈地吩咐。「將方夫人帶到大夫人處吧！」

這個方夫人不是哪個，正是從前的平良侯夫人，方氏與方碧蓉之母。

平良侯雖然沒有丟掉性命，但是爵位卻被元佑帝收了回去，身上的官職自然也捋了個乾淨，連家也被抄了。

如今這方家一家子便住在方氏當年的一座陪嫁宅子裡，雖然沒有侯府的富麗堂皇，但好歹也能有個棲身之所。

方夫人求見大長公主是為了何事，她多少也猜得出來，想來除了方碧蓉之事外，再也沒有其他了。

方碧蓉在流放途中殺了人，必然是罪加一等，便是處斬也不是沒有可能。縱然因了這個女兒連累了整個家族，可方夫人又怎會真的眼睜睜地看著她去死？

左思右想，能想到之人除了大長公主外，再無其他了。

可如今，大長公主分明就是不想再理她們的事，她這一回也算是白跑一趟了。

待晚上魏雋航回來後，沈昕顏便將今日方夫人到府上來一事告訴了他。

魏雋航聽罷搖搖頭。「下回她若再來纏妳，妳便告訴她，周五夫人於性命無憂。」

沈昕顏訝然抬眸。「判決下來了？」

魏雋航點點頭，隨即又搖搖頭，只道：「官府並沒有審案，更不曾下什麼判決，今日一大早，便有人將她從牢裡帶走了。」

「被誰帶走了？帶去了何處？你又怎會肯定她於性命無憂？」沈昕顏連聲發問。

魏雋航不答反道：「我想，若是讓周五夫人自己選擇，她怕是寧願死去的……」落到了那人的手上，從此過著生不如死的生活，瞧不見盡頭，倒還真不如死了。

沈昕顏怔怔地望著他好一會兒，像是明白了什麼，到底沒有再問。

用過晚膳，夫妻二人到園子裡散步消食，沈昕顏便又與他提起長子的親事。

「霖哥兒的親事，已經成了母親的心病，若是再不解決，只怕母親寢食難安。」她道。

魏雋航戲謔。「僅是母親寢食難安？難不成妳便不是了？」

被他戳穿，沈昕顏也不惱，只笑著道：「我自然也是急的，只是到底比母親略沈得住氣幾分。難不成瞧著那些與你年紀相仿的一個個都當了祖父，你便不著急？」

魏雋航哈哈一笑。「我都已經當了外祖父，這祖父略遲上一遲倒也沒什麼。」感覺到夫人嗔怪的眼神，他忙道：「此事縱是再急也急不來，妳得瞧瞧霖哥兒的意思，看看他心裡是怎樣打算的？他再不是當年的毛頭小子了，對自己的終身大事想必已經有了章程。若是他不願意，妳們卻背著他選了人，這心不甘情不願的，縱是訂了下來，於雙方來說，並不是什麼好事。」

沈昕顏自然也是想到了這一層。她嘆了口氣，有些頭疼地揉揉額角。「只怕母親那裡不好交代。」

有一點，她並沒有對任何人提起過，便是大長公主的壽數。自魏雋航父子歸來後，大長公主的身體明顯好轉，也不曾再犯過糊塗，可她到底難以完全放心。

她甚至隱隱生出一種感覺，便是大長公主好像對自己的壽命已經有了預感，故而才會這般急著想要訂下魏承霖的親事，只想著在她合眼之前，能夠看到長孫媳進門。

可是，當初她們相中的姑娘，早就一個接一個的出嫁了，又哪會耗到現在？故而，這回相當於從頭再來，重新將京城裡的適齡姑娘篩選一遍。

夫妻倆邊走邊小聲地說著，渾然不覺花叢後的魏承霖將他們的話聽了個分明。

魏承霖眼眸幽深，望著前方父母的背影，久久不作聲，最後，發出一陣若有似無的嘆息。

方才在忠義侯府便聽了一通妹妹的囉嗦，沒想到回到府裡，又聽到爹娘為他的親事擔憂。他知道自己的親事確是不能再等了，尋常人家似他這般年紀的男子，早就已經當爹了。

想到魏盈芷的囉嗦，他不知怎的便想到了長寧郡主。

他承認，當他從妹妹口中得知長寧郡主已經訂了親，再過不久便會嫁人後，心裡便有些難言的感覺。彷彿有些遺憾，彷彿又有些欣慰，種種感覺交織於一起，讓他無所適從。

他的親事嗎……

遠處父母的交談聲順著清風徐徐地送入他的耳中，良久，他低低地嘆了口氣。

不孝有三，無後為大，他確也是到了應該娶妻生子的年紀了。

數日後，魏承霖走出西山大營，接過衛兵手上的韁繩，牽著馬走了一段距離，正欲翻身上馬回城，忽見鎮北侯府二老爺慕容玨出現在眼前。

「慕容將軍！」他有些意外，但也不失禮數地上前拱了拱手。

「魏世子這是打算回城？」慕容玨的眸光帶著幾分銳利，不疾不徐地問。

「正是。慕容將軍可是要進營？」

「魏世子這幾日都在營裡練兵？」慕容玨不答反問。

魏承霖點點頭。

慕容玨深深地望著他良久，卻沒有再說什麼話，只是朝他微微頷首致意，而後便大步離開了。

不遠處，有鎮北侯府的侍衛牽著馬在等候著他。

他來得突然，走得也突然，魏承霖頗為不解，卻也沒有太過於在意。

自那日慕容滔被慕容玨強行帶了回去後，聽聞便被關了起來。具體的他無暇留意，只知道這一回縱是為了向陛下、向麗妃、向三皇子交代，鎮北侯都不會輕易饒過慕容滔。

「怎樣？可是魏承霖所為？」一見二弟回來，鎮北侯便急著問。

慕容玨搖搖頭。「我瞧著不是。魏承霖五日前便到了西山大營練兵，直至今日才從營裡出來，這一點我也已經私底下核實過了。況且，我觀他的言行，甚是坦蕩，並不像說謊的樣子。」

「不是他，難道是三殿下？還是宮裡頭……」鎮北侯整個人像是蒼老了好幾歲，無力地跌坐在太師椅上，喃喃地道。屋外隱隱地傳來夫人的痛哭聲，想到那個不肖子，他頹然撫額。他知道，他曾經寄予厚望的孩子，這下子徹底完蛋了！

慕容玨心裡也有些難受。他一生無子，視府中的幾名姪兒如同親生孩兒一般，尤其是慕容滔，自幼聰明，比同輩的孩子出色不少，他自是更加看重幾分，哪想到最終，卻是這個孩子讓他失望至極。

「應該不會是宮裡的，陛下若是有心處置，不會一直不聞不問。而麗妃娘娘乃是深宮婦人，娘家人又不是多得力的，哪有這般本領？」

「那便是三殿下了？」鎮北侯苦澀地勾了勾嘴角。

「若是三殿下，便沒有什麼好奇怪了。滔兒擄走他的皇妃，陛下又不曾明面追究，三殿下心裡不平，以致做出這報復之事也不奇怪。」

「歸根到底，還是逆子作孽在前，若非他色膽包天，如何會導致今日這般下場？逆子不孝，累及滿門！」說到這裡，鎮北侯終於流下了兩行英雄淚。想他半生戎馬，眼看著即將揚名立萬，不承想在緊要關頭，卻是他的兒子給了他致命一擊。

慕容玨長嘆一聲，一時也不知該從何勸他？

此事縱然是三皇子所為，可鎮北侯府不能，更不敢追究半分，只能暗地嚥下這枚苦果。

卻說魏承霖在回府後不久，便知道了慕容玨出現在西山大營前堵自己的原因了。

他下了馬，將韁繩扔給了府裡的侍衛，正想要回自己屋裡，便見父親身邊的僕從前來，只道國公爺有請。

他自是不敢耽擱，很快便到了魏雋航的書房。

進了書房，見魏雋航正皺著濃眉坐在案前，像是在看著信函。

「父親。」他喚了聲。

魏雋航抬眸，將手上的信函摺好。「坐吧！」

「是。」魏承霖在下首的交椅上坐了下來。

「這幾日訓練的情況如何？」魏雋航問。

「西山大營的兵士作戰力仍有待提高，但比早前已有了一定的進步，孩兒此回與夏將軍對陣，受益良多，知道自己在兵法的運用上仍有許多不足。」魏承霖稟道。

「能認清自身不足，始終保持冷靜，這樣很好。須知天外有天，人外有人，你雖然立下大功，但並不代表你便是朝廷最為出色的將領。」

「孩兒明白。」

魏雋航又囑咐了他幾句，終於轉入了正題。「日前慕容滔廢了一雙腿，此事你可知道？」

「什麼？慕容滔廢了一雙腿?!」魏承霖震驚地瞪大了眼睛。「難不成是鎮北侯……」

魏雋航搖搖頭。「他是在被押送回鄉的途中逃跑，遭受『意外』而斷了雙腿，據聞從此以後再不能站起來，更不必說舞刀弄槍、上陣殺敵了。」

一個戰將沒有了雙腿代表著什麼，相信不用他說也清楚。

魏承霖臉色變了變，在對上父親意味深長的眼神時，頓時便打了個寒顫，陡然站起來快步行至他的身邊，急急地道：「父親，不是我，此事不是我做的！我這些日子一直在西山大營，從來不曾離開過，您若是不相信，大可親自去證實！」

魏雋航見他急得臉都紅了，眼中甚至還帶著幾分被冤枉的委屈，不知怎的竟然覺得有些好笑。「急什麼？我也沒說此事與你有關。」他清清嗓子，無奈地道。

魏承霖抿了抿唇，這一回連語氣也帶上了委屈。「父親您雖然沒有這般說，可您心裡卻是這樣想的。」

魏雋航啞然。「你何時變得這般厲害了，竟連父親心裡是怎樣想的也知道？」他沒好氣地瞪了他一眼。「坐下，站在這兒做什麼？比高是不是？」

魏承霖不敢回嘴，老老實實地又坐了下來，只是雙眸始終緊緊地盯著他。

魏雋航終於沒忍住，笑了。「你放心，父親沒有懷疑你。只是慕容滔這雙腿斷得蹊蹺，這才喚你來問一問，看你可知道些什麼？」見兒子嘴巴動了動想要說話，他忙制止住。「只如今父親也知道了，此事你一無所知，更與你沒有半點干係。」

魏承霖總算是鬆了口氣，想了想，便將慕容珏前來尋自己一事告訴了他。

「果然如此，看來鎮北侯府頭一個懷疑的人便是你。」對此，魏雋航並不覺得意外。便是他自己，一開始得知慕容滔出事後，腦子裡首先想到的也是此事會不會與長子有關？只是他再一想到長子近來所為，最終還是選擇相信長子。

「那你心中可有懷疑的對象？」魏雋航又問。

魏承霖認真地想了想。「慕容滔近年來的仇人有多少，孩兒並不清楚，若是以最近他犯的事來說，麗妃與三殿下母子嫌疑較大。自然，在鎮北侯府心中，孩兒也是一個具有重大嫌疑之人。」魏承霖坦然。

「你說漏了一個人。」魏雋航啜了幾口茶，提醒道。

魏承霖眉頭皺了皺，略帶遲疑地道：「還有一個？父親指的莫非是周大人？」

魏雋航點點頭。「慕容滔累了他的女兒，以周大人的愛女之心，設計報復並不是不可能。」

「可是，周大人乃是一介文官，周府經謀逆一事後勢力盡去，周大人如何敵得過鎮北侯府，又如何能在重重侍衛看守之下重創慕容滔？」魏承霖還是有些不敢相信。他不是沒有懷疑過周懋，只是細一想又覺得可能性並不大。

魏雋航抬眸瞅了他一眼，意味深長地道：「你們真的是太過小看周大人了，能在當年周首輔與周皇后打壓下另謀出路，又能在風雨飄零的周府中全身而退，周大人絕非你以為的那般勢弱。承霖，有時候並非誰的拳頭硬，誰便能占據贏面。」

魏承霖沈默。

魏雋航也沒有再說，低下頭去繼續翻看案上的書卷。

# 第三十七章

慕容滔從劇痛中醒來，豆大的汗珠一滴一滴滑落，他緊緊地咬著牙關，額上青筋爆跳，臉上血色全無，正抵抗那種彷彿全身骨頭被碾碎的巨大痛楚。

耳邊似乎響著母親的哭聲，還有像是父親的嘆息，間或還夾雜著二叔低沈的說話聲，可他卻渾然不覺。

看著兒子這般痛苦的模樣，鎮北侯夫人哭聲更響，直哭得聲嘶力竭，痛不欲生。

便是鎮北侯，此時此刻也不禁紅了眼眶。

長子平庸，次子軟弱，唯有這個小兒子最肖其祖，自幼聰慧有加，更是一塊習武的好材料，他平生所有的希望都投到了小兒子的身上。

可如今，也是這個小兒子打碎了他所有的希望。

他雙唇抖了抖，身邊夫人悲痛的哭聲一聲接一聲，像是在凌遲著他的心。他不敢再聽，跌跌撞撞地出了門。

「我的腿……我的腿怎麼了？我的腿怎麼了?!」

良久，身後陡然響起了慕容滔驚恐而絕望的聲音，鎮北侯只覺得身體抖得更厲害了。

「兒啊！」鎮北侯夫人淒厲的痛哭聲中，還夾雜著慕容滔瘋狂的叫聲。

「我的腿、我的腿！我的腿呢？」

他紅著眼，根本不敢再聽兒子那種絕望悲慟的哭喊和質問。

縱是再恨兒子不爭氣累及家門，可他也不希望看到兒子從此成了廢人。到底是他的親骨肉，落得如今這般下場，又怎會是兒子一人之過？養不教，父之過，歸根到底，他這個當父親的何嘗又盡責了？

「魏承霖，一定是魏承霖！是魏承霖害我！」慕容滔瘋狂的叫聲中增添了濃烈得化不開的仇恨。

鎮北侯心口劇震，驟然轉身，大步進了屋。

屋內的慕容玨已經一把抓著姪兒的手追問：「是魏承霖害的你？你確定？」

「一定是他，一定是他！魏承霖，我不會放過你，不會放過你！」慕容滔彷彿沒有聽到他的話，只不停地道。他的眼中充滿了刻骨的仇恨，整張臉因為憤怒和絕望而變得有幾分扭曲。

慕容玨慢慢地鬆開了抓著他的手，眼中盡是失望。

鎮北侯再也聽不下去，猛地上前去，重重地打了他一記耳光。「逆子，事到如今你仍然執迷不悟！」哪是什麼魏承霖，分明是這逆子先入為主地就認定了是他！

「我沒有！父親，是他害的我，一定是他！是他氣不過我將阿莞帶走，是他——」

話音未落，鎮北侯又給了他一記耳光，直打得他臉都偏到了一邊去。

「不要打了！侯爺，不要再打了！他已經傷成這般模樣，你再打，豈不是要他的命嗎？」鎮北侯夫人哭著撲過去，阻止夫君又要打下來的動作。

便是慕容玨也擋在了慕容滔身前，勸道：「大哥，罷了！」

鎮北侯氣得臉色鐵青，怒目圓睜，狠狠瞪著床上的兒子，良久，發出一聲長嘆。「逆子誤我慕容氏，我慕容摯愧對列祖列宗！」說完，再不逗留，轉身大步出了門。

曾經筆直的背脊，如今瞧來卻多了幾分佝僂，多了幾分頹敗。

屋內，沈昕顏忍著笑意看魏承祥背書，見小傢伙學著他先生的模樣，背著手搖頭晃腦的，她險些沒忍住地笑出聲來。

「娘，您不許笑！」魏承祥察覺她的不認真，板著小臉不高興地道。

「好，娘不笑。」沈昕顏挺了挺背脊，故作嚴肅地道。

魏承祥滿意了，繼續晃著腦袋背著他的「之乎者也」，最後一句背完之後，眼睛閃閃發亮地望向沈昕顏，小臉上充滿了期待。

沈昕顏清咳了咳，努力壓著上揚的嘴角，誇道：「祥哥兒背得真好！」

魏承祥一聽，立即挺了挺小胸膛，響亮地道：「我以後還能背得更好！」

「背什麼？」剛好走進來的魏雋航聽到幼子這話，隨口便問。

「背書！爹爹，下回我還能背更多書！」魏承祥跑到他的跟前，仰著頭道。

魏雋航摸摸他的腦袋瓜子。「好，爹爹等著。」

「今日怎的這般早就回來了？不是說約了幾個同僚喝酒嗎？」哄著小兒子出去玩後，沈昕顏又讓丫頭打了溫水進來，親自侍候他洗臉淨手，這才問。

「喬六那小子失約，害得我們幾個白等了。」魏雋航接過她遞過來的乾淨棉巾，擦了擦手上的水珠，有些無奈地道。

「你不是說過他這人一向最是守時的嗎，怎的這回竟然失約了？」沈昕顏有些意外。

「誰知道這老小子在搞什麼呢！不過如果讓我猜的話，必是被他家的老太爺逼婚逼得太緊，受不了就跑了！」說到這裡，他的語氣便帶上了幾分毫不掩飾的幸災樂禍。

沈昕顏啞然失笑，嗔道：「虧人家還把你當成最好的兄弟，你倒好，在這裡說風涼話。」

魏雋航哈哈一笑，隨後才道：「他的元配夫人已經過世了這麼多年，也是時候續娶一位了，不怪他家老太爺催得緊。」

沈昕顏笑笑。「你說的倒也是。」

「險些忘了跟妳說！」魏雋航忽地一拍額頭。

「說什麼？」沈昕顏狐疑。

「太子妃又有身孕了！」

「又有了身孕？這可是件天大的喜事啊！」沈昕顏有些意外，但又替太子妃高興。

「確是件好事，但只怕太子妃未必能完全高興得起來。」魏雋航搖搖頭。

若是這回能一舉得男，太子也好，太子妃也罷，甚至宮裡的瑞貴妃，身上的壓力也能輕上許多。

元佑帝的三個子輩，太子得兩個嫡女，每日藥不離身的二皇子倒有一個嫡子，三皇子成婚至今無所出，皇室一脈香火著實稱不上旺。

尤其是太子妃，一連生了兩個女兒，若是這一回再生一個女兒，只怕小郡主降生之日，離元佑帝賜下太子良娣也不會遠了。

這萬一將來太子的長子出自良娣的肚子，太子妃的處境便更加艱難了。

沈昕顏也想到了這一層，眉間難掩憂色。「這生男生女乃是天意，又非人力所能控。太子妃如果想不開，如何能安心養胎？」

「太子的壓力比她只大不小，身為儲君，這子嗣也是應該考慮之事，一日無子，這太子之位便也不算是穩當了。」魏雋航嘆息道。

這一回太子妃若是產子，那便是皆大歡喜；若是再生下一女……

太子妃有喜，朝野上下的目光自然便落到了東宮，只等著太子妃這胎瓜熟蒂落。

若按本朝皇室一貫的做法，還是希望長子儘量出自正室，若正室著實生不出也算不得什麼錯，自有側室接著生，總不至於會斷了香火便是。

元佑帝自己本就是嫡長子，自然希望太子也能有一個嫡長子，這也是在太子妃一連生下兩個女兒之後，他也沒有給太子賜下良娣之故。

畢竟那個時候他還等得起，朝野上下也等得起。

在人人緊盯著東宮太子妃肚子的時候，元佑帝突然下了冊封瑞貴妃為皇后的旨意，朝臣們乍一聽到時有幾分愕然，但也不算太過於意外。

畢竟這些年來瑞貴妃在宮中的地位已是等同於皇后，差的不過是一個名分而已。

況且她乃陛下元配髮妻，若非當年出了意外，這皇后之位應該是她的，這個時候再冊封，本就已經晚了許多年。

封后大典那日，沈昕顏身著超品國公夫人儀服，站在朝廷命婦佇列中的前頭，她偷偷地望了望上首寶座上身著鳳袍、端莊雍容、貴氣逼人的女子，心裡百感交集。

趙皇后這一生起起落落，也算得上是傳奇了。

如果沒有經歷當年的禍事，她或許會如同上輩子的周莞寧一般，在夫君的愛護下平靜地度過一生；或許會早早地亡於後宮的爭鬥當中，再不復曾經的傾城絕色；又或許會在後宮傾軋中受盡磨礪，最終徹底褪去原本的純真，真正地成為後宮之主。

震耳欲聾的「皇后娘娘千歲千歲千千歲」響徹寶殿，沈昕顏等朝廷命婦三跪九叩，向著新皇后正式行了大禮。

禮畢，自此宮中再無瑞貴妃，只有趙皇后。

封后大典才過去沒多久，元佑帝忽地又下旨，冊封二皇子為順王，三皇子為平王。同時，賜太常寺少卿嫡次女為平王側妃。

旨意傳開後，正在與大長公主商量著長媳人選的沈昕顏手一抖，險些把手上的茶盞都打翻了。

平王側妃？這樣說來，這輩子的周莞寧要與別的女子共侍一夫了？

她心裡著實說不出是什麼感覺。

上輩子在她死前，長子的身邊都只有周莞寧一人，切切實實地將「一雙人」貫徹執行到底。甚至為了不讓周莞寧受委屈，向來對大長公主極為孝順的長子還因為妾室一事，當場駁了她的意思。

重來過一回之後，周莞寧沒能嫁入國公府，反而是嫁入了皇室，成了平王妃。可與此同時，她還即將迎來與她分享夫君的平王側妃。這對於向來心思細膩、習慣了身邊人全心全意愛護的周莞寧來說，該是怎樣的沈重打擊啊！哪怕這個夫君未必是她心中所愛，但也不代表著，她會樂意看到有另一個女子來與她分享。

還有太常寺少卿孔大人那位嫡次女，如果她沒有記錯的話，她正是上輩子三皇子的元配妻子，後來的平王正妃。沒有想到這輩子因為周莞寧成了正妃，她便只能淪為側妃了。這又是一段怎樣的孽緣啊！如若她也能如自己一般，擁有上輩子的記憶，只怕這會兒會活活氣暈過去！

正妃與側妃雖是一字之差，可地位卻是差了十萬八千里。周莞寧縱是再不得元佑帝與麗妃的歡喜，可她一日是平王正妃，便一日是皇室正正經經的媳婦，堂堂正正地坐在平王身邊的女子。

龍乾宮中，麗妃喜不自勝地謝過元佑帝的恩典。

她早就相中了太常寺少卿府上那位姑娘，想為兒子納她為側妃，也為此求了陛下好幾回，可陛下總是不肯，如今總算是遂了心意。

「三皇兒呢？這般面無表情，難不成一點也不高興嗎？」元佑帝的視線落到了木著臉、瞧不出半點情緒的平王身上，不緊不慢地問。

平王回過神，垂眸掩飾眼中的苦澀，一拂袍角跪了下來，沈聲道：「兒臣謝父皇隆恩！」

元佑帝微微頷首。「孔愛卿府上這位姑娘，父皇命人仔細查探過她的品行，確是位端莊知禮的賢良女子，日後你要好生待人家。」

「是，兒臣謹遵父皇之命。」平王像是吃了黃連一般，連心裡都是苦的。

這個時候納側妃，他與阿莞夫妻之間的縫隙便越發大了。可是，他能抗旨不遵嗎？早前為了保住她的性命，他已經惹惱了父皇，這一回，他還敢嗎？只怕他再不從，父皇與母妃便會將所有的不滿與憤怒發洩到她的身上，日後她的日子怕是會更加難過。

可是，她又會理解自己的迫不得已嗎？應該不會……他在心裡嘆了口氣。

她本就不怎麼願意親近自己，這樣一來，只怕更是恨不得離自己遠遠的了。

元佑帝可沒空理會他心裡的百轉千迴。當年他沒有仔細考察過周氏女的品行，草草地賜了婚，如今又因為其父周懋之故，對她不能廢也不能殺，那便只能再賜一個賢良女子給三皇兒，也算是他這個當父皇的對他的一種補償了。

至於周懋一家人的想法，他根本不在意，也沒有想過。

自來男子三妻四妾乃天經地義，更何況還是皇家子弟，只守著一個女子著實可笑，尤其還是那樣一個失德失貞的女子。

周懋生氣嗎？自然是相當憤怒。

他捧在手心百般疼愛著長大的女兒，他原本只想替她尋一個會對她一心一意的男子，代替自己呵護、疼愛她一輩子。可他千挑萬選，最終，女兒卻高嫁入皇室，也讓他這個當爹的縱然有心替她出頭，也沒有能站得住腳的理由。

再加上女兒被人擄走一事，在平王跟前，他本就已經氣短，更難理直氣壯地表示自己的不滿。

「我聽說那孔家姑娘的性子最是厲害不過，阿莞又是那樣的性情，如何能鬥得過她？日後不定要被人怎樣欺負呢！」溫氏抹著眼淚道。

「豈有此理，簡直是欺人太甚！不行，我要去找平王那廝算帳！」周卓自來便疼愛妹妹，如何見得妹妹被人欺負？當下氣紅了眼，一轉身就要出去尋平王的晦氣。

「回來！」周懋喝道。

還是站得離他最近的周昶眼明手快地將弟弟拉住了。「你此去一鬧，只會讓阿莞陷入更難堪的境地。因為早前之事，陛下已經不滿了，這才賜下側妃，你這一鬧，再使龍顏大怒，到時候吃排頭的只會是阿莞。」

「你大哥說得對。」周懋鬆了口氣。

次子性子魯莽，是個一根筋的，好在長子沈穩聰慧，有他在，好歹也能勸得住次子。

「那這事咱們便只能眼睜睜地看著？」周卓越想越是覺得憋氣。

他如花似玉的妹妹，世間上又有哪個女子能與她比肩？那孔家的姑娘算什麼東西，連給阿莞提鞋都不配！

「事到如今，咱們也只能如此了。」周懋長嘆一聲，對此事確是毫無辦法。

他能毫不猶豫地出手對付那欲毀女兒名聲的方碧蓉，讓她從此過著生不如死、不見天日的日子；也能狠辣地設計毀去當日擄走女兒、致使女兒陷入如今困境的慕容滔，讓他此生此世只能當一個不良於行的廢人。

他敢這樣做的前提是——始終沒有觸犯陛下的底線。在這條底線以內，他可以痛快淋漓地讓那些人付出應該付的代價！

「都怪那魏承霖！若不是他當年不守承諾，後來更是一聲不吭地跑掉，妹妹何至於會嫁給那平王，又怎會面臨如今這般局面！」片刻後，周卓咬牙切齒地道。

聽到他提及魏承霖，屋內眾人都沈默了下來。

「此話日後休要再提。你妹妹她現在是平王妃，也只是平王妃，與他魏承霖沒有半點干係。」良久，周懋才平靜地道。

「你爹說得對，這樣的話日後還是不要再提了，若是讓旁人聽了去，魏承霖怎樣倒也罷了，就怕會再給你妹妹招來不必要的麻煩，到那時候，只怕是水洗也不清了。」溫氏擦了擦淚水，對夫君的話也表示了贊同。

「……知道了，我不會再說。」周卓甕聲甕氣地應下，可心裡那股憋屈的感覺卻更加濃了。

待母親與弟弟離開後，周昶才遲疑地問：「父親，難不成咱們便這樣放過魏承霖了？阿卓的話也是有理，當年若不是魏承霖主動撩撥了妹妹的心思，卻又不負責任地一走了之，妹妹何至於會落到今日這般地步？說起來，魏承霖的可恨之處，比那慕容滔更要多些。」

周懋瞥了長子一眼，少頃，輕嘆了一口氣。「你以為為父便想就此甘休嗎？只是，魏承霖倒也罷了，他的父親魏雋航卻不是省油的燈，那人是陛下心腹，又與陛下有一起長大的情分，陛下對他的器重與信任，較之為父要多數倍。動了魏承霖，便相當於與魏雋航為敵，為父如今尚未有與他一較高下的把握。」

「那英國公果真如此厲害？」周昶仍是有些懷疑。

周懋搖搖頭。「此人深不可測，為父也探不出他的底細。尤其近些年來，為父越發看他不透，自然也不敢輕舉妄動。」他雖然疼愛女兒，也一心想要替女兒出氣，可也不至於喪失理智，將好不容易才從謀逆中全身而退的自己陷進去。「昶兒，你要記得，報復出氣歸報復出氣，只無論何時也不能失去理智，失去正常的判斷力。因為發洩了怒氣而將自己陷入另一個更大的危機當中，如此，才是真正的得不償失！」周懋語重心長地道。

「孩兒明白。」周昶應下。

不管周家人如何想，這平王納側妃一事已經由禮部著手，正式提上了日程。後又因為元佑帝的口諭，禮部優先安排此事，如此一來，三個月後，孔家小姐便要嫁入平王府，正式成為平王府的第一位側妃了。

沈慧然上門時，沈昕顏正替大長公主按捏著腿，聽聞侍女來報，還未說話，大長公主便已笑道——

「快快有請！這新媳婦頭一回來，可要好生招呼才是！只是她一人來，還是陳家老三陪著來？」

「陳三公子陪著一起來的呢！」侍女笑著回。

「那還不快快去請世子爺陪著！」沈昕顏忙吩咐。

侍女領命而去，不過一會兒的工夫，魏承霖便帶著陳三公子與沈慧然走了進來。

「嫁了人果真不同了，倒真有少夫人的氣派。」彼此見過禮後，沈昕顏拉著姪女的手，含笑道。

沈慧然臉上有幾分羞意。「姑姑慣會取笑人。」

「妳姑姑才沒有取笑妳，她說的可都是實話。陳三啊，慧兒是個好姑娘，你可要好好待人家！」大長公主接了話，後面又衝著笑得有幾分傻氣的陳三公子道。

「殿下放心，慧然是我的妻子，今生今世我必會敬她、愛她、護她！」陳三公子連忙站起，躬身正色道。

沈慧然倒是被他這一本正經的模樣鬧了個大紅臉，尤其是看到沈昕顏一臉的戲謔時，臉紅得簡直像是快要滴出血來了。

這人真是的，做什麼當著長輩的面說這種讓人不好意思的話？

她嗔怪地往夫君那邊飛快地瞅了一眼，而後連忙低下頭去。

「好好好，說得好！合該如此，自己的夫人自己不敬著、愛著、護著，那算什麼男子漢大丈夫？你能這樣想很好！」大長公主倒是一拍大腿，大笑起來。

幾人又說了會兒話，沈昕顏自然沒有錯過小夫妻倆的眉目傳情，又見沈慧然氣色甚好，知道她在陳府過得不錯，總算是放心了。

陳老夫人婆媳都不是會搓磨人的，姪女又是個柔順謙和的性子，這陳三公子瞧來也是個知冷知熱的，好生經營著，這日子也能過得越發好了。

片刻之後，魏承霖便領著陳三公子去了外廳，沈昕顏則帶著沈慧然到了福寧院。

大長公主看著長孫與陳三公子消失的身影，良久，長長地嘆息一聲。

陳家老三都成婚了，霖哥兒的親事卻還是沒個著落。早年相中的姑娘一個個都嫁人了，如今的適齡姑娘，她挑來挑去，也沒個合意的，只覺得總是差了些什麼。

如今被陳府這對新婚小夫妻一刺激，她便覺得再不能挑剔下去了，好歹也要在她合眼之前將嫡長孫媳娶進門才是！

另一廂，沈昕顏拉著沈慧然的手，柔聲地問著她婚後的生活。

「母親是個慈愛之人，並不怎麼過問我與夫君屋裡之事，也不讓我立規矩。兩位嫂嫂除了有時候嘴上打趣幾句，倒也不是什麼難以相處的。祖母只是吃齋唸佛，甚少理事，只不知為什麼，我卻有些怕她。」沈慧然知道她關心自己，故而也不用那些場面話敷衍她，老老實實地回答。

沈昕顏微微一笑。「陳老夫人德高望重，面冷心熱，瞧著不怎麼好說話，實則待兒孫是最好不過的，妳且瞧著當年她替孫女婉拒了與我國公府的親事便知。妳也莫要怕她，只打心眼裡敬著她、孝順她，她縱是什麼話也不說，這心裡卻比誰都清的。」

「我明白了。」沈慧然乖巧地點頭。「還有件事……我總覺著心裡有些不安，卻是不知當說不當說？」少頃，她遲疑地道。

「妳且說來我聽聽，許能替妳抓個主意。」沈昕顏拍拍她的手背。

「最近二嬸命人私下打聽著什麼生子秘方，可如今府裡除了我未曾有所出外，其他各位嫂嫂均有生養，何至於讓她這般……」沈慧然的聲音越來越低。

不知為何，沈昕顏心中一緊，連忙追問：「那她近來可曾與什麼人走得近些？」

「這我倒不曾留意。」沈慧然搖搖頭。

沈昕顏回轉過來，也覺得自己這話問錯了。姪女一個剛進門的新媳婦，哪會注意著一個隔房嬸嬸與什麼人走得近？

「此事我都知道了，妳暫且當作不知，莫要告訴任何人。」她總覺得陳二夫人尋生子秘方此事有點蹊蹺，她不敢大意，又怕姪女懵懵懂懂地牽扯進不該牽扯之事，忙叮囑道。

「姑姑放心，此事我也就與姑姑說過，連在夫君跟前都不曾提起過。」沈慧然點點頭。

姑姪二人又說了些家常，見天色不早，沈慧然這才告辭離開了。

當晚魏雋航回來，沈昕顏不敢大意地將陳二夫人著人私下尋找生子秘方之事告訴了他。

「荒唐！這世上哪有什麼生子秘方？簡直愚昧無知！」魏雋航聽罷，臉色一沈。

「我總覺著此事有些蹊蹺，那二夫人不會是給太子妃找的吧？」沈昕顏憂心忡忡地說出了她一直擔心之事。

魏雋航的臉色更加難看了。「此事妳不必理會，我自有主意。」

見他這般說，沈昕顏自然也不好再說什麼，總歸有了提防便好。

平王納側妃這一日，沈昕顏前去觀禮，看著平王臉上那僵硬的笑容，她暗地搖搖頭。看來兩輩子，這孔家姑娘都不得平王心意，不管她是正妃，還是側妃。

她再四下看看，並不見周莞寧，直到聽見不遠處不知哪家的夫人提起，彷彿是說平王妃已經臥病在床數日。

哪想到那人話音剛落，門口處便出現一個嫋嫋婷婷的纖弱身影，眾人一看，均目露驚豔。

沈昕顏自然也不例外。在她印象裡，周莞寧一向偏好淡雅顏色，可如今她卻穿著一身水紅緞面長褙子，髮髻上別著同色系的鳳釵，臉上化著恰到好處的妝容，就這般款款而來，瞬間便將屋內眾人的視線吸引了過去。

這當中，也包括今日的新郎平王。

平王一見她出現，臉色便變了變，嘴唇動了動似是想要說些什麼，可最終還是什麼話也沒有說出，僵著身體與新娘子行過了禮。

自周莞寧出現的那一刻，屋內的氣氛便有些微妙，原本的熱鬧瞬間消弭不少。周莞寧神情平靜地端坐一邊，目光落到那對新人身上，對周圍的竊竊私語恍若未聞。沈昕顏原本還以為她會有些什麼舉動，不承想她就僅是這般坐著觀禮，一直到禮畢，也不見她有任何動作。

她一時猜不透周莞寧的心思，只是也無暇多想，略又坐了一會兒便尋了個藉口告辭回府了。

周莞寧在她前來告辭時，本是緊繃著的臉終於出現了裂縫，眼神複雜，似怨似恨，然而也沒有什麼失禮的舉動，只是微微點了點頭。「多謝夫人今日這般賞臉。」

「不敢當王妃此言。」沈昕顏與她客氣了幾句。

數日之後，沈昕顏進宮向趙皇后請安，恰好這日魏盈芷也帶著趙佑安進宮，母女二人在鳳坤宮相見，倒是難掩意外。

「果真不愧是母女，還真是心有靈犀。」趙皇后笑著說了句，注意力始終放在坐在她身邊的趙佑安身上。

即將滿周歲的小傢伙生得白白胖胖的，正咬著小胖手衝她樂呵，讓趙皇后愛到不行，抱過他簡直是愛不釋手。

「都說安哥兒長得像蘊福，蘊福小的時候也是這般可人疼嗎？」趙皇后賜了座，抱著趙佑安逗樂了一會兒，這才讓奶嬤嬤將他抱了下去，問起沈昕顏。

沈昕顏笑道：「安哥兒的性子活潑些，侯爺幼時卻是個極乖巧安靜的孩子，小小年紀，便能在屋裡認認真真地溫習一整日的功課，呂先生當年可是對他讚不絕口，只道這孩子必是個有前途的。」

「原是如此！」趙皇后喟嘆一聲。錯過了姪兒的童年，是她這輩子的一大遺憾。同時，對看著姪兒長大的沈昕顏，難免有些嫉妒。

「呂先生前些年回京城，得知他一心寄予厚望，盼著日後能在殿試上讓他揚眉吐氣的弟子居然有了爵位，連科舉都不必參加了，頓時老半天說不出話來呢！」魏盈芷笑著插話。

趙皇后失笑。

沈昕顏自是更加清楚那呂先生當年對蘊福寄予了多大的希望。初時他教導長子時，便遺憾以長子的身分，縱是文采非凡，這輩子也沒有參加科舉的可能，他自然也當不成狀元郎的先生。

好不容易後來又瞧中了蘊福，想著好歹讓這個小弟子替他爭口氣，不承想這個小弟子來頭更大，科舉考試自然也就更加不可能了。

三人說說笑笑了小半個時辰，其間有宮中妃嬪前來請安，沈昕顏與魏盈芷便先行告退了。

母女二人走在前頭，奶嬤嬤抱著趙佑安緊跟在她們身後，一行人正要出宮，途中忽見東宮有內侍前來請，只道太子妃請國公夫人與侯夫人。

沈昕顏自然不會推辭，畢竟她也關心著太子妃這一胎的情況。

「快快請起！」見到了太子妃，母女倆行禮問安後，太子妃忙從軟榻上起來，命宮女將她們扶了起來。

「這可是安哥兒？快讓我抱抱。」太子妃一眼便看到了奶嬤嬤懷裡的趙佑安，眼神一亮。

「娘娘不可，小孩子調皮好動，萬一不小心衝撞了娘娘肚子裡的小殿下，豈不是罪過？」沈昕顏連忙阻止。

太子妃也知道自己有欠考慮了，不過一看到白嫩嫩、胖乎乎的趙佑安，她心裡便喜歡極了，只盼著自己這一胎也能生個如他這般的孩子才好。

沈昕顏接過奶嬤嬤懷裡的趙佑安，抱著他來到太子妃跟前，教他向太子妃行禮問安。

小傢伙覺得有趣，抱著小拳頭格格笑著搖了搖，越發令太子妃歡喜了。

太子妃輕輕握著小傢伙的小嫩拳頭，又在那肉嘟嘟的臉蛋捏了捏，羨慕地對含笑立於一旁的魏盈芷道：「這孩子真討人喜歡，盈芷妹妹當真好福氣。」

「他也就在娘娘跟前賣乖，私底下不知多鬧騰，真真是讓人半分也鬆懈不得。」

一會兒，又有宮女領著太子妃所出的兩位小郡主進來，自然又是一番客氣。

待眾人散去，連魏盈芷也抱著趙佑安，與兩位小郡主到了外間玩，太子妃才望著沈昕顏，一臉欲言又止的模樣。

「娘娘有話儘管吩咐便是。」沈昕顏心思一動，柔聲道。

太子妃輕咬了咬唇瓣，少頃，緩緩地道：「夫人也是知道的，我與殿下成婚數載，膝下只得兩個女兒，如今朝野上下都在盯著我肚子裡的這孩子。」說到這裡，太子妃深深地吸了口氣，臉色有幾分苦澀。若這一胎還是個女兒……她已經有些不敢想像了。「夫人年過三十仍得子，盈芷妹妹也能一舉得男，夫人是否有什麼生男的秘訣？」問出這番話時，太子妃臉上盡是期待。

沈昕顏卻有些哭笑不得。所以，她老蚌生珠還能生出一個帶把的，這已經成了傳奇般的事了嗎？

只不過，太子妃這般問，她便知道對方已經是到了病急亂投醫的地步，若是這個時候有人拿著一張「保准能生兒子」的藥方給她，讓她依方服藥，只怕她二話不說便會去做了。

「娘娘說笑了，生男生女乃是天意，怎能是人力所能控制的？娘娘也不必多想，只需安心養胎，將來必能生一個健健康康的小皇子。」沈昕顏也只能這般勸她。

只可惜她根本不記得上輩子的太子妃後來有沒有生出兒子，因為上輩子這個時候，她已經有些神智不清了，哪還會注意外人之事。

太子妃不死心，抓著她的手道：「我視夫人如最親近之人，只盼著夫人也莫要視我如外人，若果真有生子秘訣，還請夫人不吝賜教。若此回能一舉得男，夫人便是我一輩子的恩人。」說到後面，她的語氣多了幾分哀求。

沈昕顏頭疼不已，只覺得有話也說不清。太子妃根本已經被迷了心，若是她認定自己必有生子秘訣，不管她怎麼解釋，也必然無法說服她，說不定反倒讓她誤以為自己不肯將「秘訣」分享。

「實非不肯說，而是當真沒有什麼秘訣。娘娘請聽我一言，如今沒有任何事比妳安胎更重要，若硬要說有什麼秘訣，那便是孕中切忌憂思過慮，只保持心情愉悅，讓自己，也讓肚子裡的孩子過得輕鬆自在。」

太子妃聽她這般說，也說不清是失望還是別的什麼感覺，唯有勉強扯了個笑容道：「夫人之言我記住了，多謝夫人。」

沈昕顏也不知道她是不是真的相信了自己並沒有什麼生子秘訣，並且將自己的這番勸說記在了心上。畢竟她與太子妃也不是多親近的，交淺言深乃是大忌，她也不好再多言。

太子妃面露疲態，緩緩地端起了茶盞。

聞弦歌而知雅意，沈昕顏遂知趣地起身告辭，自有宮女前去請魏盈芷母子。

# 第三十八章

魏雋航自從沈昕顏口中得知陳二夫人在尋生子秘方一事後，便一直暗中派人留意著，僅過得半月有餘，他派出去之人便有了回音，只道陳二夫人果真尋到了「生子秘方」。

據聞這秘方還是前朝一位神醫傳下來的，婦人服之必生兒子，讓民間不少急於求子的婦人視若珍寶，真真可謂是千金難求。

這陳二夫人還是耗費了不少人力和財力，才從一位育有五個兒子的夫人手中得來。

魏雋航一下又一下地輕敲著書案，緊鎖著眉頭，也不知在想些什麼，良久，才突然吩咐道：「想個辦法把那秘方偷來讓我瞧瞧。我倒要看看，這是什麼神仙秘方，竟然這般神通廣大！」

下屬應下，悄無聲息地離開。

待夜裡夫妻二人並肩躺在床上，沈昕顏便將白日進宮之事向他細細道來。

魏雋航忙了一整日，本來已是極睏，耳邊又響著夫人輕輕柔柔的嗓音，就像是三月的春風拂面，又像是寒冬經過的暖流，不知不覺間，他的睡意更濃。

「……也不知太子妃是何處聽來的，竟以為我年過三十仍得子，必是有什麼生子秘訣……」

迷迷糊糊中，耳邊響著這麼一句話，魏雋航一個激零，整個人便清醒了不少。

「什麼生子秘訣？太子妃問妳要生子秘訣？」他追問。

「是啊，我哪有什麼生子秘訣，自然不能讓她滿意。只是也沒有辦法，沒有便沒有，我又如何能變得出來？」沈昕顏打了個呵欠，往他懷裡縮了縮，喃喃地道。

魏雋航習慣性地輕撫著她的背脊，濃眉緊皺，若有所思。

看來太子妃真的被那巨大的壓力壓得她幾乎快要失去理智了，這樣的狀態，若是不仔細盯著，怕是早晚要出亂子。到那時候，才是給太子帶來麻煩。

隔得數日之後，魏雋航便拿到了下屬謄抄回來的「生子秘方」。

他左看右看，見上面所列的藥材均是對孕婦有益的，一時倒也看不出有什麼不妥。自然，他是不可能相信世間上有什麼必然生子的秘方的，只是對手上這張秘方始終抱有懷疑的態度。

「何時竟開始研究藥方子了？」沈昕顏推門而入，見他對著一張藥方出神，遂戲言。

魏雋航見是她，笑著放下方子。「若真有那般才能便好了，好歹也能瞧得出這所謂的生子秘方到底是怎麼回事？」

「生子秘方？你哪來的生子秘方？」沈昕顏好奇地取過，也大略地掃了一眼。「這些藥材都是尋常大夫會開給孕婦補身子的，難不成湊合在一起便成了生子秘方？」

「我也瞧不出個所以然來，正打算去找個大夫幫忙瞧瞧。」魏雋航呷了口茶，語氣有些無奈。

「這方子你是從何得來的？」沈昕顏比較好奇的卻是這個。

「從陳府那位二夫人處得來的。」魏雋航倒也不瞞她，如實相告。

「如此說來，這便是陳二夫人給太子妃尋的『生子秘方』了？」沈昕顏皺起了眉。「你打算怎樣做？難不成想要說服太子妃，說這方子不能用？縱是你有法子讓她信了你的話，可也難保她不會再找人繼續去尋能用的方子。心裡一直記掛著此事，又如何能靜下心來安胎？」

「我原是打算將此事向太子稟報，請太子親自跟太子妃說說。」魏雋航道。

沈昕顏還是搖搖頭。

「此事不妥，縱是太子妃迫於太子，不敢再用什麼生子秘方，日後她若生的是兒子自然是好，若生的是女兒，未必不會怪咱們誤了她。若再讓有心人一挑撥，便是對國公府生出怨恨也不是不可能之事。」

「夫人說得有理，那依夫人之見，我該怎如何做才更妥當？」魏雋航思忖片刻，深以為然，也難得地問起了她的意見。

「自然，咱們也不能當作什麼事都不知道，任由太子妃一頭栽進去，如此才真真是徹底毀了咱們府與太子、與皇后娘娘之間多年的情分，未免讓人齒冷。」沈昕顏細細地與他分析，見他一臉認真地聽著，不時微微點頭以示贊同，心中頓時一定。

這還是魏雋航頭一回因他在外頭之事而問她的意見，她心裡雖然高興，但也怕自己思慮不周影響了他的判斷，故而不敢掉以輕心。

「夫人這番話說得極是，皇后娘娘與太子殿下對咱們國公府多有照拂，咱們絕不能明知不可為，卻因為一己之私放之任之。」

沈昕顏頷首，繼續道：「依我之見，倒不如還是讓太子妃服用了生子秘方，徹底安了她的心，縱是將來仍生的郡主，那也不過是更證明了所謂生子秘方不過是空有其事。只不過，這方子的內容得換一換，此事還得國公爺你親自出馬，請太子殿下尋個醫術高明又信得過的太醫，開一安胎方子，再偷龍轉鳳換給陳二夫人，由著陳二夫人將它呈到太子妃跟前。」

魏雋航仔細思量片刻，終於笑道：「夫人此法確是再好不過，實乃兩全。」說到此處，他起身拂了拂衣袍，而後朝著沈昕顏作了一個揖。「多謝夫人提點！」

沈昕顏連忙側身避過，沒好氣地嗔了他一眼。「都一把年紀了，還沒個正經！」

魏雋航哈哈大笑，一時興起，突然一把抱住她，在她臉上用力親了一記，嚇得毫無防備的沈昕顏險些尖叫出聲。

魏雋航倒是越發笑得厲害了。

「真該讓孩子們都來瞧瞧，看你日後還怎麼在他們跟前裝正經！」沈昕顏搗搗臉蛋被他親過的地方，而後往他胸膛上輕捶了一下。

魏雋航笑著順手握住她的手腕，將那隻軟滑的手包在掌中。

事情不可耽擱，既有了主意，待午膳過後，魏雋航便命人準備車馬，打算去見太子了。

沈昕顏知道他事忙，哄著尋爹爹不著後有些不高興的魏承祥。

一直到魏承霖出現，小傢伙眼睛一亮，立即撲了過去，抱著他的腿響亮地喚：「大哥哥！」

沈昕顏鬆了口氣，看著長子已經有些熟練地抱起了魏承祥，無奈地道：「越大越不好哄了，整日裡不是要爹爹就是要哥哥。」

魏承霖臉上帶著柔和的笑意，一直抱著魏承祥，將他放在了椅上。

「今日比尋常回來得早了些，是不是事情都忙完了？」母子二人各自落了坐，沈昕顏才問。

「暫且告了一段落，左右今日無事，便早些回來。父親呢？」魏承霖隨口問。

「他進宮去了。」沈昕顏簡略地回答，眼角餘光瞄到一隻白嫩嫩的爪子偷偷朝桌上那碟未用完的點心伸出，立即毫不留情地拍了過去，將那隻小爪子拍開。「你今日的分早就用光了，可不准偷吃！」她虎著臉，瞪著有些委屈地摸著被她拍疼了手背的魏承祥。

「大哥哥……」魏承祥一轉身，撲進魏承霖懷裡求安慰。

魏承霖摸摸他的腦袋瓜子，學著往日沈昕顏的話哄了他幾句，卻不敢挑戰母親的權威，讓小傢伙解解饞蟲。

也不知是怎麼回事，在母親身邊長大的孩子，妹妹、蘊福和祥哥兒，打小便相當喜歡甜食，他還記得小時候妹妹與蘊福也是被母親限制了每日的甜食分量，正如如今的祥哥兒一般。

「夫人，給平王府的東西都準備好了，可是現在就命人送過去？」正在這時，紫煙掀簾進來問。

魏承霖心口一緊，薄唇抿了抿，垂下眼眸輕輕拍著魏承祥的背脊，彷彿沒有聽到紫煙的話。

沈昕顏發出一聲若有似無的嘆息，搖搖頭。「便讓王嬤嬤送去吧！」

平王妃周莞寧一直抱恙，各府多多少少總是要表表慰問之意的，這種人情往來，沈昕顏自然也會顧著。

紫煙領命而去，見魏承霖仍舊耐心地哄著幼子，沈昕顏便也當什麼都沒發生過。

儘管如此，她還是知道，周莞寧始終是長子心中一道過不去的坎，尤其是如今周莞寧的日子明顯不怎麼好，以長子的心性，未必不會更加愧疚。

她覺得，長子一日解不開這心結，只怕都不會同意娶親。

自平王側妃進門後，整個周府的氣氛便顯得相當低沈，尤其是周莞寧始終抱病，更讓溫氏心疼到不行。

這日趁著周懋休沐，夫妻二人放心不下，乾脆到平王府去探望病中的女兒。

到了平王府，乍一見明顯消瘦了不少的平王，周懋便吃了一驚，隨即又是一聲長嘆，拍了拍他的肩膀，那些責備的話怎麼也說不出來了。

而溫氏，則被侍女引著前去見周莞寧。

「王妃呢？怎的不在？」哪知到了周莞寧屋裡，卻發現她並不在，溫氏頓時便急了。

「夫人莫急，王妃今日精神瞧著好了些，到水榭去了。」屋裡的侍女連忙道。

「她身子還弱，怎的也不好好歇息，還要到外頭去？」溫氏有些不悅，只到底也不好說什麼，又在侍女的引領下到了水榭，果然便見女兒憑欄而立，怔怔地望著荷塘出神。

「病都未好，怎的不好好在屋裡頭養病，竟跑到這裡吹風，妳是存心不讓娘安心是不？」溫氏責怪的話響了起來，也讓周莞寧回神。

「娘，您來了！」見是娘親，她露出一個有幾分虛弱的笑容。

「在屋裡著實悶得慌，便出來透透氣。妳們下去吧，讓我們母女好好說說話。」

侍女們屈膝行禮告退，將空間留給這對母女。

「好好的怎會瘦成這般模樣？事到如今，妳也應該看開些，好歹妳才是這府裡真正的女主子，那一位說白了也不過是一個妾室，何至於讓妳作踐自己。」溫氏心疼地拉著她的手。

「孔氏算得了什麼，我怎會把她放在眼裡。」周莞寧低低地道。

「妳不將她放在眼裡，難不成在惱平王殿下？」溫氏皺眉。

「娘認為我不該惱嗎？當日他上門求娶時，曾說過一生一世只會得我一個人，可如今呢？誓言猶在耳邊，他卻納了新人。」

「這……」溫氏一時倒也不知該說什麼？

周莞寧卻越發不甘。到底是不一樣的，平王又哪及得上上輩子她的魏大哥？她心裡這般想著，不知不覺間也說出了口，讓溫氏聽了個正著。

「都什麼時候了，難道妳還惦記著那魏承霖？」她大驚，抓著女兒的手也不禁用力了幾分，讓周莞寧不適地蹙起了眉。見她不說話，溫氏更急了。「妳說，妳是不是還在惦記著那魏承霖？」

種種委屈齊齊湧上心頭，周莞寧終於沒忍住，嚷出聲來。「是，我是還惦記著！他當年一聲不吭地跑掉，叫我如何甘心？我想盡了辦法見他一面，他竟然還說出那樣絕情的話，我……」

「妳見過他？妳什麼時候見過他？」溫氏敏感地抓住了她的話語。「難不成是上回妳被慕容滔帶走的時候？可怎麼說是妳想盡了辦法見他一面？難道……難道妳是自願跟著慕容滔走的?!」她難得地聰明起來。

周莞寧話一出口便已經後悔了，又見娘親居然一下子就猜中了內情，眼眸微閃，不敢再對上她。

溫氏還有什麼不明白的？頓時滿臉震驚。

她簡直不敢相信自己一向乖巧的女兒竟然會做出這樣的事來，再想到夫君為了保住女兒所付出的代價，再也忍不住，猛地揚起手，用力打了女兒一記耳光！

「娘……」周莞寧摀著被打的半邊臉，眼中瞬間便含上了淚。

「妳怎能做出這樣的事！妳可知道，為了妳之事，妳爹爹一輩子的前途盡毀，可如今，妳卻告訴我，那一切都是妳自願的！」溫氏氣得渾身發抖，連聲音都是顫著的。

她所出的三個孩子，女兒自幼體弱，又是個乖巧安靜的性子，故而一家人都將她捧在掌心上疼愛著，絕不會讓她受半點委屈。

今日也是她此生頭一回對最疼愛的女兒動手，尤其想到夫君以餘生的仕途換取了女兒後半生的安穩日子，她便覺心裡又痛又恨。

「原來如此、原來如此……」

男子低沈渾厚卻帶著明顯失望的聲音，在周莞寧身後響起，周莞寧陡然回過身去，便見周懋站在身後不遠，往日總是溫和慈愛的臉龐，如今佈滿了痛心與失望。

「爹、爹爹……」從未有過的恐慌襲來，周莞寧煞白著一張俏臉，結結巴巴地喚。

周懋緊緊地盯著她，良久，慘然一笑，啞著嗓子道：「是為父之錯，為父沒有教會妳為人子女、為人妻室之責，寵而不教，最終造成今日這般下場！阿莞，妳讓為父近些日子所做的一切都成了笑話，妳使為父再無顏立足京城，無顏面對……」想到那最終被他毀了一輩子的慕容滔，他喉嚨一哽，一句話也再說不出來。

「爹爹……」周莞寧臉色慘白，一顆心像是被緊緊地揪著，哆哆嗦嗦地伸出手去，想要拉著他的袖口。

可是，周懋卻拂開了她，痛苦地合著眼眸，深深地呼吸幾下，最終，從喉嚨裡擠出一句。「從今往後，妳……好自為之吧！」說完，再不願看她，跌跌撞撞地走出了水榭，走著走著，步伐越來越快，不過頃刻間，身影便消失在周莞寧眼前。

「夫君……」溫氏也沒有想到她們母女的話竟被夫君聽了個正著，周懋那句「寵而不教」，雖是自責，可卻猶如當面狠狠地抽了她一記耳光。相夫教子本就是婦人之責，女兒的教養更應該歸咎到母親身上，又怎會全然是為人父親之錯？

「娘，爹爹他、爹爹他……」見向來最疼愛自己的爹爹，竟說出讓自己好自為之這樣的話，周莞寧驚懼萬分，不知所措地望向溫氏，眼中帶著懇求。

溫氏此時心裡、眼裡都是周懋離去前那痛心失望的表情，總覺得那樣的失望不僅僅是對女兒，還有對自己這個對女兒教養不力的妻子。

夫妻二十餘載，他從來不曾對她說過一句重話，更不曾在她跟前露出這種失望至極的表情，教她如何不膽戰心驚？連最疼愛的女兒她也暫且顧不得了。

「日後妳好好與平王殿下過日子，旁的不該想的不要再想，妳爹爹這回被妳傷透了心，只怕……」她再也說不下去，深深地望了女兒一眼後，轉過身追著周懋的身影而去。

「娘……」見娘親也拋下自己離開，周莞寧更加慌了，想要伸手去拉她，可指尖卻只能觸碰到她的衣角，眼睜睜地看著她離自己越來越遠。

一種被最親近的人拋棄的感覺陡然襲上心頭，周莞寧緊緊地捂著胸口，臉色慘白如紙。

「岳母大人，怎這般快便回去了？」平王本是想陪著周懋一起去看看周莞寧的，可想到這段日子她對自己的冷淡，便又不敢了，只讓人領著周懋到水榭去。

不承想只那麼一會兒的工夫，便見周懋臉色難看地快步離開，他叫之不及，滿腹狐疑，正覺不解間，又見溫氏急急而來，他忙迎上前去問。

溫氏沒有想到會在這裡遇到他，下意識地望望遠處水榭裡的女兒，心裡突然生出一股慶幸，慶幸方才平王沒有與夫君一起，否則，若是讓他聽到了女兒那番話，女兒日後的日子只怕更加難捱了。

「我突然想起府裡還有十分緊要之事，所以……」她胡亂扯著理由，勉強笑著回答。

平王不是蠢人，如何看不出她在說謊？只是到底是長輩，他也不好多說什麼，遂笑著道：「原來如此，那我送送岳母大人？」

「不必了不必了，你、你岳父他也在，我與他一起回去便是。」溫氏心裡有鬼，又哪敢在他面前托大。

平王倒也不勉強，一直到溫氏略有幾分慌張的身影消失，他再看看水榭裡孤孤單單的纖弱身影，眼眸幽深，招來遠處侍候的侍女詢問方才水榭那處發生之事。

「王妃讓奴婢們退下，故而奴婢也不知道發生了什麼事，只是見周大夫人突然動手打了王妃，後來周大人也過來了，只說了幾句話便走了。」侍女如實回答。

平王的眉頭皺得更緊了。岳父、岳母最是疼愛妻子，如何捨得動她一根手指頭？到底發生了什麼事，竟使得向來溫和的岳母竟然對妻子動起了手？

他思前想後也不得答案，只怔怔地望著水榭裡的身影，也不知過了多久，才低低地嘆息一聲。

周懋一回到府便將自己關在書房，誰也不見，讓周昶與周卓兄弟倆面面相覷，渾然不知發生了什麼事？

溫氏在外頭敲了快一刻鐘的門，可始終得不到半點回應，臉色越來越難看，眸中淚意也越來越明顯，這越發讓周氏兄弟不安極了。

「娘，到底發生了什麼事，爹為什麼一回來就把自己鎖在書房裡？你們不是去平王府見妹妹了嗎？」周卓是個急性子，哪還忍得住不問。

溫氏何曾受過夫君如此對待，一聽兒子問，眼淚再也忍不住地流了下來。

她連忙低下頭拭去淚水，啞聲道：「沒事，你爹爹他……還是讓他好好靜一靜吧。」

見她不肯說，周卓更加急了，正想再追問，一旁的周昶扯了扯他的袖口，示意他噤聲。

周卓嘴唇動了動，到底也沒有再說什麼。

「娘，咱們先到屋裡坐會兒吧！爹爹在裡頭，咱們總不能在外頭乾等著不是？」周昶柔聲勸道。

溫氏紅著眼點了點頭，被兄弟倆一左一右地扶著離開，走出幾步又不甘心地回頭，見那房門仍舊緊緊地閉著，裡頭之人沒有出來的意思，終於死心了。

門外的腳步聲漸行漸遠，直至再也聽不到。周懋一動也不動地坐在書案前，耳邊彷彿仍迴響著在平王府水榭聽到的那番話，腦海中卻是閃現著慕容滔重傷致殘的那一幕。漸漸地，他的身體不停地打著哆嗦，越抖越厲害，又像是有一股寒氣從他腳底板升起，迅速蔓延至四肢百骸。

他錯了，他做錯了，一切都錯了！大錯特錯！

可是，已經晚了，他毀了那個孩子一輩子！

體內的寒意越來越猛烈，他哆哆嗦嗦地給自己倒了杯熱茶，可因為手抖得太厲害，根本拿不穩茶盞，茶水搖晃幾下，濺濕了書案上的信函。

他顫著手去擦那茶漬，突然想到了什麼，倒抽了一口涼氣，驟然起身，踉踉蹌蹌地撲向門外，高聲喊著。「昶兒！昶兒！」

「老爺！」聽到叫聲的下人連忙過來。

「快去叫大公子，快！快！」

下人見他神情急切，不敢耽擱，一溜煙地跑去喚周昶。

正扶著溫氏落坐的周昶，還來不及問問母親到底在平王府發生了什麼事，便見父親書房裡侍候的小廝來請自己，說是老爺急喚大公子。

「你爹叫你，快去！」他還沒有說什麼，溫氏便推著他出了門，急急地道。

待周昶急步到了周懋書房時，周懋便一把揪著他的衣袖，顫著聲音道：「快！快去中止計劃，快去！」

「父親？」周昶沒有想到他急喚自己來竟是為了此事，一時不明白他的用意。

周懋哪還有心思再與他細說，見他不動，厲喝一聲。「快去！」

「是，孩兒這便去！」周昶到底不敢逆他的意，急急忙忙地出了門。

待見長子離開後，周懋雙腿一軟，一個站立不穩，竟是跌坐在地上。

「夫、夫君？」放心不下地跟著長子而來的溫氏見他如此，連忙邁步進來，使盡力氣才將他給扶了起來。

「夫君，千錯萬錯都是我的錯，是我沒有好生教養女兒，才會導致她……」溫氏何曾見他這般頹敗的模樣？便是當年在仍為首輔的公公，和宮裡皇后的雙重打壓下，她的夫君也不曾怕過半分。

她看著他從一個八品小吏一步一步地走到如今四品大員之位；又為了女兒，甘願一輩子止步不前。可哪怕是知道自己的前程有限，平生抱負再難施展，他也從來不曾後悔過。

但如今，她卻在他的臉上看到後悔，那是一種痛到了極處的悔恨。

周懋推開她，自己扶著書案坐了回去，又抖著手想去捧那茶盞，可因為手抖得著實太厲害，怎麼也捧不起來。

溫氏見狀，連忙上前來幫他，哪想到手忙腳亂之下，卻不小心打翻了筆架子，又掃倒了書案上放得整整齊齊的書冊，案上頓時變得一片凌亂。

「對不住、對不住，都是我不好、都是我不好……」溫氏一邊道著歉，一邊彎下身去撿地上的書冊。撿著撿著，一滴眼淚滴落書上，隨即，眼淚越來越多，很快便打濕了書面。

「我真沒用，連收拾東西都做不好，真沒用……」她自責地哭著，懷裡抱著的書冊又掉落了一本，她的淚水便越發的多了。

哭聲如同針一般往周懋心口上直扎，他的眼眶通紅，不知不覺間，眸中也含了淚水。

他顫著手去拉蹲在地上的妻子，溫氏順勢抱著他的手，將臉埋入他掌中，淚水肆意而下。

「對不住，都是我沒用，我沒能將咱們的女兒教養好，沒有教導她為人子女、為人妻室的責任，都是我的錯……」

周懋顫著嗓子道：「錯的怎會只是妳？我們都錯了，都錯了……」

溫氏再忍不住撲進他的懷裡，痛哭出聲。

一直到點燈時分，周昶才拖著滿身疲憊回來。

他不明白父親到底是怎麼了，苦心謀劃了這般久，事情進展得這般順利，挑撥太子妃與英國公府的關係，眼看著再過不了多久便能成事，而魏承霖也即將走入他們布好的陷阱，在如此緊要的關頭，父親竟然要放棄！

他嘆了口氣，頭疼地揉揉額角，只覺得近來所做的一切都是白費功夫了。

周懋也一直在等著他，見他回來，便問起了吩咐他的事。

周昶回答道：「都擱置了，沒有父親的意思，誰也不敢再亂動。」

「不是讓你擱置，而是要徹底終止！」周懋強調。

「可是父親，為什麼？咱們耗費了那麼多的精力，就這般放棄，豈不是可惜了？」周昶不甘心。

周懋苦澀一笑，片刻，強壓著內心的悲涼，一五一十地將從平王府水榭處聽到的話對他道來。末了，還道：「此事若說慕容滔錯了六分，你妹妹也錯了四分，咱們又有何顏面將所有的錯推到慕容滔身上？如今大錯已鑄成，為父已經揹了這血債……魏承霖，便罷了吧！」

周昶的感覺也相當複雜。他作夢也沒有想到，一向溫順的妹妹居然做出這般膽大包天之事。

他久久說不出話來。還能說什麼呢？若是妹妹故意而為，那被擄一事就不過是子虛烏有，大概是妹妹請求了慕容滔帶她去找魏承霖，這才演了這麼一齣。

父子二人相對無言，久久沈默。

片刻之後，周昶才低聲道：「父親，孩兒方才得知，原來太子妃的藥早就已經被人換成了安胎藥，咱們的人並沒有換成功。」

周懋臉色一變，隨即，喃喃地道：「換了嗎？換了也好、換了也好……」

「父親，您說這是怎麼回事？按理，太子妃若是得了那方子，不應該……」

周懋勉強扯了個比哭還難看的笑容。「這說明什麼？說明咱們的計劃一早便落了空。」

周昶的臉色也變了，又聽父親嘆息著道——

「唯一值得慶幸的是，咱們本就沒有打算動太子妃肚子裡的孩子，否則……」

否則什麼，父親便是不說，周昶也知道後果。

謀害皇嗣可是死罪，誰也救不了。

魏雋航也很快便發現了事情有異，皺眉坐在上首，聽著下屬的稟報。

「屬下仔細查探過，那日確是有人想要偷換太子妃的藥，不過不知怎的又放棄了。屬下偷偷跟著他，拿到了對方的藥渣子請太醫查驗，發現只不過是宮裡太醫所開的尋常安胎藥，並不是什麼陰毒之物。也許是屬下想錯了，那人中途放棄換藥，難不成是發現太子妃所服用的也不過是太醫開的安胎之藥？」

魏雋航的眉頭皺得更緊，也是覺得異常詭異，對下屬這番猜測，居然也覺得合理。

可是，是誰兜這麼一個大圈子？目的又是什麼？

他百思不得其解之際，忽地又有另一名下屬走進來，湊到他身邊壓低聲音說了幾句話，他臉色大變，急急便問：「那世子可有事？」

「也是奇怪，不知為何在最關鍵的時候，那人竟然沒有動手，難不成是因為悔悟過來了？」

魏雋航方覺鬆了口氣，可下一刻，他的臉色便凝重起來。

兩樁同樣有些古怪的事，讓他怎麼想也感到不安，總覺得有些地方讓自己給忽略了。

他大膽地假設，假設兩樁事沿著它們原來的軌跡發展下去，會帶來什麼後果？

首先，最明顯的便是長子，他將會在與夏將軍的演練當中遭受「嚴重意外」，輕則墮馬受傷，重則性命不保。

其次便是太子妃的安胎藥。假若那人真的換了藥，太子妃服用了太醫所開的安胎藥，對她的胎兒彷彿也不會有什麼不好的影響，那是不是就說明，對方想對付的並不是太子妃及她肚子裡的孩子？

不知怎的，當日沈昕顏替他分析過「生子秘方」的那番話又再度在他腦子迴響，他一個激靈，突然便有了想法。

鬼使神差般，他又聯想到遭受「意外」而失去雙腿的慕容滔，轉念一想，長子原本會發生卻又沒有發生的那個意外，終於有了猜測的方向。

若是他猜測的一切成真……不知不覺間，他的臉上便凝聚了掩飾不住的怒火。

簡直豈有此理！

他重重一拍書案，直震得筆架上的毫筆發出一陣撞擊的輕響。

# 第三十九章

翌日，周懋剛從鴻臚寺離開，正欲上轎回府，忽聽身後有人喚自己。

「周大人！」

他回身一看，認出是英國公魏雋航，眼眸微閃，卻很快便掩飾過去。

「國公爺。」

「我有幾句話想與大人說說，不如尋個安靜的地方？」魏雋航道明來意，語氣聽著似是詢問他的意見，可臉上的神情卻明顯地寫著「不去也要去」幾個字。

周懋不清楚他是不是知道了什麼，可也不會怯陣，聞言淡淡地回答。「既然如此，那便走吧。下官記得前面不遠處有間環境相當不錯的酒樓，國公爺不嫌棄的話，便到那處一聚吧。」

「周大人安排便是。」魏雋航知道他不過是想掌握主動權，也不願與他計較這個，頷首應下。

兩人各自坐上了轎子，很快便到了周懋所指的那間酒樓。

尋了一間位於二樓、相當安靜的包廂，兩人相對而坐，彼此的隨從均退到了門外守著，以免得有不長眼之人打擾。

「國公爺有話但說無妨。」周懋深深地吸了口氣，給自己倒了杯酒，故作鎮定地道。

魏雋航也不願意與他兜圈子，開門見山道：「早前犬子險些遭受一場意外，不承想到緊要關頭，卻又險險撿回一命。」

周懋眼皮一跳。「世子爺鴻福齊天，恭喜了。」

「並非犬子運道，實乃周大人手下留情！來，在下敬大人一杯，感謝大人寬宏大量，饒恕犬子小命！」魏雋航似笑似笑，替他續了酒，又給自己倒了一杯，這才端起酒杯，朝他作了個碰杯的動作，仰頭一飲而盡。

周懋板著臉，瞧不出半分表情，彷彿他所說的與自己毫無關係。

魏雋航也不在意，冷笑地又道：「以周大人的護短，當日那般毫不留情地斷了慕容小將軍一雙腿，如今竟然會放過犬子這個『罪魁禍首』，著實是令人意外！」他越說越惱，磨著牙又道：「只是，周大人，你是不是太過了！令千金、犬子與慕容小將軍三人之間的糾葛，難不成錯的便全是犬子與慕容小將軍，令千金便真的純淨無辜，毫無半點過錯？慕容小將軍縱有不是，但他也算得上是大人看著長大的，自幼對令千金也是諸多照顧，縱然行為有失，但對令千金亦是一片真心，何至於要落到如今前程盡毀的下場？那一回，大人是想也讓犬子斷腿，還是要毀他一雙手？又或者是直接取他性命？」

周懋被他連番話說得面無血色，再也維持不了鎮定，雙唇抖了抖，似是想要說些什麼反駁，可魏雋航根本不給他這個機會。

「可到緊要關頭，大人為何又要收手？讓在下猜一猜，想來是大人發現自己怨恨的理由根本站不住腳，難得地開始良心不安了。」

周懋被他戳中心事，臉色又難看了幾分，眸中飛快地閃過一絲悔意。

「你在後悔？你在後悔什麼？大錯已經鑄成，你拿什麼賠給被你毀了一生的慕容小將軍？你因為自己疼愛的女兒，卻毀了別人家最疼愛的孩子，你在後悔什麼！你可敢親自到鎮北侯府賠禮道歉，承認慕容小將軍的腿是你設計毀去的？不，你不敢，你怕面對鎮北侯府的怒火與瘋狂報復！你如今的後悔，也不是後悔自己對慕容小將軍的狠，而是無法面對你自以為純良無辜的女兒，其實並不無辜！你更不敢面對的，是你自己的無能，你無能到連最基本的是非尚且分辨不了！護短不是什麼錯，可護短到一味怪責別人，卻從來不曾想過自己的不是，那才是大錯特錯！周懋，你這個父親，比我還要失敗，可你甚至不敢承認自己的失敗，還以可笑的悔意來掩飾！」

周懋初時震驚於他對自己所做之事竟是那樣的清楚，到後面卻感覺魏雋航的話像一把把尖刀往他心口上直插。

他想要說些什麼替自己辯解一下，可卻發現此時此刻，再多的辯解也顯得那麼蒼白無力。

是的，他不敢，他甚至連向鎮北侯府承認慕容滔的腿是自己毀去的勇氣都沒有。

魏雋航臉色陰沈，望向他的目光帶著毫不掩飾的怒意。

他與周懋也算是最早追隨元佑帝的那批臣下，雖然並無甚私交，但在公事上卻有過不少合作，對對方的才能與為人，他一度還是相當敬佩的，只如今……

「你甚至為了自己的私心，竟敢以太子妃肚子裡的孩子為餌，如此膽大妄為，你是對自己的能力太有自信，還是說我魏雋航在你眼裡不過就是一個草包，能任你玩弄於股掌之上！」

見他連生子秘方一事也查得清清楚楚，周懋已經連辯解的慾望都沒有了。事到如今，他才終於知道，他原以為萬無一失的計策，其實早就已經被人看破了。

「國公爺既然什麼都知道，為何不直接到陛下跟前告發我，那豈不是更能出出心中惡氣嗎？」良久，他喃喃地問。

魏雋航平復心中怒火，替自己倒了杯酒，一飲而盡。

「告發你？」他似笑非笑。「告發你之後，讓陛下從重處置了你們一家子，然後更讓犬子一輩子都忘不了你們？」

長子本就對那平王妃心存歉疚，若是得知周府因為他之故而被處置，只怕他內心愧疚將會更深，那此生想要從那些過往的糾纏中走出來更是難了。

周懋怔忡，又聽對方緩緩地道——

「我不會告發你。你可相信，如今我若是有心對付你，你根本毫無還手之力？甚至，我只需將慕容小將軍失去雙腿的真相告知鎮北侯，自然會有侯府出手。你覺得，僅憑你一人，可有把握應付得了鎮北侯府的報復？」

周懋臉色更白，望向他的眸光中帶著警惕，啞聲問他。「你到底想怎樣？」

「我想怎樣？周大人，此話應該由我來問才是，你到底想怎樣？難不成事到如今，你還想著當作什麼事也沒有發生過，依舊安安穩穩地當你的鴻臚寺卿嗎？還是說，你以為自己所做的一切便真的是神不知、鬼不覺？或者在你眼裡，鎮北侯府盡是一幫只會打打殺殺的莽夫，毫無半點思考與判斷之力？」

周懋苦澀地勾了勾嘴角。若是在今日之前，他或許對自己的謀算相當有自信，可如今，所有的自信已經被打擊得七零八落，他又怎敢以為自己佈置的那些事天衣無縫。

「我明白了，明日我便覲見陛下。」他哽著喉嚨，低低地道了句，而後端過桌上的酒，同樣一飲而盡。

至於覲見陛下為了何事，他沒有說，魏雋航也沒有多問。

一連灌了好幾杯酒後，周懋臉上便已顯露了幾分醉意，似哭似笑地道：「國公爺，我不如你……」

魏雋航沈默地望著他，並沒有再說什麼。

周懋也不在意，乾脆拿過酒壺自斟自飲，口中卻是哆哆嗦嗦地說了許多話，那些一直憋在心裡、連對他最親近的妻子也不曾說過的話。

魏雋航也不打斷他，只聽他說著諸如孩童時在府裡如何艱難度日、才能漸顯時遭受嫡母的打壓，甚至連生父也對他視若無睹。

許是酒意上湧，他就這樣東一句、西一句地說著，語無倫次，彷彿積累了多年的不甘終於得到了宣洩。

「……阿莞出生時，我終於徹底傲然挺直背脊，首輔也好，皇后也罷，誰也不能再隨意對我指手畫腳。我立誓，這輩子都會寵她如至寶，將最好的一切都給她。我知道她心悅你兒子，你那個兒子，確也是個有出息的……」說到此處，他臉上多了幾分黯然，隨意抹了一把嘴角沾著的酒水，認認真真地望著魏雋航，一字一頓地問：「國公爺，我只想知道，你為什麼不同意？我的阿莞純善溫柔，琴棋書畫亦是精通，你為什麼就是不許？」

終於，他問出了埋藏心底多年的話。

他不明白，他的女兒秀麗嫻靜、溫柔善良、孝順父母、友愛兄長，便是對府裡的下人也是心懷憐惜，為什麼就是入不得他英國公的眼？憑什麼就要那般遭人嫌棄！

魏雋航沒有想到他會問出這樣的話，一時竟不知該如何回答？

只是，當他對上周懋那雙執著的眼眸時，終是回答了他。「令千金確是個好姑娘，只是，從來婚事便是結兩姓之好，關乎兩族。承霖乃我國公府世子，承載著先父畢生的希望，他的妻子，將是我魏氏一族的宗婦，肩上所擔之責，比他絕不會輕上絲毫。周大人，平心而論，你認為令千金可擔得起一族宗婦之責嗎？」

周懋望著他，久久說不出話來。也不知過了多久，他才垂下頭去，少頃，低低地笑了起來。「原來如此，並非不好，而是不適合……」他苦澀地合上眼眸，也不知過了多久才道：「我會離開京城，此生再不會回來。小女……小女縱有千般不是，還請國公爺看在平王殿下的分上，莫要——」

魏雋航搖搖頭，打斷他的話。「周大人，你過慮了，令千金已經有了世間上最好的護身符，只要她不自尋死路，誰也不敢動她，你還有什麼好擔心的？」

周懋呼吸一頓，似是嘆息般又道：「是啊，世間上最好的護身符……我還有什麼放心不下的？」

他笑了一會兒，又再度將杯中酒一飲而盡，而後，深深地望了魏雋航一眼，再沒有說話，起身推門而去。

走到街上，迎面吹來一陣涼風，吹散了他身上的酒氣，也讓本有幾分渾渾噩噩的他清醒了過來。

他怔怔地望著街上步伐匆匆、趕著歸家的行人，看見不遠處一名粗布漢子抱著一個紮著雙丫髻的四、五歲小姑娘，小姑娘摟著他的脖頸，眉眼彎彎，正親親熱熱地與他說著話，男子的臉上，盡是疼愛的笑容。

他就這樣定定地望著那一大一小的身影從自己身邊走過，而後越走越遠，最終徹底消失在眼前。

「大人，該回府了！」隨從見他站著一動也不動，終是忍不住上前，擔心地提醒道。

他垂眸，片刻，低聲吩咐。「回去吧。」

魏雋航背著手立於窗前，看著樓下的周懋上了轎，眸中盡是複雜之意。

「父親……」

突然，身後響起了長子魏承霖的聲音，他也不回頭，只淡淡地問：「你都聽到了？」

「聽到了。」魏承霖心裡說不出是什麼感覺，有些茫然，有些失望，也有些說不清、道不明的難過。「孩兒不孝，讓父親擔心了！」他不知該說些什麼好，垂著眼簾低低地道。

魏雋航終於轉過身來，望著眼前這張愈來愈肖似過世父親的臉龐，半晌，輕拍了拍他的肩膀，而後長嘆一聲。「養不教，父之過。曾經種種，也是父親這些年來對你多有輕忽之故，又豈會盡是你之錯？」

聽他這般說，魏承霖心裡更加難受了。「父親，對不住，當年是孩兒任性了，孩兒愧對祖父多年教導、愧對父母、愧對祖母，更愧對當年因孩兒的一己之私，而無辜喪命的金令護衛……」他再也說不下去，眸中不知不覺間便含了淚。

魏雋航有些意外，這還是這麼多年來，長子頭一回主動承認自己愧對那四名護衛。或許他早就認識到了自己的錯誤，只是一直無法坦然面對。

如今他這般說出來，便是代表著他自此便要重新面對自己的過往。

魏承霖突然跪了下來，也不顧他的阻止，直接給他磕了幾個響頭，一抹眼中淚花，望入他的眼眸，認認真真地道：「不管怎樣，孩兒當年失信在前，確是有負阿莞，周大人因此記恨於我，亦算不得我無辜。孩兒早已過了弱冠之年，又為一府世子，論理應該早挑起傳宗接代之責，孩兒亦清楚祖母與母親日夜記掛著孩兒的親事。只是，孩兒如今心中充滿了對平王妃的愧疚，若是就這般娶了另一名女子，對她未免不公。故而，孩兒斗膽，請父親再給孩兒三年時間，只待孩兒將前塵往事徹底忘懷之後，再行婚配之事。」

魏雋航深深地望著他，遲遲沒有反應。

魏承霖猜不透他的心思，心中忐忑，只又怕他誤會自己仍對平王妃之心不息，正想再說些什麼話解釋解釋，魏雋航已經彎下身子，親自將他扶了起來。

「父親答應你。」

言簡意賅的五個字，讓他的心一下子便定了下來，喉嚨一哽，眼眶竟是又紅了。

「好了，都長得比父親還高了，怎的還如小時候那般，動不動便哭？」魏雋航故作輕鬆地拍拍他的肩膀。

魏承霖別過臉去揉了揉眼睛，甕聲甕氣地道：「我小時候哪有動不動便哭？祖母還說我打小便是個甚少哭鼻子的。」

「當年你還未到你祖父身邊前，比如今的祥哥兒還要黏你母親，只一會兒的工夫不見你母親便要哭鼻子，任誰也哄不住。」魏雋航笑著道。

是嗎？魏承霖眼中盡是懷疑，可見他一臉認真，便也半信半疑了。

魏雋航低低地笑著，背著手邁出了門，準備打道回府。

魏承霖連忙跟上，待下樓梯時，下意識地伸手扶住他。

魏雋航只瞥了他一眼，倒也沒有說什麼。

翌日，元佑帝突然降下旨意，貶鴻臚寺卿周懋為八品西延城坑山縣知縣，著日離京赴任。

從朝廷四品大員降為八品知縣，連降數級，實乃自開國以來第一人。

旨意傳出，朝臣均大為震驚，私下議論著這向來識時務、連謀逆那樣的大罪都能逃得過去的人精，到底犯了什麼大錯，竟惹得陛下龍顏大怒，直接把他踢出了京城，還一踢便踢去了那個連候職的新科進士都不願去的坑山縣？

雖然在西延城前任守備魏承霖的努力下，西延匪亂一掃而清，但是那個地方遭遇匪亂多年，早就破敗不堪，可謂百廢待興。

而那坑山縣，是整個西延遭受匪亂最嚴重的地方，如今又是最窮困之地，到那裡當知縣，與光桿司令也差不多了，如今早已經成了官員眼中的「鬼見愁」之地。

此時的周懋，恭敬伏地領旨，嗓音沙啞。「臣，領旨謝恩。」

最後一個字說出後，他合著眼眸，深深地吸了口氣。

由八品始，至八品終。兜轉半生，終又回到起點。

怨嗎？恨嗎？可是他又能怨誰、恨誰？

消息傳到平王府時，周莞寧的臉「刷」的一下就白了，顫著聲音道：「為什麼？為什麼會這樣？爹爹他怎會、怎會……」

平王也是大惑不解。岳父大人一向深得父皇信任，連當日周府捲入謀逆一事，父皇都不曾懷疑過他，怎的如今卻對他……

見周莞寧憂心忡忡的模樣，他唯有暫時將滿腹狐疑拋開，柔聲勸道：「不必擔心，岳父大人向來便是個極有主意的，想來這回必是有什麼緣故。」

周莞寧抹著眼淚，心裡卻是苦得很。

她最怕的就是爹爹的極有主意，尤其是當日他對自己說出「好自為之」這樣的話，每每想起，她便覺得心如刀絞。

如今降職調任，她怕這不是陛下的意思，而是她的爹爹主動為之！

平王見她掉淚，一時心疼，正欲勸慰，忽有侍女進來稟報。「周大人來了，要見殿下。」

平王心一鬆。「岳父大人來得正是時候，恰好可以問他一問！」

周莞寧一顆心卻緊緊地擰了起來，下意識地揪起了帕子，小臉煞白，欲言又止。

她很想跟著平王去見她的爹爹，可雙腿就是邁不開來。

她怕再一次在爹爹臉上看到那種痛心與失望，更怕再一次聽他說出那樣絕情的話。

「王妃不隨我一同去見岳父大人嗎？」見她坐著一動也不動，走出幾步的平王又停了下來，回頭不解地問。

「不，我、我就不去了，你、你快去吧，莫要讓爹爹久等了。」周莞寧勉強扯出一絲笑容，結結巴巴地道。

平王不解她此番反應，只是也不便細問，只道了句「我去去便回」就走了。

到了正廳，果然見周懋端坐在椅上，神情平靜，彷彿全然不在意自己的此番被貶。

他腳步微頓，隨即快步迎了上去。「岳父大人！」

「殿下。」周懋起身。

翁婿二人彼此落了坐，平王想要問問他關於任職坑山縣令一事，可一對上他那幽深複雜的眼眸時，那些話不知為何就問不出來了。

周懋定定地望著他，良久，心中苦澀。說到底，所有的一切，唯有這個女婿才是最無辜的，女兒終究是負了他。他猛地起身，朝著平王深深地作了個揖，嚇得平王一下子就從椅上跳了起來，連忙避開。

「岳父大人，您這是做什麼?! 快快請起，小婿擔當不起！」他手忙腳亂地欲去扶他，可周懋卻堅持給他行了大禮。

「臣此去，再無歸期，小女便拜託殿下，若是日後她犯了什麼錯，請殿下看在臣的薄面上，莫要完全厭棄於她，好歹給她一容身之處。臣必當結草銜環，以報殿下大恩！」言畢，再一次恭恭敬敬地朝著平王行大禮。

平王慌得連忙用力去扶他，不承想對方卻是執意而為，他扶之不得，眼睜睜地看著他再一次給自己行了禮。

「岳父大人，您此話著實嚴重了。莞寧是我的妻子，是本王的王妃，我敬她、愛她尚且不夠，又怎會厭棄她？」平王嘆了口氣，心中卻有些不安。

什麼叫「此去再無歸期」？難不成此行凶險，甚至會有性命之憂？實際上，他也將這個疑問問了出來。

周懋呼吸一頓，隨即平靜地道：「坑山縣百廢待興，哪是短期內能見效果的？怕是要十年八載。臣已不惑，生老病死又是人之常情，將來之事又怎敢肯定。」

聽他這般解釋，平王總算明瞭，隨即便笑著道：「岳父大人正值壯年，更是長壽之相，這般憂慮確是早了些。」

周懋笑了笑，並沒有再多解釋。「臣還有事要處理，便不打擾殿下了。」

見他要走，平王忙挽留。「岳父大人不去見一見莞寧嗎？她方才得知您要離京，可憂心極了。」

周懋垂著眼簾，少頃，緩緩地道：「……不見了。」言畢，轉身大步離開。

平王眉頭緊鎖，怔怔地望著他離開的背影。

岳父大人這是怎麼了？到底發生了什麼事？

他不是蠢人，不會感覺不到周懋的異樣，那樣疼愛女兒的人，又怎會得知女兒為自己的事正憂心，卻也不去見她一見？

一直在屋裡坐立不安地等著他的周莞寧見他回來，望望他的身後，並沒有看到周懋的身影，眼神倏地一黯。爹爹還在惱她嗎？都到了王府竟連見她一面都不願。

「岳父他……還有些急事，不能久留。不過他臨走前囑咐了我，要我好生照顧妳。」平王撓撓耳根，努力解釋著。

周莞寧神色落寞，緩緩地坐了回去，低著頭一言不發。

再怎麼急也不會連見一面的時間都沒有，爹爹他必然還在惱自己。她的心裡頓時便生出一股茫然。爹爹不肯見自己，娘呢？兩位兄長呢？難道也在惱自己嗎？她真的錯了嗎？

「王妃……」平王遲疑良久，最終還是鼓起勇氣坐到她的身邊，想去拉她的手安慰，卻又怕惹她不高興，幾經猶豫，還是老老實實地坐著。

周莞寧轉過頭來，怔怔地望著他。

眼前之人是她的夫君，她說不上多喜歡，但也不討厭。畢竟，誰也無法真正討厭一個確實對自己好的人。

只可惜，他出現得太晚。

見她只是靜靜地望著自己，神情也不像以往那般冷漠，平王心中一喜，忍不住偷偷地往她那邊坐得近了些。

「其實，妳也不必擔心，岳父大人想必已經胸有成竹。父皇多次讚賞他的才能，想必也是如此，才會讓他到西延去。」他清清嗓子，越發溫柔地勸道。

「你當年為什麼要娶我？難不成就是因為救了我一回？」周莞寧突然問。

平王呆了呆，似是沒有想到她會問出這樣的話，可心裡又有些雀躍，這還是成婚至此，她頭一回問及兩人之間的事。

他又再撓了撓耳根，好片刻才小小聲地道：「不是，不是因為那樣。若是不喜歡，我又怎可能會因為救過對方，便要將對方娶回來？」見她似是不信，他連忙接著道：「其實、其實在、在那回之前，我、我就已經見過妳了。」俊臉微紅，可他還是鼓起勇氣道：「那一年皇后娘娘千秋，不是如今這位皇后，是以前那位周皇后，妳、妳進宮恭賀，我、我在鳳坤宮曾遠遠見過妳一面。」

他的聲音越來越低，到最後簡直如同耳語一般，可仍讓周莞寧聽了個分明。

她愕然。進宮恭賀姑母千秋？那得是數年之前了，那個時候她才多大？

看著他微微泛著紅的耳根，不知怎的，她心中一軟，正想說幾句話，忽聽孔側妃的聲音傳了進來。

「殿下原來在姊姊這裡……」

周莞寧的臉一下子便沈了下來，冷漠地起身進了裡間。

平王已經感覺到周莞寧突然軟下來的態度，眼看著夫妻二人可以借此機會修補關係，不承想事到臨頭卻功虧一簣。

再望望邁步進來，打扮得光彩照人的孔側妃，他臉上飛快地閃過一絲厭惡。

這個婦人，真真是可惡至極！除了不時拿母妃來壓自己，還有什麼？端莊溫和？大方得體？簡直是笑話！

卻說大長公主正與沈昕顏商量著彼此相中的姑娘，打算從中選一個最好的派人上門聘娶為嫡長孫媳。

恰好此時魏雋航進來，兩人連忙又招他上前，打算徵求一下他的意見。

魏雋航一聽，臉上笑意便漸漸斂了下去，少頃，嘆息一聲道：「承霖的親事，還是再緩幾年吧！」

「緩幾年？」大長公主皺起了眉，滿臉盡是不贊同。「你也不瞧瞧滿京城與他年紀相當的，哪個還似他這般，連個親事都不曾訂下來？再緩幾年，怕是同齡的都快要當祖父了，他卻連兒子都沒有生下來！」

沈昕顏同樣不滿地道：「你還當他是數年前那時候呢，想緩便緩。你縱是不急著當祖父，我還急著當祖母，母親還急著當曾祖母呢！」

毫無意外地得到了婆媳倆一致的反對，魏雋航也不惱，耐著性子解釋道：「這也是承霖他自己的意思，他——」

「不管是誰的意思，不准就是不准！」大長公主一瞪眼，直接便打斷了他的話，根本不想再聽他說。

沈昕顏若有所思地望著他，倒是大略猜得出長子說出這番話的心情。

「母親……」

「快走快走，不要在此處礙著我和你媳婦！」

大長公主像趕蒼蠅一般朝他直揮手，讓還想再說的魏雋航哭笑不得，也知道一時半刻想要說服她們並非易事，故而乾脆地便被「趕走了」。

「沈氏，妳瞧著這吳家的姑娘怎樣？她也只是比霖哥兒略小幾歲，是家中長女，據聞十歲的時候便已經開始幫著吳夫人掌事了，可見是個極能幹的！還有這孫家的姑娘……」轟走了兒子，大長公主定定神，再度興致勃勃地將她相中的姑娘一一道來，勢必從中挑出一個最好的來，如此才能般配她的長孫。

「我倒是覺著這刑家的姑娘不錯，上回在宴上我曾見過她一面，是位大方得體、舉止有度的姑娘。」沈昕顏道出了她心中的人選。

婆媳二人妳一言、我一語，又商量了將近一個時辰，仍未能選出一個彼此都滿意的，一時均有些洩氣。

待沈昕顏從大長公主處離開，回到自己屋裡時，府裡已經陸陸續續點起了燈。

進了門便見魏雋航一個人坐在膳桌旁，正慢條斯理地用著晚膳。

「倒是難為國公爺一個人用晚膳了。」她打趣道。

魏雋航挑挑眉，笑道：「這也沒辦法，誰讓我招惹了母親與夫人呢！」

「活該！明知道母親正為霖哥兒的親事急成什麼樣，你倒還敢說出再緩幾年這樣的話，這不就是存心找罵嘛！」沈昕顏沒好氣地瞪他。

魏雋航笑了笑，放下筷子，隨手接過侍女遞過來的帕子拭了拭嘴，又聽沈昕顏道——

「我瞧著你必是私底下應了霖哥兒什麼話。」

「知我者，夫人也！」魏雋航搖頭晃腦地回答。

沈昕顏看著他這副模樣，再加上那張與小兒子甚為相似的臉，一個沒忍住便笑出聲來。

「倒活脫脫一副祥哥兒背書討誇獎的模樣！」她取笑道。

魏雋航哈哈一笑，隨口問：「祥哥兒呢？去哪兒了？怎不見他？」

「這會兒想必還在越哥兒那裡呢！最近這哥兒倆總愛湊到一處，三弟妹總是嘆氣，說越哥兒如今只愛跟小娃娃一道玩，倒不如趕緊娶個媳婦回來自己生一個！」

來了來了，總算是把話給兜回來了！魏雋航一臉了然。

沈昕顏假裝沒有看到他臉上那副「我就知道會這樣」的表情，鎮定地道：「釗哥兒下個月初八便要成親了，越哥兒的親事也有了著落，便是騏哥兒，大嫂對他也已經有了安排。唯有霖哥兒這個當大哥的……」她頓了頓，語氣有些惆悵。「我知道霖哥兒暫且不願成親是為了什麼，若他堅持，我倒也會尊重他的意見，只是母親……怕是等不得。」

魏雋航笑意一凝，也是有些頭疼。

「母親那裡還是由我再試試吧！以承霖如今這般情況，暫緩婚事確是更好些，這也是一種責任使然，並且對他未來的夫人也好。」

沈昕顏遲疑一會兒，道：「要不，先訂下親事，緩幾年再成婚？這樣母親那裡好歹也說得過去。」

魏雋航搖搖頭。「哪能讓人家姑娘等那般久？人家也等不起啊！還是讓我再與母親細說說吧！」

沈昕顏見他執意如此，倒也不再勸他，只是心裡到底悵然。

難不成當年沒有娶成周莞寧，她的兒子竟連妻子都娶不得了嗎？

本以為大長公主會堅持己見，不管怎樣都會將長子的親事訂下來，沒想到兩日之後，沈昕顏便發現，她已經默默地將那本記載著京中適齡姑娘的冊子收了起來，一時訝然，但也不得不對魏雋航寫個服字。

能勸得下向來固執的大長公主，這世間上想來也就他一個人了！

婚事雖然是暫停了下來，可不管是大長公主還是沈昕顏，到底還是有幾分失落，尤其是看到楊氏歡天喜地準備著魏承釗的婚事，這種失落便又濃了幾分。

這日，沈昕顏正替魏承祥整理著領子，叮囑他到了姊姊家不可淘氣，便見紫煙進來稟道表少夫人來了。

沈昕顏沒有想到崔氏會這個時候過來，輕拍了拍兒子的小臉，看著他蹦蹦跳跳地出了門，便讓丫頭請了崔氏進來。

「姑母！」崔氏進來後見了禮，迫不及待地便道：「榮哥兒走了！」

沈昕顏怔了怔。「走了是什麼意思？是齊氏族人把他帶回去了，還是他另找了地方搬出去？」

「都不是，就是分別給父親和芳姊兒簡單地留了封信，說要到外頭闖一闖，連招呼都沒有打一聲便走了。」雖然並不是很樂意沈昕蘭留下的這對孩子成了伯府的責任，但崔氏也沒有想過，就這般任由身無一物的榮哥兒走啊！「如今父親與世子正著人四處尋找，只一直沒有下落。芳姊兒哭得像個淚人兒似的，勸都勸不住。」崔氏頭疼極了。

「我再命人幫忙找找，他一個十六、七歲的孩子，想來也去不了什麼地方。」沈昕顏安慰道。

崔氏嘆了口氣。如今也唯有如此了。

「睿哥兒呢？許些日子不見，著實有些想念。」沈昕顏勸了她好一會兒，這才問道。

聽她問及兒子，崔氏的心情總算是好了些，臉上也有了笑容。「勞姑母還記掛著，那孩子如今正是坐不定的年紀，在府裡也是到處跑，偏他爹護得跟什麼似的，旁人說也沒用。」

沈昕顏也不禁笑了。「我原以為峰兒會是個嚴父，如今看來，卻是個慈父了。」

心裡終究感嘆。上輩子在沈慧然死後便一走了之、再無音訊的姪兒沈峰，這輩子總算是娶妻生子，切切實實地擔起了伯府的責任了。

只又轉念想到同樣離家出走的榮哥兒，她不禁蹙眉。

那個孩子……她嘆氣。知道再怎麼樣也不能不理他，唯有也讓魏雋航派人幫忙尋找。

剛吩咐了人，送走崔氏後，紫煙又笑著進來稟道——

「夫人，又有貴客上門了！」

「又有貴客？是哪一位貴客？」沈昕顏倒有些意外。

紫煙捣嘴輕笑，走過去緩緩地掀開簾子，讓簾後之人現出了面容。

# 第四十章

「許姊姊?!」待看清來人的臉時，沈昕顏又驚又喜，連忙迎了上去。

來人不是哪個，正是離京三年有餘的許素敏！

「妳何時回來了？怎的也不提前跟我打聲招呼！」她拉著許素敏的手，激動地道。

許素敏含笑道：「昨日方才回來，今日不就過來看妳了嗎？」

「姊姊也真是的，一走就是……咦？這孩子是誰？怎的瞧著與姊姊倒有幾分相像？」沈昕顏的視線被許素敏身後的「小尾巴」吸引住了。

這是一個約莫兩歲左右的男娃，小手扒拉著許素敏的裙裾，正從她身後探出半邊身子，好奇地望著沈昕顏。

許素敏得意地笑了，彎下腰將小男娃撈了起來，抱到她的面前驕傲地道：「這是我兒子！」她又低著頭去吩咐懷中的男娃。「來，兒子，告訴你沈姨母，你今年多大了？叫什麼名字？」

小傢伙眼珠子滴溜溜地轉動著，伸出兩根小胖指頭，奶聲奶氣地道：「我叫墩墩，今年兩歲啦！」

沈昕顏的笑容有幾分僵硬，輕握著墩墩那肉乎乎的小手，努力讓自己笑得更加親切些。

「墩墩真是個乖孩子！」

小傢伙一聽，當即高興地笑了，那眉眼彎彎的模樣，與同樣笑容不改的許素敏更加相像了。

沈昕顏告訴自己冷靜下來，待紫煙抱著墩墩到一旁哄他玩後，這才壓低聲音問：「墩墩是妳收養的孩子吧？都說誰養的孩子像誰，這話當真不假，不知道的，乍一見妳和墩墩，還以為你們是親母子呢！」

許素敏無辜地眨了眨眼睛。「我們是親母子啊！」

「什麼?!」儘管心裡或多或少已經有了猜測，可得到她親口確認時，沈昕顏仍忍不住震驚。

「妳、妳瘋了?!妳可知道，妳、妳……外頭的唾沫子都能將妳淹死啊！」她恨鐵不成鋼地剮了她一眼。

許素敏絲毫不在意。「人家愛怎麼說便怎麼說，難不成說多了我還會掉層皮？堂裡那些老傢伙尚且奈何我不得，旁人又算得了什麼！」

「妳、妳倒不如對外宣稱這是妳收養的孩子，如此一來，對妳、對孩子都好。」

「不行！我懷胎十月生下來的孩子，做什麼要鬼鬼祟祟的？我偏要他光明正大地以我親兒子的名分現身人前！」許素敏想也不想地拒絕。事實上，並不只是沈昕顏一個人這樣勸自己，可她就是不願。

「妳以為揹一個私生子的名聲，對墩墩便好嗎？」沈昕顏被她氣到了。

「名聲？我若在乎這些，便不會生下他來了。他如果連那些狗屁名聲都在乎的話，那也算不得我的兒子了！」許素敏嗤笑。

「妳——」沈昕顏已經被她氣到不知該說什麼了。她深深地呼吸好幾下，直到感覺那股惱意壓下了不少，這才又問：「那他的親生父親是誰？」要讓她知道是哪個野男人，必定想法子剝掉他一層皮！

許素敏眼眸微閃，少頃，理直氣壯地道：「他的親生父親也是我！」

不氣不氣，不生氣、不生氣……沈昕顏一遍遍在心裡告訴自己，她真的不生氣、不生氣，可那股怒火真的怎麼也壓不住，終於還是用力在許素敏胳膊上掐了一把！「妳今日來是存心要氣我的是不！」

許素敏被她掐得倒抽一口冷氣，連忙拱手求饒。「好妹妹便饒了我吧！」

沈昕顏恨恨地鬆開手。「那妳從實招來，墩墩的親生父親是誰？」

「問這個做什麼？再怎麼說兒子也是我一個人的，我還要讓他將來繼承我的家業呢！」

想到這個好不容易得來的兒子，許素敏得意極了。「那些老傢伙以前總因為我是婦道人家而不服，被我剝下了幾層皮後便老實了。接著又打起我女兒芸芸的主意，以為哄住了芸芸，讓他們家的小子日後娶了她，我許氏的家產便也成了他們的囊中之物。」想到夭折了的女兒，她臉上難免有些黯然。

沈昕顏自然也知道她與前夫有一個女兒，不過很小的時候便夭折了，見狀拍拍她的手背，無聲安慰。

許素敏感受到她的善意，朝她笑了笑以示自己沒事。「再後來，芸芸不在了，他們便打起了過繼的主意。嗤，真當我是那等瞎眼的，看不出他們眼中的貪婪嗎？我的東西，縱是拿去扔了，也絕不會便宜那些狼心狗肺的東西！所幸老天有眼，將墩墩賜給了我，這輩子他都

姓許，也只會姓許！他的母親是我，父親也是我！」

擲地有聲的一番話拋出後，沈昕顏便沈默了。

片刻，她低低地嘆了口氣，已經再說不出什麼反對的話，朝著紫煙招了招手，示意她將

小傢伙抱過來。

將墩墩抱在腿上坐好，仔細地打量著他的五官，見他生得玉雪可愛，容貌肖似他的親

娘，除此之外，還讓她生出一種別樣的熟悉感。

「怎樣，這胖小子像我吧？一看就是我的兒子！」許素敏的語氣難掩驕傲。

這小子生就一張極似自己的臉蛋，根本不用她多說，旁人也無法質疑他不是許氏的骨

肉。

「兒子。」小傢伙鸚鵡學舌過後，抿著小嘴笑得好不歡喜。

「咦？墩墩居然還長著兩個小梨渦！」沈昕顏眼尖地發現小傢伙抿起小嘴的時候，嘴角

兩邊各有一個小小的梨渦調皮地跳了出來。

許素敏的眼神又閃了閃，生怕她再多想，連忙哄著兒子又叫姨母。

「姨母！」小傢伙相當聽話，響亮地喚了一聲。

「誒！」沈昕顏歡喜地應下，再顧不得梨渦的事了，摟著他耐心地誘他說話，聽著那軟軟糯糯的聲音，她簡直喜歡到不行。

許素敏見狀，終於鬆了口氣，只下一刻又覺得自己小題大作了，難不成天底下就那個人長著梨渦？

沈昕顏逗了小傢伙一陣子，又餵他吃了一塊軟軟香香的點心，見小傢伙很快便腦袋一點一點的，於是親自將他安置在裡間的軟榻上，吩咐丫頭好生照顧，這才又與許素敏說話。

「當年妳突然走了，便是因為發現自己有了身孕？」

許素敏笑了笑，倒也大大方方地道：「是啊！」

果然如此，她早就應該猜到才是！沈昕顏恍然。

若是在京城懷上的，那是不是代表著這孩子的親生父親……隨即她又打消了這個念頭，不讓自己再去探究墩墩的身世。

聽了許素敏那番話後，她便知道這個孩子對她的重要性。

許素敏迫切需要一個繼承人，因為無後，又因為擁有一大筆讓人嫉妒的豐厚身家，她早就引來不少人的虎視眈眈，如今她有了親兒子，至少可以擋去一部分人的念想。

自然，這個孩子同時也會備受矚目，盯著他的人必定也不會少。

既然不願再深究，她自然而然地轉了話題，閒話間不經意地提到了離家出走的榮哥兒。

許素敏有幾分不確定地問：「榮哥兒？可是妳那位庶妹的兒子？」

「是他，妳認得他？」沈昕顏頗感意外。

「曾經見過兩回，只不過兩回見他時，他都是與妳那庶妹一起，也因此我才知道他們是母子。若是他的話，我大概知道他在哪裡了。」

「妳知道？」沈昕顏更加意外了。

「我在回京途中，曾在碼頭上見過他，那時候他正替人搬貨物賺取工錢。我那時只覺得他臉熟，倒不曾懷疑他的身分，如此看來，這小子倒是個有幾分骨氣的，自力更生，不願依附別人。」許素敏頗為欣賞。

「在碼頭替人搬貨物賺取工錢?!」沈昕顏頗吃驚，倒沒想過那般嬌生慣養的榮哥兒還會有這樣的一面。

「不錯，便是離京城不遠的南塢碼頭。我也是前日見過他，你們這會兒派人去的話，運氣好想來還能找得著；運氣若是不好，說不定他已經賺夠了錢走了。」

沈昕顏一聽，連忙吩咐人趕緊去南塢碼頭找人。

「其實，男子漢大丈夫，出去闖闖也好，難不成他還能一輩子靠著你們？出去闖闖，說不定哪天便闖出個名頭來了，以後腰板子也能挺得直些。」許素敏倒是不以為然。

「瞧妳說的，難不成將來妳也捨得讓墩墩孤身一人到外頭闖？」沈昕顏沒好氣地瞪她。

「有什麼捨不得的？他可不能與你們這些高門大戶的公子哥兒相比，若是拳頭不夠硬、心腸不夠狠、經歷的風雨不夠多，日後怎樣才能鎮得住堂裡那幫人？我們姓許的可不講什麼身分高低，比的就是誰的拳頭硬、誰的手段狠，可不會因為你父輩是家主，便真把你當未來的家主一般供著。不但不會，反而還想方設法使勁往死裡整你，就怕你命太長活太久！」

沈昕顏雖然沒有經歷過她口中所說的腥風血雨，但也覺得男子還是要自己立得起來，僅靠著父輩的餘蔭是無法長久的。

只是，榮哥兒到底年輕，縱是要出去闖蕩，身邊也不能全離了人才是！

到天邊升起晚霞的時候，許素敏便帶著已經睡醒了的兒子告辭了。

沈昕顏親自送了她出院門，看著這對母子的身影漸行漸遠，她的臉上不知不覺地揚起了笑容。

她想，有個孩子也好，便是不為了家業，好歹也能有個人陪著。

「跑得這般快，若是摔疼了可不許哭鼻子！」許素敏眼神柔和，望著鬆開了她的手、撒歡似地邁著一雙小短腿朝前衝的兒子，提醒道。

小傢伙跑得可歡快了，若不是負責照顧他的兩名侍女有些拳腳功夫，還不一定追得上他。

「喲，這是打哪兒來的小傢伙？」正從外頭歸來的魏雋航迎面便見一個小小的身影朝自己衝來，下意識地伸手將他牢牢地抱住，一打量，發現並不是自己府裡的孩子，遂詫異地問。

「這孩子，都說了不准跑這般快！國公爺，數年不見，國公爺倒是越發有國公的氣度了。」許素敏笑著上前，不動聲色地將兒子接過來，交給身後的侍女。

「原來是許夫人，當真是數年不見了。這……是夫人的孩子？」

「正是！」

「原來夫人已經婚配，倒是在下魯莽了，只不知如今該稱呼妳為許夫人呢，還是……」

「還是許夫人！」許素敏面不改色，但既沒有肯定，也沒有否認他那句「已經婚配」。

「原來還是許夫人。」魏雋航自然而然地以為她的夫君也是姓許。

雖說世間大多數家族都是不同意同姓通婚的，但也不排除有例外，這許氏一族家風素來彪悍，只要不是同族同宗，想來便是同姓通婚也不算什麼。

兩人客氣了幾句，便各自離開了。

一直到再也看不到魏雋航的身影，許素敏才輕吁了口氣。

她有把握瞞得過沈昕顏，可卻沒有把握瞞得了這個總讓她覺得有些高深莫測的國公爺。再望望在侍女懷裡還不安分地四處張望的兒子，她不禁揉了揉額角。

這小子，既然生了一張像自己的臉，為何多此一舉又遺傳了他親老爹那對不協調的梨渦？他親老爹那一對，若不細看還瞧不出來，可這小子倒好，只一笑，那對梨渦便跳出來耀武揚威了，這不是給人添亂嘛！
正這般想著，墩墩便轉過臉來，衝她露出了一個甜甜的笑容，瞬間便讓她的神情柔和了下來。
前去尋榮哥兒的人最後還是空手而回，沈昕顏嘆了口氣，只能吩咐著繼續尋找。
周懋離京那日，天空飄著毛毛細雨，路上的行人或步伐匆匆，或撐傘信步雨中。
他的面容消瘦，身上的衣袍有些寬鬆，也顯得他這段日子並不好過。
「府裡諸事便交給你們夫妻了，日後你倆只需安安穩穩地過日子，好生將我那未出世的孫兒撫養長大便是，無關之事莫要理會。」神情平靜地叮囑長子夫婦，見他們點頭應下，他還想要說些什麼，卻又不知該從何說起。
「父親，您與母親也要多多保重，孩兒不孝，未能……」周昶嗚咽著。
「莫要再說這種話，你的孝順我與你母親都知道。」周懋嘆了口氣。
「大哥，你放心吧，爹娘還有我呢！」周卓拍拍胸膛，向兄長保證。
此次離京，周懋夫婦帶著次子而去，京中的府邸便留給長子夫婦。
周昶不放心地叮囑了弟弟幾句，又略帶猶豫地問：「阿莞……」
周懋垂眸，良久，喟嘆般道：「阿莞……便也交給你了。她心思重，若是……」

若是什麼，他沒有明說，周衵也沒有問。
只一聽父子二人提到女兒，一旁的溫氏便忍不住低泣起來。
周懋輕拍了拍她的背脊，無聲安慰了一會兒，終於一狠心，吩咐道：「啟程！」
馬車在雨中轆轆而行，載著一家三口漸漸遠去，周衵下意識地追出幾步便又停了下來，怔怔地望著馬車一點一點地融入雨中，最終徹底失去了蹤跡。
曾經和美幸福的一家，如今天各一方。
此番離去，再無歸期。
「王妃，岳父大人已經走了，咱們也回去吧？」平王望望不遠處已是空無一人的十里長亭，目光落到仍舊怔怔地站著遙望周懋離去方向的周莞寧，輕聲提醒。
他不明白妻子與娘家發生了什麼事，但也看得出岳父、岳母對妻子還是相當疼愛的，只是這種疼愛中又帶著些讓人猜不透的矛盾。
周莞寧輕咬著唇瓣，一直在眼眶中打滾的淚水終於滑落了下來。
爹娘走了，二哥也走了，她還有什麼？
平王嘆了口氣。都說女子是水做的骨肉，這句話在近段日子的王妃身上得到了充分的體現。

魏承釗大婚那一日，英國公府張燈結綵，雖然他只是庶出的三房之子，可不管是大長公主還是魏雋航夫婦，對他的親事都相當重視；又因為他是小一輩男丁當中第一個娶親的，大長公主與沈昕顏婆媳盼著他開一個好頭，下足了功夫，大辦他的婚禮，直把楊氏高興得整日眉開眼笑。

這般規格，便是比世子娶親也差不了太多了。

許是因為自己再度讓祖母失望，魏承霖這幾日只要得空便陪著大長公主，大長公主到底還是心疼他，又或是真的被魏雋航勸下了，故而漸漸地也看開了，不再過度糾結他的親事。

所謂兒孫自有兒孫福，她活至這把年紀，也早就應該看開些了。

「魏老三的兒子都娶親了，你家魏世子呢？什麼時候才把世子夫人娶回來？」喬六公子背靠著椅背，臉上帶著一副明顯看好戲的笑容。

「等什麼時候你續娶了夫人，大概我家承霖也能把他的夫人娶回來了。」魏雋航笑咪咪地道。

喬六公子笑容一僵，隨即無奈地搖搖頭。

「酒窩又出來了。」魏雋航忽地又道。

喬六公子下意識地伸手摀嘴，待發現他戲謔的笑容時，當即知道自己被騙了，可還是裝著若無其事的模樣，緩緩地放下摀嘴的手。

想他喬六，風度翩翩、英俊不凡，哪家大姑娘、小姑子不被他迷得七葷八素？偏老天爺著實可惱，給了他這麼一對害人不淺的酒窩，生生將他一個風流倜儻的成熟穩重男子，給拖累成了乳臭未乾的臭小子。

為了掩下這對禍根，當年他對著鏡子練了半年的面部表情，知道怎樣笑、怎麼樣說話才不會讓那對可惡的酒窩跳出來損害他的形象。

嘖，如今想起來仍是一把心酸一把淚啊！

魏雋航沒忍住，笑出聲來。「放心，待你再老些，老到臉都長滿了褶子，它們便是想出來也出不來了！」

喬六公子瞪他。「我老到臉長褶子，你也好不到哪裡去了！」

魏雋航笑笑，並不在意。

喬六公子端過酒杯啜了一口，眼角餘光不經意地掃到一個有幾分熟悉的身影，待他想要細看時，對方已經不見了蹤跡。

「你在看什麼？」見他突然不作聲，眼睛緊緊地盯著不遠處的人群，魏雋航好奇地問。

「方才、方才是不是許素敏從那裡經過？」他遲疑著問。

「許夫人？她今日確是有來，只是不是經過那裡我便不清楚了。」不知怎的又想到許素敏那個兒子，魏雋航笑了笑。「你以前還說人家是個厲害性子，卻不知人家如今也是一位慈母了！」

本來因為他前一句話而大喜的喬六公子，再聽到最後一句時，臉色倏地就變了。「她有孩子了?!」

「都已經嫁人了，再生個孩子不是很正常之事嗎？」魏雋航不以為然。

「她嫁人了?!」喬六公子的眼睛瞪得更大了。

「沒嫁人，哪來的孩子？她那孩子我見過，與她長得頗為相像，絕對是親生的！」魏雋航一臉肯定地道。

喬六公子的臉色原本有些難看，到後面整張臉瞧著都有幾分扭曲了。

呵呵，真好啊，果然不愧是能毫不猶豫地割了負心漢命根子的許大當家！先撩起了自己，轉頭便跑去嫁人了，難怪這幾年都消失得無影無蹤，原來跑去當賢妻良母了！

他冷笑。「江山易改，本性難移，也不知是哪個嫌命長的，居然敢娶那個母夜叉，也不怕半夜裡被她一刀把命根子給割了！」

魏雋航一個沒留神，被酒水嗆了一下，連忙背過身去大聲咳了起來，緩過氣才道：「你也不必說得這般可怕吧？以許夫人那般性情的女子，既然肯嫁，又肯替對方生兒育女，想來對那人確有真情實意在，何至於如此！」

喬六公子只覺得他這番話聽來甚是刺耳，恨恨地剜了他一眼，再不理會他。

魏承釗成婚後，楊氏一鼓作氣，也給魏承越訂下了親事。

再過得幾個月，連魏承騏也在方氏的作主下訂了親。

長房和三房的小輩一個接著一個的，親事都有了著落，如今便餘下二房的魏承霖了。

沈昕顏縱然一開始覺得沒什麼要緊，可越到後來，心裡便越發急了。

尤其當魏承釗的妻子有喜的消息傳來時，她再也坐不定了，開始旁敲側擊地試探著魏承霖的意思。

魏承霖初時還顧左右而言他，到後面被她說得多了，便開始沈默以對，急得沈昕顏險些沒忍住想要發脾氣。

魏雋航得知後便勸她，勸得幾回，她終於長長地嘆了口氣，有些認命了。「這輩子有兩人的親事讓我特別不省心，一個是霖哥兒，一個便是春柳。」

春柳上一輩子因為自己而耽誤了終身，這輩子從一開始她便打算好好替她尋一門親事，不承想這人說不嫁就當真不嫁，一拖便拖到如今這般年紀。前不久還主動請纓，高高興興地去祥哥兒屋裡當了管事嬤嬤。

長子的親事便更加不用說了，幾經波折，至今不見他命定之人出現。

魏承霖又怎會不知母親心中著急，甚至有好幾回，看著沈昕顏明明急得快要惱了，可到最後還是努力忍住，並沒有衝他發洩，他幾乎就要將那句「那一切便由母親作主吧」說了出來。

這日他離開西山大營準備回城，看著郊外春色正好，他乾脆下馬，牽著韁繩緩步而行。

夾著青草氣息的清風徐徐拂面而至，那誘人的芬芳，一下子便讓他的心情得到抒解，不知不覺間，他便放緩了腳步。

「魏世子！」

忽聽有人喚自己，他止步回頭一看，意外地看到平王背手而立，正衝他含笑點頭致意。

「殿下。」他鬆開手中韁繩，快走幾步上前行禮。

「世子不必多禮。」平王虛扶了他一把。

「殿下怎會在此？」

「今日天色正好，本王便出來走走，難得相遇，世子可賞臉與本王小聚片刻？」

「殿下相邀，實乃臣之榮幸。」魏承霖自然不會相信他這番「出來走走」的話。此處仍為西山大營管制之處，輕易不讓人進出，任誰也不會跑到此處來閒步散心。

「多謝當初世子出手相救，及時將本王的王妃救回來，世子之大恩，本王銘記在心。」兩人尋了處涼亭坐下，平王才不緊不慢地道。

魏承霖平靜地對上他的視線。「不敢當殿下此番謝。」

要是當真想謝，當年便謝了，又怎會拖到如今？魏承霖哪會看不出對方不過是表面客套。

大概是當年被冤，在宗人府的大牢裡關了一陣子，如今的平王，早就不再是從前那個直率到略有幾分莽撞的三皇子。他臉上笑得平和，可那笑容卻未及眼底，甚至還帶著幾分無法忽略的冷意。

魏承霖不知他為何而來，也無心去忖度對方的心思。

「世子年輕有為，實乃朝廷之棟樑，又貴為國公府世子，據聞府上二公子都已經成了婚，何故世子至今未娶？」平王似笑非笑地問。不等魏承霖回答，他又別有深意地道：「難不成世子心中有了什麼求而不得之人，以致生出遺憾，再無娶親之意？」

魏承霖心口一跳，終於明白他來尋自己的用意了，想來是察覺了當年他與平王妃之間的事，就是不知道他到底知道了多少？又是不是誤會了什麼？

他定定神，迎著對方探究的眼神，坦然地道：「茫茫塵世，是得是失自有定數，既然『不得』，可見天意如此，枉自執著又有何益？臣雖愚鈍些，但也明白凡事不可強求之理。至於姻緣之事，更有天定，想來臣命中姻緣出現時機較之尋常人要晚些，急之無用，倒不如順其自然。」

平王眼神幽深，也不知在想些什麼？

魏承霖態度不卑不亢，自覺問心無愧，並不懼對方如何試探。

平王定定地望著他良久，終於冷笑一聲道：「世子說得對，是得是失自有定數，世子既然認為自己『不得』實乃天意，那便希望世子牢記此話，莫要逆天而行。姻緣天定，確是如此，只父皇既為天子，想必他賜下之姻緣必亦為良緣。」

魏承霖呼吸一窒，濃眉皺了皺。此話是什麼意思？難道……

他正想問個明白，可平王已經不打算與他再多說，起身大步走出了涼亭，在侍衛的護送下策馬而去。

魏承霖怔怔地望著他的身影漸漸化為一個黑點，最終徹底消失在視線裡。

平王他……到底想做什麼？

縱然從前他與平王妃有過一段不為人知的過去，也不管是否出自他的本意，可他的確在她嫁入皇家之前，便已經與她斷了聯繫。

唯一一次相見，便是那一回她被慕容滔所擄，可打那以後，他便再不曾見過她，更不曾有過任何接觸。

他並非不知廉恥、毫無道德底線之人，著實做不出與有夫之婦糾纏之事。

平王想做什麼，隔得數日之後，魏承霖便知道了。

他剛到大長公主處請安歸來，便聽聞父親找他，遂又轉了個方向，到了外書房，一進門便聽到魏雋航問——

「平王可是知道了當年你與平王妃之間的事？」

他愣住了，略有幾分遲疑。「孩兒並不確定，不過數日前他曾來尋過孩兒……」於是，便將那日平王所說的話一字不漏地告訴了他。

魏雋航聽罷嘆了口氣。「今日陛下問起了你的親事，我瞧著他的意思，是想替你賜婚。」

魏承霖一驚。「無緣無故的，陛下如何會問起孩兒的親事？難不成是平王？」

魏雋航點點頭，又搖搖頭。「準確來說，是麗妃娘娘有意撮合你與她的娘家姪女，平王從中起了推波助瀾的作用。」

「那陛下的意思呢？難不成他真的想為孩兒與麗妃那娘家姪女賜婚？」魏承霖急了。

「陛下的意思，確也是為你終身大事著想，只不過，陛下他並不是那等會在親事上強人所難之人，想是麗妃向他提及，他認為這門親事適合，故才問問我的意見。」魏雋航耐心地回答。元佑帝與他有多年交情，對他嫡長子的親事自然也會偶爾關心一下，但不會過多干涉。

魏承霖聽罷才鬆了口氣。只是轉念一想，因為自己的親事讓父親這般操心，他又是愧疚難安。

魏雋航自然看得出來，拍拍他的肩膀道：「放心，不是什麼大事。你不願意娶，父親更不希望被人逼著娶一個兒媳婦進門。婚姻大事講究你情我願，父親便是再無用，也不會連替兒子婚事作主的權利也維護不了。」

「父親怎會無用……」魏承霖低低地道了句。

魏雋航也沒有聽清，又安慰了他幾句後便說起了正事。

「自從戎狄歸順了朝廷之後，北邊一帶算是平息了戰事，只是戎狄人狼性難消，與北疆百姓小規模的衝突仍是屢禁不止。根據接到的報告，這短短半年來，已經發生了至少十起衝突，雖沒有造成人員傷亡，只到底仍是一患。上個月北疆守備黃將軍舊疾復發，沒有他坐鎮，當地官府根本無法平息戎狄人與北疆百姓的衝突，如今朝廷正準備派人接替黃將軍。今日早朝時，陛下便讓朝臣們推薦適合的人選。依你之見，派何人前去接替較好？」魏雋航問。

魏承霖想了想，回答道：「這推薦一事，怕是不好辦，畢竟不是什麼好差事，被推薦之人未必樂意。若萬一陛下應了推薦，而被推薦之人恰好不情願……」

魏雋航笑嘆。「確是如此，故而朝堂上無人發聲。」

北疆本也不是什麼好去處，況且將士都希望能征戰沙場立下軍功，至少也能有個封妻蔭子的盼頭，可這時候到北疆處，既無仗可打，自然也沒有軍功一說了，但該辛苦的、該頭疼的卻一樣不少，還倒不如痛痛快快地打上一場呢！

父子倆商量了半日也沒有個好人選，唯有暫且放下了。

沈昕顏沒有料到喬六公子會找上自己。

「許素敏的兒子到底是誰的？」

他一來便直接問到了最關鍵的問題，倒讓沈昕顏糊塗了。

「許姊姊的兒子自然是許姊姊的，這有什麼問題嗎？」她裝起糊塗。

「我問那孩子的親生父親是誰！」喬六公子又從牙關擠出一句。

見他已經有些氣急敗壞的模樣，沈昕顏心思一動，隱隱有個猜測，只一想又覺得荒謬。

「此話我也問過她，她只說孩子的親生母親是她，親生父親也是她。」

「放屁！她一個人生得出那般大的孩子？」喬六公子惱道。心底像是有團火在不斷地燃燒，他抿了抿嘴，努力想要將那火氣壓下去。

「咦，你有酒窩?!」沈昕顏眼尖地發現，當他抿嘴時，嘴角居然顯現一對可愛的酒窩，頓時驚奇地叫了起來。

喬六公子反射性地捣住了嘴，須臾便反應過來，清清嗓子，不悅地沈下了臉。「這個不是重點！」

不是重點？沈昕顏狐疑地望著他，腦子裡不知不覺地浮現出墩墩的小臉，小傢伙抿著小嘴，嘴角兩邊小小的梨渦又得意洋洋地跳了出來。

她暗自吃了一驚，微眯著眼打量起喬六公子。

也不知是不是她的錯覺，看著看著，竟覺得喬六那張俊臉居然與墩墩有幾分相似。

難道他便是墩墩的親生父親？這個念頭剛一升起，她便嚇了一跳，可轉念一想又覺得極有可能。

「妳不肯說便算了，總有一日，我必教那可惡的婦人……」想要怎樣他也沒有說清楚，便又氣沖沖地離開了。

半晌之後，沈昕顏才揉了揉太陽穴，努力消化那個震驚的猜測，卻越想越覺得這個可能性極大。

喬門與許素敏……兩個都不是省油的燈，這兩人湊合到一起……她打了個寒顫，不敢再想。

平王再次尋上自己時，魏承霖並不覺得意外，或許潛意識裡他知道，只要他一日沒有確定親事，平王總是還會找來的。

「殿下。」不管怎樣，該有的禮儀他還是不會少。

「世子是覺得本王的表妹配不起你嗎？還是對她有什麼不滿意？」平王這一回倒是開門見山。

「殿下言重了，臣與令表妹素未謀面，如何敢談什麼滿意不滿意？這樣對閨閣女子清譽亦有所損。」魏承霖心中暗嘆，到底還是打起精神回答。

平王心中不滿，終於還是道出了一直壓在他心口上之事。「魏世子，本王便與你直說了吧，你一日未成親，本王一日都難以安穩。」

魏承霖沈默，一時不知該說些什麼？

「我知道，莞寧心中的那個人就是你！你一日不娶妻，她便始終無法將你徹底放下。你可知道，當我得知自己一直放在心坎上的妻子，心裡居然早就有了他人，那一刻我有多憤怒！」平王深深地呼吸幾下。「幾經查探，我才發現她心裡那個人是你，有那麼一瞬間，我真恨不得殺了你！所以，魏承霖，在我還能保持理智前，或是娶親、或是離開，徹底斷了她的念想吧！」

魏承霖心中百感交集。此時此刻，他深切地感受到了平王那股愛而不得的憤怒與悲傷，也相信了他對妻子的深愛。他想，有這樣對她情深不移的夫君，平王妃這輩子想必也能過得好些。

「我認識她比你要早，甚至為了她，一直想方設法推掉母妃替我選好的妻子人選，並在心中暗暗決定，她一日未嫁，我便一日不娶。如今，她終於成為了我的妻子，再過不久便會生下我們的孩兒……」

魏承霖一直沈默不語，聽著他訴說著從前的戀慕與思念，得知終可迎娶心上人的欣喜、受到意中人冷落的黯然、得到回應的雀躍等等複雜的感情。

良久，一直到平王的聲音終於不再響起，魏承霖才緩緩地開口。

「北疆如今正欠缺一名守備，臣不才，願為陛下分憂。」

平王怔住了，沒有想到他會說出這樣的話，不覺又有幾分心虛。

「其實……其實你也不必一定要去北疆，只要離開京城便可，待得兩、三年她真真正正地將你丟開了，此後你想去哪兒便去哪兒，本王絕不干涉。」

「殿下多慮了，這本就是臣的打算。」

平王見他神情平靜，好像說的真的不過是他早早就已經作出的決定，而非被自己逼迫所故，這才鬆了口氣。

待沈昕顏得知兒子的決定時，任命書已經到了魏承霖手上。

「你決定了？」她眼神複雜，仍有些不死心地問。

「孩兒不孝！」除了說這個外，他不知道自己還能再說什麼？

沈昕顏的嘴唇動了動，想要說些責備他的話，可最終卻什麼也沒有說，只低低地嘆了口氣，整個人如同被霜打過的茄子一般。

任命書已下，自然不能耽擱，只隔得小半月，魏承霖便收拾妥當，準備啟程遠赴北疆。

臨行前，他恭恭敬敬地向上首的大長公主磕了幾個響頭，看著滿頭銀霜的祖母，喉嚨一哽，難言的愧疚當即湧了上來。

「祖母，您好生保重身子，待孫兒回來便給您娶位賢良能幹的孫媳，再生個白白胖胖的重孫，可好？」

「好，好，好！祖母等著！」大長公主眸中含淚，臉上笑容和藹。

魏承霖又給她磕了幾個響頭，這才轉向魏雋航。「父親，孩兒此去，必不會墮了魏氏威名！」

「父親相信你！」魏雋航眼眶微紅，笑著頷首。

終於，他緩緩地對上了眼中泛著水光的沈昕顏，張張嘴想要說些什麼，沈昕顏已經走了過來，親自替他整理身上的衣袍。

沈昕顏柔聲道：「去吧，萬事小心，母親和你祖母一起，等著你回來給我娶一房賢良能幹的兒媳婦，再生個白白胖胖的孫子。」

「好！」他重重地點頭。

目光最後一次留戀地掃過他的至親，終於，他一轉身，大步離去。

陽光鋪灑地面，為他披上一層淺淺的薄紗，沈昕顏下意識地追出幾步，眼睜睜地看著他踏著滿地的金光，漸行漸遠……

——全書完

# 番外一　周莞寧

屋內又傳出瓷器落地的清脆響聲，還伴隨著慕容滔撕心裂肺的怒吼聲。「滾，你們都給我滾！滾！」

慕容玨背著手，臉色陰沈地看著屋內的侍女被姪兒趕了出來。

「二老爺！」驚慌失措的侍女看到門外的他，嚇得一個哆嗦，連忙跪了下去。

「四公子又不肯服藥？」

「奴婢無能，四公子他、他把藥碗都打碎了……」侍女低著頭，抖著嗓子回答。

慕容玨的臉色又難看了幾分。「妳下去吧，再命人重新煎了藥過來。」

侍女應聲離開。

自從姪兒斷了雙腿後就性情大變，整個人變得陰陰沈沈的，侍女不知被他趕走了多少個，東西也不知砸爛了多少，整個鎮北侯府因為他的傷而再不曾現過笑聲。

他深吸了口氣，正想要推門而入，便見他的心腹侍衛急急走來。

「將軍，查到了！」

慕容玨的瞳孔微縮，一把抓住他問：「是誰？」那侍衛低低耳語幾句，他臉色陡然一變。

「查清楚了？確定是他沒錯？」

「查清楚了，四公子的腿確確實實是他設局而斷掉的沒錯！」侍衛的語氣甚是篤定。

慕容玨咬牙切齒，臉上佈滿了煞氣，額上青筋跳動。「好，好，很好，想我慕容玨自以為聰明，不承想竟被人如此玩弄於股掌之上！此仇不報，我慕容玨誓不為人！」

這晚，魏雋航下衙的時辰比平日晚了不少，路上只有稀稀拉拉幾個行人。忙了一整日，他已經相當疲累，合著眼眸養了會兒神，突然便覺轎子停了下來，正欲細問，便聽外頭隨從道——

「國公爺，前邊路口有個人倒在地上。」

「去瞧瞧怎麼回事？」魏雋航吩咐。

不過須臾的工夫，隨從便跑了回來。「國公爺，看清楚了，是前鴻臚寺卿周大人府上的大公子，不知被何人襲擊，受傷昏迷在地。」

周府大公子？魏雋航陡然掀開轎簾。「我去瞧瞧！」他急步朝著不遠處躺在地上的身影而去，一直走到那人身邊，蹲下身子一看，認出這滿身血污之人正是周昶！「快，把他送到最近的醫館，再著人前去周府通知周少夫人！」他高聲吩咐著。

到了醫館，待大夫將周昶身上的傷口包紮好之後，魏雋航皺眉問：「他傷在了何處？傷得怎樣？」

大夫嘆了口氣。「這位公子全身多處骨折，尤其是雙腿，傷得最重，幸而發現得及時，否則這輩子就徹底毀了。只不過，他這樣的傷勢便是治好了，只怕日後走路也無法回復到最初。」

魏雋航的臉色有些複雜，看著周昶那張蒼白的臉，目光落在他那雙被夾板牢牢固定著的傷腿上。

所以說，這雙腿也幾乎相當於毀了嗎？

一個隱隱的猜測在他腦中形成，他低嘆一聲，吩咐人將他送回了周府。

挺著五、六個月大肚子的江氏，一見到夫君被抬回來的慘狀，險些沒昏死過去。

周昶醒過來後得知自己的狀況，臉色頓時慘白如紙。

「夫君……怎會如此？是什麼人幹的？」江氏腫著雙眼，握著他的手嗚咽著問。

身上的劇痛一陣又一陣，痛得他額上直冒冷汗，可他卻只是緊緊地揪緊身上的錦被，良久，方喃喃地道：「報應、報應，這都是報應啊……」

「夫君，你說什麼？什麼報應？為什麼會有報應？」江氏抹了抹眼淚問。

周昶卻像是沒有聽到她的話，只是繼續喃喃地說著「報應」諸如此類的話。

全是報應，都是報應……

江氏見他像是瘋魔了一般，喃喃自語不停，不禁心痛如絞。

周昶受傷一事很快便傳到了平王府，周莞寧在平王的陪伴下回到了周府，一看到床上慘白著臉的兄長，再看看他身上包紮著大大小小的傷，再也忍不住低泣出聲。

好不容易在侍女的勸說下止了哭聲，她走出房間，來到江氏處，抹了抹眼淚問：「可知道是什麼人打傷大哥——」話在看見江氏臉上毫不掩飾的怨恨時戛然而止。「大、大嫂，妳、妳怎麼……怎麼了？」

「事到如今，憑什麼妳還能繼續心安理得地過安穩的日子？」江氏緊緊盯著她，眼神銳利。

「我……」周莞寧被她這般反應嚇了一跳。

「所有人都付出了代價，為什麼妳還能心安理得地過妳的安穩日子！慕容滔斷腿，魏承霖遠走，父親被貶，如今連妳大哥也遭此大罪，而這一切的一切，全是因妳而起！所有人都有錯，所有人都為自己的錯付出了代價，為什麼就妳清白無辜！」說到後面，江氏的聲音已經變得相當尖銳。

「大嫂，我……」周莞寧想要拉住她解釋，可江氏卻用力拂開她的手。

「妳想說不關妳之事嗎？若不是因為妳，父親又怎會設局毀去慕容滔的腿？若不是因為妳，父親又怎會要去對付英國公府？若不是因為妳，妳大哥今日又怎會招來這般報復？這一切都是因為妳！」江氏越說越激動，身體因為憤怒而不停地顫抖著，到後面，她指著門口，尖聲吼道：「滾！妳給我滾！」話音剛落，她眼前一黑，整個人因為過於激動而昏了過去，還是她身邊一直注意著她的侍女眼明手快地將她扶住。

「快請大夫！」侍女們驚慌的叫聲隨即響了起來。

周莞寧白著臉看著眼前這一幕，進進出出的人彷彿全然忘記了她。

「夫人是因為情緒過於激動才會突然昏厥，夫人這一胎並不怎麼穩，需要安心靜養才是。」老大夫嘆了口氣。

「多謝大夫。」平王掃了一眼僵坐在一旁不知反應的周莞寧，命人將老大夫送了出去。

周莞寧也不知自己是怎樣回到王府的，只知道平王陪著她回了正院，轉頭便被孔側妃尋了個理由請了過去。

自孔側妃進門後，很快便將內宅管事權接了過去，雖是不怎麼得寵，可是有宮裡的麗妃支持，府裡也沒人敢對她不敬。

她木然地看著他離開，江氏那番話一次又一次地在她耳邊迴響著。

慕容滔雙腿因她而斷，魏承霖因她而遠走，父親因她而被貶，兄長因她而遭報復，一切禍根之源便是她……

她錯了嗎？兩行清淚緩緩滑落。也許她真的錯了，可是，現在後悔還來得及嗎？

平王再回來時，已是到了點燈時分。

「今日大嫂與妳說的那些話，我都聽到了。」平王平靜地望著她，緩緩地道。
周莞寧輕咬著唇瓣，在他淡然的視線中，不知為何突然生出一種無處遁形的感覺來。
「莞寧，妳的心還在嗎？」看著眼前這張柔美不減當年的臉龐，他突然就失去了再說下去的勇氣，苦澀地笑了笑。「妳好好歇息吧！」
「殿下……」周莞寧下意識地想要叫住他，可卻只能看到他離開的背影。

沈昕顏再次見到周莞寧時，是在靈雲寺。
自從當年平王納側妃時見過她一面後，她便一直沒有再見過周莞寧，往日進出宮中，見到的平王府女眷也只是孔側妃。可以說，在如今各府命婦眼裡，周莞寧這個名正言順的平王妃已成了隱形人，往日與平王府交際往來的，都是孔側妃。
對此，她並不覺得意外。
上輩子的孔氏便是個相當有手段的人，這輩子想來也不會例外。若論內宅之爭，以周莞寧的性子，如何鬥得過她？如今她唯一的倚仗，也不過是平王的寵愛。
可是，這種寵愛又能持續多久？
周莞寧也沒有料到會遇上她，神情明顯愣了愣，隨即迎上前來。「夫人。」
「王妃。」
兩人彼此招呼過後，擦身而過，彷彿對方真的不過是一個認識的陌生人。

「夫人。」

沈昕顏走出幾步便被叫住了，她止步回身，便見周莞寧神情平靜地道——

「往日種種多有得罪，還請夫人見諒。」

沈昕顏訝然，未來得及說什麼，對方便朝她行了個福禮，轉身離開。

「好好的一個絕代佳人，又貴為王妃，我怎的瞧她倒有幾分看破紅塵、心如止水的味道？」尋了過來的許素敏惋惜地搖頭道。

沈昕顏的感覺有些複雜。她早就聽聞平王妃深居簡出這樣的話，不過卻沒放在心上，畢竟以周莞寧的性子，以及周府如今的狀況，她不愛出門並不意外。可如今聽許素敏這般說，她竟然也覺得周莞寧真的像是看破紅塵一般。

這樣的周莞寧，很陌生，可卻又無法讓她生厭。

此時的魏雋航坐在鎮北侯兄弟面前，迎著兄弟倆如出一轍的陰沈臉色，緩緩地道：「我並非為了周家，而是為了鎮北侯府。魏氏與慕容氏有數代同袍之義，論親疏遠近，均非周府所能相比。」

「既如此，你為何要多事救下那周懋？」鎮北侯寒著臉問。

「因為，周大人不能死，更不能死在鎮北侯府手上。他若死在任上，已經漸漸顯現生機的西延城又該如何？好不容易安置妥當的西延百姓又當如何？朝廷不缺能臣，可卻缺一個能死心塌地扎根西延的能臣！周大人若死了，侯爺可能再還西延百姓一個『青天老爺』嗎？陛下若是知道他好不容易安置的棋子被侯爺拔去了，會不怪罪侯爺嗎？」

見鎮北侯與慕容玨臉色微變，魏雋航嘆了口氣，繼續道：「周大人這輩子，非死不能回京，到死也只為一縣縣令，再加上周昶的一雙腿，難道還不夠嗎？」略頓了頓，他真誠地道：「當年晚輩間的恩怨，糾纏至今，早已分不清孰是孰非了，侯爺與二爺何不放下？」

鎮北侯與慕容玨對望一眼，均沈默了下來。

屋內，慕容滔再次憤怒地將藥碗砸了個稀巴爛，侍女被他罵走了一個又一個。

看著那雙仍舊沒有什麼感覺的雙腿，他內心更感絕望。

房門被人從外頭推開，他看也不看便怒吼一聲。「滾！」

來人靜靜地站著，半天不見動靜。

他再忍不住，怒目望去，卻在認清來人的容貌時驚住了。「阿莞？」

周莞寧靜靜地望著他，一言不發地收拾著地上的凌亂，最後，才行至床邊，輕聲喚道：「慕容大哥。」

「妳、妳怎會來？」自出事以來這麼多年，慕容滔還是第一次看到她，整個人仍處於震驚當中。

「我請求殿下陪我來的。」周莞寧的目光落在他那雙瘦得不成樣的腿上。

慕容滔察覺她的視線，驚慌失措地扯過一旁的毯子覆上。「不要看、不要看……」
眼前的男子，面容消瘦，渾身上下縈繞著一股陰沈之氣，與她記憶中那個自信、飛揚的慕容小將軍截然不同。

而毀去了他雙腿、摧毀了他意志的，是她的父親。

歸根到底，一切的罪魁禍首是她。

「是我害了你。」她低低地道。

「不關妳的事！」慕容滔下意識地想要安慰她。

「若不是因為我，你的腿不會斷，所有的不幸都是因我而起。我自己的錯，卻讓身邊人來承擔了後果……」

屋外的平王不知道自己是以多大的意志才控制住那雙欲邁進去的腿。

如今的他說不清對周莞寧是什麼感覺。喜歡還是有的，可失望卻也不少，讓他再找不準與她相處的方式，故而這大半年以來，他們夫妻間見面的次數也是屈指可數。

昨日周莞寧主動尋上他，卻是為了求他帶她來見慕容滔。那一刻，他是相當憤怒的，可最終還是應下了。

鎮北侯府對周府的打壓他早就知道了，大舅子周昶終日纏綿病榻，西延的岳父舉步維艱，而他也終於明白當年岳父離京前為何會那樣拜託自己。

他覺得，想要解開慕容、周兩府的仇恨，關鍵還是在慕容滔身上。

周莞寧出來的時候，同樣候在屋外的鎮北侯與慕容珏對望一眼，隨即飛快地走了進去，見屋內的慕容滔只是怔怔地坐著，眼眶有幾分濕意，可身上的戾氣卻褪去了不少。

「爹、二叔……」慕容滔察覺他們的到來，背過臉去擦了擦眼中的淚水，喚道。

僅是再簡單不過的稱呼，卻讓慕容兄弟二人鬆了口氣，突然覺得，今日此番冒險還是值得的。

平王夫婦一路無話回到了王府，平王如同以往那般，吩咐下人送周莞寧回正院，自己則往書房方向而去。

周莞寧靜靜地看著他離去的背影，看著不遠處孔側妃笑著朝他迎了上去。

她有些茫然，心裡說不清是什麼感覺，像是悵然若失，又像是心酸難抑。

「抱歉，多謝。」對著那個筆挺的背影，她低低地道。

下一刻，她又苦笑。

屬於她的，不屬於她的，她都已經失去了。

喜歡她的，不喜歡她的，也都已經離開了。

她想，這一生，她大抵也就如此了吧……

——全篇完

# 番外二　許素敏

許素敏將手裡的糖葫蘆遞給兒子，看著小傢伙吃得一臉幸福，不禁微微一笑。氣氛正好間，忽聽身後傳來喬六公子那不陰不陽的聲音。

「喲，我還以為是哪位賢妻良母呢，原來是許大當家啊！許大當家可真有閒情逸致，還得空帶兒子出來逛街！」

她臉上的笑容有須臾凝滯，不過很快便掩飾過去，溫柔地替兒子擦了擦小嘴，這才瞥了他一眼。「這會兒喬六爺不找你那些紅顏知己聽聽曲、吃吃酒，竟在這街上閒逛，這太陽才真是打西邊出來了！」

喬六公子冷哼一聲，目光落到她身邊那白嫩嫩、圓滾滾的墩墩身上，小傢伙一邊咬著糖葫蘆，一邊衝他甜甜地笑，笑得他突然覺得心裡暖暖的，又像是有人在他心尖上撓了一把，癢癢的。

「胖小子，你叫什麼名字？」

這婦人到底會不會養孩子啊？把這小傢伙養得這般胖嘟嘟、圓滾滾的，就像一只鼓囊囊的肉包子，讓人瞧見了都忍不住想要去捏上一捏。

「我叫墩墩！」小傢伙響亮地回答。

「墩墩？這是什麼鬼名字！」喬六公子一臉嫌棄地斜睨著許素敏。

「要你管！」許素敏又怎會看不出他臉上的嫌棄？瞪了他一眼，抱起兒子就走。

喬六公子本是不想跟上去的，可不知怎的雙腿像是有意識一般，待他反應過來時，已經像條尾巴似地跟在了許素敏母子的身後。

「你跟著我們做什麼？」許素敏到底心裡有鬼，並不怎麼樂意讓他與墩墩過多接觸。

「難不成許大當家還把這條路都買下了？」喬六公子一副吊兒郎當的模樣，挑挑眉道。

知道此人臉皮厚，耍起無賴誰也拿他沒辦法，許素敏乾脆不理他，抱著兒子鑽進了馬車，可下一刻，喬六公子卻一屁股坐到了車夫旁邊，完全是一副跟到底的模樣。

「下去！這是我家的車！」許素敏沒好氣地趕他。

「許大當家什麼時候變得這般小氣？妳還有時間陪兒子，可見今日並沒有什麼要緊事，乾脆便招呼招呼我唄！是不是啊？胖墩墩！」到後面，他像是故意一般，隔著車簾問起了裡面的小傢伙。

「是呀！」

下一刻，裡面便傳出了小傢伙奶聲奶氣的回答，直樂得他一拍掌。「原來你真的叫胖墩墩啊！」

這般有特色的小名，一聽便知道是那個向來圖省事的婦人起的。在心裡默唸了幾遍墩墩的名字，他終於忍不住哈哈大笑。

「胖墩墩，哈哈，胖墩墩……」

車內的許素敏聽得直磨牙，若不是顧及身邊還有兒子在，她早一腳將那個可惡的男人踢飛下去了。

「胖墩墩，出來讓叔叔抱抱！」他放肆地笑了好一會兒，才衝著裡頭的小傢伙道。

「不准去！」

沒有聽到小傢伙的回答，倒是聽到了許素敏明顯制止的聲音。

「真小氣，我又不會吃了他！」喬六公子嘀咕。

也不知為何，明明他應該討厭這個許素敏給別的男人生下的兒子，可每回看到那張小臉，他的心便不由自主地軟了下來。

他想，大概是因為這小子生得像他娘，而不是像他那個至今未曾在自己面前露過臉的爹吧！

只是，一想到許素敏已經嫁了人，他的笑容一下子便斂了下去，無精打采地耷拉著腦袋。片刻，察覺馬車所經之處離英國公府不遠，他乾脆便跳下了車，嚇得正掀開窗簾一道縫往外看的許素敏臉都白了。

直到看著他穩穩地站在地上衝自己招手道別，她才吁了口氣，暗罵了一聲，用力放下窗簾。一回頭，便對上兒子好奇的清澈眼眸，嘴角兩邊的小梨渦若隱若現的，讓她沒忍住，伸手去戳了戳。

「墩墩日後可不能學他這般吊兒郎當、沒個正形的。」

小傢伙聽不懂她的話，只傻乎乎地衝她笑，那憨態可掬的趣致模樣，讓她不由得笑開了。

她一把將他抱入懷中，在那張肉嘟嘟的臉蛋上親了親，滿意地道：「胖墩墩怎麼了？胖墩墩才可人疼呢，對不對？」小孩子就是要胖墩墩的才好！

「對！」小傢伙笑得眉眼彎彎的，清脆地應著娘親。

卻說喬六公子逕自到了英國公府，府裡的下人見是他，連通報都免了，直接便帶著他到了魏雋航的書房。

他走了進去，便見魏雋航正指點著小兒子作畫，察覺他的到來，只是掃了一眼，便又低下頭去耐心地教導著兒子。

喬六公子也不打擾他們父子，熟門熟路地尋了張長椅坐下。

伶俐的下人奉上了精緻的茶點，他呷了幾口茶，百般無聊地坐了片刻，不知不覺間，視線便不時望向書案旁的那對父子。

那兩人，一大一小，一老一少，卻長著一張甚為相似的臉，叫人只一眼便看得出這兩人的血緣關係。

他突然有些羨慕。

當年魏雋航特別喜歡抱著他的小兒子到處炫耀，只恨不得宣告天下，他有一個長得和他很相像的小兒子，那股得意勁，叫人看了都忍不住牙癢癢的。

「你這是打哪兒來的？」魏雋航終於得了空，隨口問著好整以暇地坐著吃茶點的他。

「在路上遇到了許大當家和她那位胖墩墩，跟她懟了兩句，順道便過來坐坐。」喬六公子隨手戳了塊點心扔進嘴裡。

「胖墩墩？」魏雋航微怔，隨即笑道：「你是說許夫人那個兒子？那孩子確是討人喜歡。」

確是討人喜歡，只可惜是那婦人與別的男人生的！喬六公子心中暗道。

越是想，他便愈覺得煩悶，再瞧瞧正撐在書案上，好奇地望著自己的那張肖似魏雋航的臉，他突然覺得有些羨慕。

「見你們父子這般相處，害得我也想生個兒子了！」他長嘆一聲。

「我以為你會說先娶位夫人。」魏雋航好笑。

「那不重要、不重要！」他擺擺手，生怕魏雋航再說些什麼娶親之類的話，胡亂扯了個理由便離開了。

「你今日在街上與那位許夫人拉拉扯扯做什麼？成何體統！我警告你，你在外頭怎樣胡來我不管，只一條，休想把那些不三不四的女子娶回家來！」剛回到府，早就在候著他的老國公劈頭蓋臉就是一頓罵。

喬六公子早就被他罵習慣了，可今日聽到他言語間充滿了對許素敏的鄙棄，心裡頓時生出幾分不滿來。

「爹，她不是什麼不三不四的女子！她的才能，便是宮裡的陛下也是相當讚賞的！」頓了頓，他又自嘲道：「您老人家也別想太多，您瞧不上人家，人家還瞧不上您兒子我呢！」

「呸！她一個未婚生子、不知廉恥的婦人，早該被浸豬籠，哪還輪得到她到處蹦躂，還敢嫌棄別人！」老國公大怒。

「什麼未婚生子？人家早就……」喬六公子下意識地想反駁，可腦子間忽地靈光一閃。

對啊，魏老二不是說她已經嫁人了嗎，那她的夫君呢？這大半個月來，他每回見到的都是她和兒子，從來沒有見過她那位傳說中的夫君。

會不會她根本還沒有嫁人？可若是還沒有嫁人，那胖墩墩又是怎麼來的？

一個念頭陡然在他腦中出現，他的心怦怦劇跳，再也坐不住，匆匆扔下一句「我還有事」，便在老國公的罵聲中跑掉了。

「我們府上老爺？我們府上哪來什麼老爺？」守門的老僕滿頭狐疑地望著喬六公子。

果然如此！喬六公子壓下心中激動，勉強保持鎮定，客氣地道了句話，而後轉身離開，翻身上馬，決定去找那個滿嘴謊言的婦人問個究竟！

可他找來找去，卻得知許素敏一大早便約了人出外談生意，他本是想追過去，卻在看到一個圓滾滾的小身影時打消了念頭。

這胖墩墩今年兩歲有餘，算一算日子……他頓時便激動起來，邁著大步朝乖巧地坐在榻上吃點心的墩墩走去。

護衛們本是要阻止他靠近，可又想到此人與當家的關係，再看看連一直負責照顧墩墩的兩名侍女也假裝沒有看到，任由喬六公子走了進去，於是乾脆也將臉轉到一邊，一副「我沒有看見」的模樣。

「胖墩墩！」他湊到墩墩跟前，努力擠出一個笑容，想讓自己看起來更親切些。

吃得嘴角盡是點心渣子的墩墩認得他，抿著小嘴衝他笑，笑得他心裡軟綿綿的。

「窩窩，你也有！墩墩也有喔！」突然，小傢伙伸出胖手指往他嘴角戳了戳，然後再戳戳自己的，笑得有些得意。

喬六公子初時沒有反應過來，待看清楚小傢伙嘴角兩邊那調皮的小窩窩時，心口一震，再也忍不住伸出手去，也不嫌髒，親自替他擦去嘴角沾到的點心渣子，讓那兩個小窩窩更清晰地映在眼前。

大手因為激動而微微顫抖著，他捧著小傢伙的臉，仔仔細細地打量，愈是看，便愈是覺得他長得像自己，當下再按捺不住，猛地抱起他，夾著他的胳肢窩高高地舉過頭頂，引來孩子一聲尖叫。

「哈哈……墩墩，這肯定是我的胖墩墩！」

小傢伙被他逗得格格直笑，歡樂的笑聲灑了滿屋。

「這樣子好嗎？若是讓夫人知道了，會不會揭了我們的皮？」屋外，穿藍衣的侍女小小聲地問。

她身邊穿綠衣的那一位清清嗓子，壓低聲音道：「如果能讓夫人身邊多一位知冷知熱的，縱是被揭下一層皮我也認了。」

辛苦了大半輩子，縱是擁有萬貫家財，又震懾了那些別有用心之人，可老虎也有打盹的時候，總得要找一位相互相持的，如此便是在打盹，也能有人將她護得滴水不漏。

藍衣侍女想了想，覺得有理，乾脆也開始裝聾作啞，任由裡頭那一大一小玩得越發瘋了。

許素敏過來接兒子時，遠遠便聽到兒子那清脆響亮的笑聲，笑聲中還夾雜著屬於男子的低沈聲音，她眼皮一跳，頓時便加快了腳步。

進了院門便見兒子坐在喬六公子的肩上，小手抱著他的腦袋，圓圓的臉蛋紅通通的，眼睛更是閃閃發亮。

「是你？你在做什麼？快把他放下來！」

喬六公子見她回來了，也順從地將孩子放了下來，看著小傢伙「噔噔噔」地朝她跑過去，抓著她的裙襬脆聲喚。

「娘！」

許素敏捏捏他的臉蛋，替他擦了擦臉，這才牽著他的小手往屋裡走。

「天色不早，我便不送喬六爺了，六爺請便吧！」

喬六公子厚著臉皮跟在她的身後，看著侍女將墩墩帶下去清洗，這才正色問：「墩墩是誰的孩子？」

「自然是我的。」許素敏臉不紅、心不跳。

她既然敢帶墩墩回京，自然早就想過會有這樣的一天，也早就有了應對之策。

淨室那邊傳出嘩啦啦的水聲和墩墩歡快的笑聲，許素敏便知道這小子必又開始調皮了，遂揉揉額角道：「我這會兒不得空，你先走吧！」說完，也不等他回答，提著裙襬急急忙忙便進了淨室。「墩墩，不准潑人！」

喬六公子得不到答案，本是想追著過去，可轉念一想，便轉了個方向，大步出門。

墩墩必是他的孩子，一定是！

那婦人眼高於頂，雖說和三教九流打過不少交道，可絕對不是那種到處留情之人，故而墩墩必是當年那一晚留下的。

墩墩是他的兒子，嘻嘻，他喬六終於也有兒子了！

他越想越是心花怒放，連走路的腳步也像踩在雲朵上。

勉強按捺著過了一夜，次日一大早，喬六公子迫不及待便策馬到了許府。

「喬六爺，你是不是太過了？好歹我也是良家婦人，一大早你便這般大剌剌地跑過來，旁人瞧了不定會說出什麼難聽的話來！」許素敏的臉色甚是不豫。

喬六公子一聲嗤笑。「妳許大當家什麼時候在意過旁人的話了？假惺惺！找理由攆人也找個靠得住的！」

「你到底來做什麼？」許素敏大略猜得出他的來意，只是仍裝糊塗。

「來見我兒子！」喬六公子一屁股坐到太師椅上，吊兒郎當地道：「順便和兒子的娘算算帳！」

瞞了他三年，也是時候好好算算帳了！

見自己猜得不錯，許素敏頓時便鎮定了，好整以暇地在他對面落了坐。「誰是你兒子？」

「裝，妳繼續裝！這會兒老老實實承認便好，若是讓我出動人去查……哼！」喬六公子冷笑。

他雖然從來不曾提過自己私底下所做的事，可許素敏與他相識多年，又怎會不清楚這人探消息是把好手？真讓他去查，自己的老底怕都會被他掀起來。

「是你的兒子又怎樣？」故而，她相當乾脆地承認了。

「果然，我就知道！除了和我，妳也生不出這般聰明伶俐、可愛至極的孩子來！」得了肯定的回答，喬六公子眸光一亮，哈哈一笑，只覺得今日的天氣怎麼這般好！

「……」許素敏無言。所以呢？他是想誇兒子，還是想借著兒子誇自己？

「不行不行，我得先回府找老爺子，讓老爺子尋個媒人！不對，此事還是應該由大嫂出面更好……」

聽他這般說，許素敏心口一跳，一把拉住喜不自勝的他。「你要做什麼？找媒人做什麼？」

「上門提親啊！咱們連兒子都有了，難道不應該成親嗎？」喬六公子理所當然地道。

「當然不應該！」許素敏斬釘截鐵地拒絕。

「什麼?!妳什麼意思?!」

「就是明面上的意思。咱們也就露水夫妻的緣分而已，成個什麼親！」

「妳！」喬六公子怒目圓瞪，磨著牙一字一頓地問：「什麼叫露水夫妻的緣分？妳給我說清楚！」

「你先別惱，且聽我細說。我都這般年紀了，放著好好的當家人不幹，去給你們當一個大門不出、二門不邁的六夫人嗎？這筆帳怎麼算怎麼虧，我怎會答應！再說，墩墩在我這裡，他便是我許家未來的當家人，去了你們府裡，能有什麼前程？」

「什麼叫去了我們府裡就沒前程？簡直一派胡言！」

「你靜下心來想想便知道我這話不假，再細想想你的家人，難不成他們會同意你娶我？

我知道你會堅持，只是我卻不願意捲入這些事端。我不會阻止墩墩認你，只是希望保持現狀。」

喬六公子的胸口急速起伏，好片刻才勉強讓自己冷靜下來。

「妳能給孩子的榮耀與前程，我也能給！」

見他執意如此，許素敏有些惱了。「可是我卻不希望被你們束縛住手腳！」

兩人大眼瞪小眼，各不相讓，渾然不覺不知什麼時候走了進來的墩墩正好奇地望著他們。

過得幾日，沈昕顏便從魏雋航口中得知了墩墩的身世。

魏雋航嘆息道：「喬六如今可頭疼著呢！許夫人的性子豈是能服軟的？逼得緊了，帶著兒子一走了之也不是做不出來的。這廝總算是遇著了剋星，明明這會兒想娶親了，卻又不能跟府裡說，有兒子了也不敢光明正大地認。」

「許姊姊不會同意嫁他的。」沈昕顏語氣篤定。

以許素敏的性子，怎麼會嫁入那種束手束腳的高門大戶？而理國公府，只怕也不會接受這種拋頭露面、混跡市井的婦人，還是一個有私生子的寡婦。

所以，喬六想娶許素敏是根本不可能的事！

事實上也確如沈昕顏預料的一般，那兩人糾纏了一年有餘，終於達成了維持現狀的共識。

「這也沒什麼，想認孩子可以，其他的就別多想了。」待終於得空，許素敏懶洋洋地對沈昕顏道。

「老國公知道自己有了孫兒，能放著他不理？」沈昕顏懷疑。

「他自然說過要把孩子接回府，至於我這個孩子娘也可以給個妾的名分，為此事也扯了半年，我不肯，誰也逼不了我。他們也不敢鬧，鬧出去的話，我是沒什麼，只怕他們受不住流言蜚語。」許素敏似笑非笑。

最重要的是，她亦非身後無人，憑著她這麼多年來替宮裡那位賺了那麼多錢，怎麼說那一位也不會對她置之不理的。

想來喬六家中那位老爺子慢慢也回味過來了，故而才不得不放手。

「扯到最後，就成了墩墩有兩個名字。」沈昕顏失笑。

許素敏也有些無奈。

在許家，墩墩大名「許喬」；在喬氏族譜上，墩墩便是「喬許」。

真真是再簡單不過的名字了！

「所以啊，女子還是得自己立起來，若是弱些，這會兒不但兒子被搶走，只怕自己連小命也保不住了！」許素敏總結道。

「若是弱女子，也做不出妳這般離經叛道之事！」沈昕顏嗔了她一眼。頓了頓，她又真誠地道：「榮哥兒之事，多謝妳了。」

「妳不必謝我，若他是個什麼也做不了的草包公子，我也不會留下他。」許素敏不以為然。

日前，離家出去闖一闖的齊榮突然託人送了錢回靖安伯府，一筆交由靖安伯，一筆交由他的妹妹齊芳。

沈昕顏順藤摸瓜便查到了他的落腳之處，原來竟是在遠離京城的一座小城上的商鋪裡當差，更巧的是，那商鋪還是許素敏名下的。

有了下落，她終於鬆了口氣。

儘管與沈昕蘭交惡，可對那個一身硬脾氣的榮哥兒，她著實難以生出惡感。一個不將別人的善意視為理所當然，而是想方設法自食其力的孩子，單就這一份心性，已是遠勝其父母數百倍。

這樣的孩子，理應得到善待。

——全篇完

# 番外三　今生的圓滿

「我爹爹會舞劍，舞得可厲害了！」

「我爹爹會飛高高，上回姊姊的風箏掛在樹上，爹爹一下子就飛上去取了下來！」

「我爹爹會編草螞蚱，編得可好看了！」

……

稚嫩的聲音爭先恐後般響著，讓樹叢後的沈昕顏忍不住想笑，正想要走出去，便聽到沈峰與崔氏的長子軟糯糯地問——

「安哥兒，那你爹爹呢？你爹爹會做什麼？」

趙佑安的眼珠子滴溜溜地轉動著，好一會兒才脆聲道：「我爹爹會繡花！」

「安哥兒騙人！只有娘才會繡花，爹是不會的！」有孩子大聲反駁。

「才不是，我娘會繡花，我爹爹也會繡花，繡得可好看了，比娘繡的還好看！」趙佑安見他們不相信，氣鼓鼓地道。

「真的？」半信半疑的聲音。

「當然是真的！騙人的不是好孩子，我從來不騙人！」趙佑安挺了挺小胸膛，驕傲地道，緊接著大聲地又加了句。「你們爹爹會的，我爹爹也會，可是我爹爹會的，你們爹爹卻不會，所以，還是我的爹爹最厲害！」
「安哥兒的爹爹好厲害啊！」
「嗯嗯嗯，真厲害，連娘會的東西都會！」
「唉，要是我爹爹也會繡花就好了，這樣就能比安哥兒的爹爹還厲害了！」
……
「噗哧！」沈昕顏再也忍不住地笑出聲來。
被小夥伴們圍在中間的趙佑安眼尖地看到她的身影，立即便邁開小短腿跑了過來，脆聲喚道：「外祖母！」
沈昕顏含笑輕撫著小傢伙的臉蛋。
其他的小傢伙們也呼的一聲圍了上來，吱吱喳喳吵個不停，搶著要說話。
「姑祖母，我今日多認了五個大字，先生誇我來著！」
「外祖母、外祖母，我今日比他多認了一個字！」
「我昨日新學會了一首詩，二祖母，您要聽我背嗎？」
「沈姨母，您家的千層糕真好吃，我可以帶幾塊回去給爹爹吃嗎？」
姑祖母、外祖母、二祖母、沈姨母……各種稱呼五花八門，指的卻是同一個人——耐心地聽著他們你一言、我一語的沈昕顏。
沈昕顏臉上始終帶著溫和的笑容，一一回應他們的童言童語。

不遠處，正好回府的魏雋航含笑站在假山石旁，將這一幕完完整整地收入眼底。歲月如梭，彷彿不過眨眼的工夫，當年那個百花叢中笑容明媚的女子，已經與他攜手走過了數十年。如今，他們已經榮升為祖父、祖母輩，整個英國公府，也時刻被孩童稚嫩的笑聲縈繞著。

好不容易哄著小傢伙們跟著各自的嬤嬤下去洗手淨臉，沈昕顏才一抬眸，便對上了魏雋航笑盈盈的臉龐。

她也不自禁地笑了，迎著他緩步而去。「回來了？不是說要晚些才回的嗎？」

「得知許夫人把墩墩留在咱們府裡，喬六又哪還有心情坐得住？早早便溜了。」魏雋航解釋道。

沈昕顏輕笑。「他這是打算挾兒子而令母親嗎？」

「不，他是打算強行接一送一。」魏雋航一本正經地回答。

沈昕顏笑出了聲，嗔了他一眼。「你呀，就愛在旁邊看人家笑話是不？」

魏雋航哈哈一笑，卻沒有否認。

「是盈兒把安哥兒帶回來的？難不成她又與蘊福吵架了？」遠遠看著外孫安哥兒蹦蹦跳跳地拉著奶嬤嬤的手回屋，他又問。

「是盈兒帶回來的，他們小倆口什麼時候不鬧了？你瞧著吧，不出半個時辰蘊福便會過來了，到時候最多只需一盞茶的工夫，這兩人便能和好了。」沈昕顏不以為然。

這對冤家打小吵的架還不夠多嗎？哪回不是過不了多久便會和好，槍口一致對外了？

「這可真真是什麼鍋配什麼蓋了！」魏雋航失笑。

兩人說說笑笑的，一路往福寧院的方向而去。

「二叔、二嬸。」

路上，遠遠便見到魏承騏正陪著他那身懷六甲的妻子散步，魏承騏夫妻也看到了他們，連忙上前招呼。

魏承騏的妻子出身並不算高，不過一個五品文官的女兒，但這安安靜靜的性子倒是與魏承騏甚為相似。沈昕顏原以為這不愛說話的兩個人湊到一起，只怕是天聾對地啞，更加沒什麼話說了，直到有一回意外看到私底下相處的他們，方知道自己真的猜錯了。

國公府小一輩的幾個男子，除了遠在北疆的魏承霖，其他各位均已成親了，如今連魏承騏都即將為人父，對比之下，沈昕顏難免失落。

見她怔怔地望著魏承騏夫婦離去的背影不發一言，魏雋航初時覺得奇怪，只略一想便明白了，少頃，拉著她的手柔聲道：「再過半年，承霖便要回京了。」

「你說什麼？」沈昕顏愕然，有些不敢相信自己所聽到的。

要說這輩子活於如今這般年歲，她還有什麼是放不下的，也唯有遠在北疆的長子魏承霖了。

有好幾回，看著三房的楊氏與孫兒、孫女逗樂的場景，儘管表面不顯，可她內心卻是羨慕得很。

有時她甚至想，會不會因為這輩子周莞寧另嫁，所以她的兒子便連娶親都不能了？

「是，陛下也允了，派去接替的官員也已經啟程，最多半年，承霖便能回京了。」魏雋航回答。

沈昕顏又驚又喜。「如此可真是太好了！母親若是知道這個消息，必定高興得很！」

也不知是不是因為心裡始終牽掛著嫡長孫的親事，這一輩子的大長公主活得比上輩子要久。這一回，在臨近上輩子大長公主離世的那幾日裡，沈昕顏幾乎是寸步不離地守著她，施展渾身解數逗她開懷，一直到她一點一點地邁過了上輩子的死亡大關，這才徹底鬆了口氣。

她覺得，有著兩輩子記憶最痛苦的事，便是明知道自己在意之人逝去的時間，想方設法地要替對方避過去，可最終卻是無能為力。

比如這輩子的靖安伯太夫人，再比如這輩子她的公公——前任英國公。

一個在比上輩子離世的日子還要提前的時間離去，一個死在與上輩子一般無二的時候。

魏雋航唇畔帶笑，可眉間卻是難掩憂色。

大長公主的身子雖然表面瞧來沒什麼，精神瞧著也不算差，可他也不會看不出，她的健康早就不比當年。若非心中始終有著放不下的心事，只怕一早就追隨老國公而去了。

這也是他提前讓長子回京的原因。

北疆。

魏承霖策馬奔跑在一望無際的草原上，碧空萬里無雲，處處盡是青草的氣息，夾著清風撲面而來，帶來一股沁人心脾的芬芳。

他勒住韁繩，回身望望這片廣闊的土地，臉上的笑容是那樣的滿足。

這三年來，北疆局勢漸穩，雖然仍不能徹底杜絕戎狄人與北疆百姓的衝突，可卻已經大幅度減少，戎狄人漸漸融入當地，而官府的震懾力也是大增。

至少，最近的一年，再不必由他親自出馬震懾起衝突的戎狄人和北疆百姓。

「將軍，咱們是要回京了嗎？」一名十四、五歲的少年驅馬來到他的身邊，問道。

「是啊，要回京了！」魏承霖笑容微斂，神情充滿了懷念。

一別多年，也不知家中的祖母與父母如何？是否確如信中所說的那般，一切安好？

「將軍這是要回去娶將軍夫人了嗎？要是這樣的話，莫家姑娘可要傷心死了。」少年笑嘻嘻地問。

「別胡說，小心損了莫姑娘的清譽。」魏承霖皺眉，不贊同地道。

少年衝他伸了伸舌頭，知道他不喜歡聽這些話，遂連忙轉移了話題。

將軍什麼都好，就是不愛說話、不愛笑。但縱是這樣，也阻止不了喜歡他的姑娘前仆後繼，尤其是城中那位莫知府莫大人的千金，更是越挫越勇，絲毫不見退意。

營裡已經偷偷設下了賭局，賭這位莫家小姐什麼時候能將這冷面將軍拿下，只可惜如今冷面將軍要回京，莫小姐一番心意只怕是要被辜負了。

而因這個賭局而賠本之人必也不會在少數。

魏承霖並沒有留意他臉上那惋惜的表情，心中只掛念著遠在京城的親人，尤其是大長公主，從往日父親的來信便可知，祖母這幾年一直想念著自己。

一想到大長公主慈愛的臉龐，他便恨不得肋下生出雙翼來，教他一下子便飛回京城的親人身邊。

京中的大長公主也很快得知長孫即將回京的消息，激動得連連道了幾個好，眼眶也不知不覺地濕了。

沈昕顏見狀，連忙上前笑著道：「當年霖哥兒離京前曾向母親許下的諾言，如今眼看著就要兌現了，不知母親心裡可有了適合的孫媳人選？」

大長公主當然也記得當年魏承霖離京前向自己說過的那番話，也就是為了那番話，她硬是撐著不敢讓自己倒下。

長孫媳未進門，她怎甘心就這麼眼睛一閉，雙腿一蹬？

大長公主哈哈一笑，有些得意地道：「自然是有的！」

「有的？」沈昕顏不過是隨口說來哄哄她，不承想她居然真的有了人選，一時詫異不已。

「不知是哪家的姑娘？」她追問。

「這姑娘去年我就瞧中了，是最最適合霖哥兒不過，只是那時候我不清楚霖哥兒什麼時候才能回京，故而也不敢說，只一直注意著，想著若是有緣分，這姑娘在霖哥兒回京前未曾訂下親事，那我便作主，替霖哥兒訂下她；若是沒有緣分，那也只能這般了。如今看來，這姑娘與咱們霖哥兒確確實實是有緣分的！」說到這裡，大長公主臉上難掩得意，整個人瞧著也像是年輕了好幾歲。

「到底是哪家的姑娘？母親可真真是把我勾起來了。」聽她這樣說，沈昕顏更加好奇了，笑著追問。

大長公主卻像故意賣關子。「霖哥兒到北疆是接替何人？」

「接替舊疾復發無法履職的黃將軍。」

「黃將軍何時才回的京城？」

「按理，公事交接完畢後便能啟程回京了，只是因為當時大夫診斷，黃將軍的傷勢不宜遠行，故而黃將軍便一直留在北疆，直到去年傷勢好轉才啟程回京。」見她興致盎然，沈昕顏也陪著她兜圈子。

「那黃將軍可有待字閨中的女兒？」

「按我所知，是有位……難不成母親說的便是這位黃姑娘？」沈昕顏終於醒悟過來。

大長公主滿意地笑了。「不錯，正是這位姑娘！」

「這倒是讓我有些意外了，母親怎的會瞧上黃姑娘？這黃姑娘自幼便隨父生活在北疆，也就去年才回京。」還有些話沈昕顏沒有說，這位黃姑娘在各府夫人眼裡並不是一位好人選。

首先，這姑娘長於北疆，北疆是個什麼地方？在京城人眼裡，那就是一個蠻荒之地，那裡的人就是野蠻人，自然這黃姑娘也是半個北疆蠻人。

其次，這位黃姑娘乃是黃將軍長女，黃夫人數年前便已經過世，而黃將軍又一直未曾再娶，這沒有生母教導的長女，從來便不是高門大戶人家的好媳婦人選。

最後，當下女子以白淨纖柔為美，這黃姑娘長於風沙不止、日光猛烈的北疆，確實與細白幼嫩不怎麼拉得上關係。當然，也不是說這黃姑娘容貌有失，只是與在京城中嬌生慣養的千金小姐相比，確實不夠精緻。

還有一點沈昕顏卻不好對人說，就是這位黃姑娘上輩子的命確實不怎麼好，少時失母，所嫁非人，半生淒苦。

「這姑娘是塊璞玉，好生雕琢，將來必能與霖哥兒撐起這門庭。可笑可嘆世人慣會以貌取人，又困於條條框框，不識金鑲玉。這姑娘雖然早年失母，可這些年來女代母職，將府中諸事打理得井井有條，可見是個極其聰慧的。孝順父親，撫養幼弟，孝義兩全，更不曾怨天尤人，可見其心胸之廣。若論品行，滿京城也挑不出幾個像她這般的姑娘。我冷眼瞧著這些日子，真真是既心疼又慶幸。心疼這孩子好端端的遭人非議，慶幸那等俗貨不識金鑲玉，這也給了咱們撿漏的機會！」大長公主長嘆一聲道。

「母親對這位姑娘評價如此之高，若不能將她娶回來，當真是咱們府裡的遺憾了。」沈昕顏道。

「只待霖哥兒回來，問過他的意思，咱們便派人上門提親去！」大長公主一錘定音。

沈昕顏含笑應下。「便如母親所說。」

至此，對魏承霖的妻子人選，婆媳二人終於達成了一致。

五個月後，闊別京城三年有餘的魏承霖終於歸來。

一進門，他二話不說便跪在長輩跟前，恭恭敬敬地連磕幾個響頭。

大長公主想要制止他，可魏雋航卻牢牢地扶住她，不讓她上前，微不可聞地朝她搖搖頭。

大長公主明白他的意思，含淚靜立一旁，眼睜睜地看著長孫的額頭很快就磕出一片紅腫。

「祖母，孫兒不孝……」魏承霖哽聲道。

「讓家中年邁祖母為你牽腸掛肚，你確是不孝。」魏雋航緩緩地道。

魏承霖再度伏低身去。

「如今，自我放逐多年後，你可想明白了？該放的可都放下了？該承擔的可打算承擔了？」魏雋航眼神銳利，嚴肅地問。

魏承霖坦然迎上他的視線，不疾不徐地道：「孩兒這些年來經歷良多，好幾番出生入死，幾度命懸一線；化險為夷後，回顧此生，恍如夢中。往事種種不可追，孩兒只覺得，人活一世，最重要的唯有責任二字。」

魏雋航的臉色終於緩和，上前去，親自將他扶了起來，拍了拍他的肩膀，柔聲道：「去見你祖母與母親。」

魏承霖的歸來，讓這一日的英國公府沐浴在一陣陣歡聲笑語當中。尤其是大長公主，整個人瞧著容光煥發，臉上的笑容一直沒有止住。

再過得半日，得到消息的蘊福與魏盈芷也帶著他們的長子趙佑安過來了。

兄妹相見，自然又是好一番熱鬧。

待眾人散去後，魏承霖便留在了大長公主屋裡，耐心地將這幾年他在北疆的日子，一一向大長公主和沈昕顏道來。當然，對經歷過的危險他卻是隻字不提。

沈昕顏自然也清楚，並沒有細問，總歸人平安回來便好，其他諸事既過去了便讓它徹底過去吧！

「……那熊瞎子倒下的時候，咱們幾個也累得快要脫力了，虧得後來長風帶著兵士尋了過來，這才把那熊瞎子帶了回去。」

魏承霖自然也不會盡說些平平無奇之事，也挑了些驚奇有趣的緩緩道來，讓大長公主聽得驚呼連連。

長風？沈昕顏不知怎的卻抓住了他話中一個有些熟悉的名字，仔細回想了半晌，方才記起，這個長風正是平硯最小的弟弟，約莫三年前便代替他過世了的兄長跟隨在長子身邊。

她若有所思地望著眉目含笑、正施展渾身解數逗得大長公主開懷的魏承霖，片刻，低低地嘆息一聲。

如此，也好……

魏承霖回京後的頭一個月，幾乎都在與親友的聚舊當中度過，對其他諸事不怎麼理會，彷彿是一心一意要彌補這幾年對親人的虧欠。

沈昕顏也隨他，恰好此時陳府那邊有好消息傳來，三少夫人沈慧然再度有孕。

自前幾年太子妃終於成功誕下太子的嫡長子後，太子一系終於鬆了口氣，而身為太子妃娘家親戚的陳家，隨即也傳出了三少夫人有喜的消息，次年，陳三公子的嫡長子便也降世了。

而沈慧然，也正式在陳府站穩了腳根。如今再度有喜，不管生男還是生女，都不會影響她在陳府的地位。

「不承想這一眨眼的工夫，慧表妹已經快要成為兩個孩子的娘了。」正翻看著魏承祥字帖的魏承霖聽到消息，難掩詫異。

「也不瞧瞧你都離開京城有幾年了？不只你慧表妹，便是你峰表哥的第三個孩子也快要來了。」沈昕顏搖頭道。

魏承霖放下手上的字帖，認真地回答。「這些年讓母親擔憂，是孩兒的不是。」

「母子之間，這些話便不必說了。只是，這些年你在北疆，可曾遇到不錯的姑娘？」想到黃將軍府上那位姑娘，她試探著問。

黃將軍父女是去年才回京，與長子在北疆好歹相處過兩年，也不知長子對黃家姑娘會不會有些印象？

有些意外母親將話頭兜到了自己身上，魏承霖失笑。「孩兒身為男子，終日忙於公事，何嘗有時間注意到人家姑娘好不好？」

「可我怎麼聽長風說，有位莫知府的姑娘彷彿對你有些心思？」沈昕顏一早就打聽好了，如何會讓他含糊過去。

「莫姑娘？」魏承霖搖搖頭。「母親莫要聽長風亂說，莫姑娘不過小孩子心性，爭強好勝，何曾有什麼男女之情。」一個十四、五歲千嬌百寵地長大的小姑娘，從不曾遇到什麼挫折，與其說她心悅自己，倒不如說她不甘心自己對她的「不理會」。

沈昕顏緊緊地盯著他，不錯過他臉上的每一分表情，見他神情坦然，並不似作偽，相信他對那位莫姑娘並沒有心思，心裡一時說不出是失望還是別的什麼感覺。

她想了想，又問：「那黃將軍府上那位大姑娘呢？你可認得她？」

黃姑娘？魏承霖怔了怔，腦子裡不由自主便浮現出一張固執的臉龐。

「孩兒初到北疆時，黃將軍便傷重不起，公事交接自然也只能到他府上去，黃姑娘……掌著將軍府家事，孩兒自然認得她。」

咦？居然還解釋這麼多？沈昕顏意外他的話，雙眸微瞇。

魏承霖被她盯得有些不自在，清咳了咳，連忙低下頭去，假裝認真地看書。

見他這般模樣，沈昕顏的心頓時便定了。

看來這兒媳婦有望了。

這日，沈昕顏與許素敏有約，魏承霖主動請纓，親自護送著她前去。

兒子的孝心，沈昕顏自然不會推辭，欣然應下。

因許素敏前段時間又託人從西洋進了一批特色貨，沈昕顏便是應她所邀前去看看。馬車很快便停到城中那間百珍閣上，魏承霖陪著她們坐了一會兒，有些意外許素敏於生意上的老辣眼光，不禁暗暗點頭。

難怪陛下會讓這位許夫人替他打理私產，以她的手段與能力，只怕這些年陛下的私產不知翻了多少番了。

他更沒有想到，原來母親也從中參與了一股。

察覺許素敏話中漸漸提及了商業上的秘密時，他尋了個理由告辭離開，將空間完全留給屋內的兩人。

「好些年不曾見，妳這個兒子倒是越發貼心了。」許素敏打趣道。

沈昕顏沒好氣地瞪了她一眼。「放心，妳家墩墩日後必定會更貼心。」

許素敏無奈地笑了笑。「那孩子已經完全被他那沒個正形的爹給帶壞了，整一個小滑頭，真真是見人說人話、見鬼說鬼話！」

「哪有妳這般說自己兒子的！」沈昕顏被她逗樂了。

不過一想到墩墩見人說人話、見鬼說鬼話的本領，沈昕顏便忍不住想笑。

若是有人問他的名字，他便先判斷對方到底是親近娘親的，還是親近爹爹的；若是判斷不出，便乾脆回答自己叫「墩墩」。

若是對方是許素敏一邊之人，他便會大聲告訴對方「我叫許喬」；若是對方屬理國公府喬氏一派，他的答案便會變成「我叫喬許」。真真是混得如魚得水，卻又叫人哭笑不得！

「妳與喬六爺的事怎麼辦？真的不打算要個名分？」沈昕顏又問。

「就這麼辦吧！名分這東西不過是聽起來好聽，其實冷暖自知。如今這般挺好的，露水夫妻，彼此心中掛念對方，卻不會干涉對方，甚好！」許素敏不以為然。

對她的答案，沈昕顏一點兒也不意外，故而也不再說。

另一邊的魏承霖獨自一人下了樓，忽見一個有些熟悉的身影進了對面那間賣珠寶首飾的鋪子，定睛一看，認出正是黃將軍府上那位大姑娘，鬼使神差地，他也邁步跟了上去。

「掌櫃的，這簪子不錯，鑲上這東珠，整個看上去高雅極了……」

他看著那位黃姑娘拿起一根鑲東珠的玉簪子，瞧著那模樣像是想買下，正覺得奇怪間，忽見一名打扮得相當精緻、身穿粉色衣裙的女子走到那黃姑娘身邊，趾高氣揚地朝著掌櫃道——

「這簪子我要了！」

「這簪子這位姑娘已經看上了，姑娘不如另選……」掌櫃有些為難。

「你打開大門做生意，也總得有些眼光才是，至少要分得清什麼人買得起，什麼人買不起！」粉衣姑娘冷笑。

「這簪子我不是很喜歡，胡姑娘要的話便給妳了。」黃清姝微微笑著，將簪子放了回去。

那胡姑娘又是一聲冷笑。「說得這般好聽，分明是買不起！」

接著，魏承霖便看著黃清姝又先後看中了一套珍珠翡翠頭面、一對粉玉鐲子和一支點翠金鳳步搖，可無一例外地，最後都被那位胡姑娘給截了去。

最後，魏承霖眼睜睜地看著她雙手空空、滿臉失落地離開。不知怎的，心裡便憋了一肚子的火氣，眼神凌厲地掃了一眼那志得意滿的胡姑娘。

那胡姑娘忽覺背脊一冷，打了個寒顫，只是也沒有太在意，吩咐下人將她買下來的珠寶頭面一一收好，這才坐上馬車離開了。

魏承霖深呼吸一下，心裡卻是百味雜陳。

黃將軍生性耿直，並非八面玲瓏之人，加上他並無深厚背景，全靠著己身才拚到如今這般地位，只是到底出身貧寒，家底有限，故而他的將軍府別說與同品級的官員相比，便是比之品級低於他的官員也是大大不如。

魏承霖好歹與他在北疆相處過兩年，知道他們府上的狀況，只是卻沒有想到身為將軍府的嫡女，卻連一件稍像樣的首飾都買不起，以致被人這般處處針對小瞧。

他的心裡有些難受，既為那一心為國，卻生活窘迫的將士，也為那個滿身傲骨，卻為五斗米折腰的黃姑娘。

「掌櫃的，今日賺了不少吧？」

魏承霖正覺不好受間，忽又見黃清姝去而復返，笑咪咪地走到那正激動地數著銀票的掌櫃跟前。

掌櫃笑呵呵地道：「不多也不少，這還是多虧了姑娘！按照約定，姑娘，這是分給妳的一成銀兩。」說完，他取出一張銀票遞給了對方。

黃清姝笑盈盈地接過，掃了一眼上面的數字，頓時心花怒放。

呀呀呀，這個月府裡的用度開銷有了！

「合作愉快，有機會再來！」接過銀票收好，辭別掌櫃，黃清姝歡天喜地地離開。

魏承霖目瞪口呆，簡直不敢相信自己所看到的。所以，這是……生財有道？他沒忍住，又跟了上去，在黃清姝拐進隔壁茶樓時叫住了她。「黃姑娘。」

黃清姝應聲回頭，表情有幾分意外。「魏將軍？」

魏承霖本就是一時衝動才叫住了她，在對上對方臉龐時便發現自己唐突了，一時有些後悔，唯有清了清嗓子問：「一年不見，不知令尊身上舊傷可好了些？」

黃清姝恍然。原來是不放心父親的身子。「勞將軍記掛著，家父身子已然大安。」沒想到這個冷面將軍還是個熱心腸呢！

兩人一時無話，黃清姝自然也不會久留，略客氣了幾句便上了轎離開了。

魏承霖濃眉緊皺，片刻，略有幾分頭疼地揉了揉額角，對自己方才的舉動大惑不解。

「你這個悶嘴葫蘆兒子是不是瞧上人家姑娘了？」將這一幕看了個分明的許素敏推了推沈昕顏的胳膊，含笑問。

沈昕顏臉上帶著愉悅的笑容。「若是這樣可就真的太好了！」

「怎麼，妳一早就相中了那姑娘？」許素敏一聽便猜中了她的心思。

「相中她的可不只我一個，還有我家婆母呢！」沈昕顏自然也不會瞞她。

「看來這位姑娘必有過人之處，竟能引得大長公主青睞。」

兩人正說笑間，魏承霖便走了進來。

剛進門便對上兩張同樣笑得意味深長的臉龐，魏承霖一時心裡有些沒底。

許素敏正要打趣幾句，沈昕顏眼明手快地推了推，示意她不可說；許素敏明白她的意思，笑著給自己續了茶水。

「回來了？咱們便回去吧！」沈昕顏若無其事地起身。

魏承霖雖然覺得她們笑得古怪，但也沒有深思，應了聲「好」。

母子二人遂辭別了許素敏，啟程回府。

隔得數日之後，英國公府世子魏承霖的親事正式提上了日程，早就盯上聯姻的人家或明或暗地向沈昕顏表明了意思，這其中便有莫家的老夫人——欲成就其即將從北疆回京的孫女與魏承霖的親事；以及新任吏部尚書的元配夫人——有意將素有才貌雙全美名的女兒許配給魏承霖。

在大長公主跟前，沈昕顏特意提到了這兩人，只因一個與魏承霖相識，另一個則是如今京城各府姑娘中條件最好的。

這位段姑娘容貌之美，比之當年的周莞寧亦不遜色，這也是她有些猶豫的原因。

畢竟是日後要與長子相伴一生的妻子，她覺得，不管怎樣還是讓他選一個合心意的為好。

這位段府的姑娘，容貌出眾，才氣橫溢，被長輩們精心教養著長大，沈昕顏倒也曾見過她一面，舉止落落大方，瞧著也是位不錯的人選。

大長公主的雙眉皺了皺。「依妳之意，是想讓霖哥兒從黃府、莫府與段府中擇其一？」

「兒媳瞧著這三位姑娘都是極好的，只是這畢竟是霖哥兒的終身大事，總得由他自己挑選才更適合。」沈昕顏緩緩地道。

「若是三位他都瞧不上呢？」大長公主又問。

「那便讓他自己尋一位瞧得上的。兒媳相信，經歷了這般多，他早已不是當年那不顧一切的少年。」沈昕顏淡然回答。

大長公主深深地望著她，良久，微微一笑。「既然如此，那便依妳所言！」

婆媳二人達成了共識，很快便也將這個意思告訴了魏承霖。

魏承霖訝然。黃姑娘？祖母與母親意欲為他聘娶黃姑娘為妻？他一時不敢相信。

沈昕顏與大長公主對望一眼，均有些捉摸不透他的心意。

想了想，還是沈昕顏開了口。「當然，若是三位姑娘你均無意，其他府上的姑娘也是可以的。」

魏承霖彷彿沒有聽到她的話，只是怔怔地望著擺在他眼前的三幅畫像，目光落在最左邊的那幅上。

沈昕顏順著他的視線望過去，認出那上面的女子正是黃將軍的嫡長女黃清姝。

大長公主也發現了，婆媳二人相視而笑。

「祖母覺得段府這姑娘不錯，才貌雙全，品行俱佳。」大長公主忽地道。

沈昕顏只略怔了須臾便明白她的用意，含笑著道：「兒媳倒覺得，莫家姑娘更好，性子開朗，又不失大方得體，且早與霖哥兒相識，彼此性情想來有一定瞭解，將來磨合得自然更好。」

婆媳二人妳一言、我一語，卻不動聲色地觀察著魏承霖的表情，就見他臉上猶豫之色漸濃，瞧著頗為掙扎。

祖母看中段府姑娘，母親明顯更喜歡莫姑娘，可是……

「霖哥兒，祖母活了大半輩子，看人的眼光不會錯，這段姑娘當真是位不可多得的女子，你若是不信，改日祖母與段夫人安排你們見上一見。」

「母親還是堅持認為莫姑娘更適合，她一個姑娘家，放著京裡的舒服日子不過，寧願追隨父母遠赴北疆，這份孝心令人動容。再者，她一個嬌生慣養的姑娘，絲毫不嫌棄那蠻荒之地，可見能吃得了苦，日後必也能夫唱婦隨。」沈昕顏自有她的意見。

「可是、可是黃姑娘也不差啊……」魏承霖終於忍不住道。

「黃姑娘確是不差，若是差，祖母會將她列入人選當中嗎？只是相比之下，段姑娘與莫姑娘更出色些。」大長公主面不改色。

「你祖母的意思，也是母親的意思。」沈昕顏附和。

魏承霖的臉色更加猶豫。

他已經讓祖母與母親失望過一回了，這一次，還是要讓她們失望嗎？
目光再度落在並排放著的三幅畫像上，然後再一一望向大長公主與沈昕顏，看著她們期待的臉。
良久，他合著眼眸，深深地吸了口氣，一撩袍角跪在地上。「祖母、母親，讓妳們失望了，我、我想選黃姑娘！」像是生怕她們不同意一般，他連忙道：「黃姑娘家世雖及不上段、莫兩位姑娘，可她孝順仁愛，上侍生父，下育幼弟，持家有道，性情堅韌，足以擔得起一府主母之責。」
「可她的容貌……」大長公主眸底藏著笑意，卻故意道。
「在孫兒眼中，黃姑娘的容貌並不遜於段、莫兩位姑娘；況且，世人眼內她這點不足，恰恰便證明了她的品行。」魏承霖坦然。
一個日夜操勞家事的姑娘，自然沒有嬌生慣養的千金小姐養得精緻。
大長公主終於鬆了口氣，望了望沈昕顏，見她臉上同樣帶著歡喜的笑容。
沈昕顏親自扶起了他，含笑道：「既然如此，母親便替你作主，希望日後你能擔負起為人夫的職責。」
魏承霖一喜，下意識地望向大長公主，見她臉上同樣帶著笑容，不禁大喜。「多謝母親，多謝祖母！」

英國公世子魏承霖與將軍府大姑娘黃清姝訂下親事的消息，很快便傳遍了京城，引來京中一片譁然。

並非將軍府的姑娘不好，而是以魏世子的條件，還能選一個條件更好的，比如那位才貌雙全的段尚書府姑娘，這兩人若是結合，才真真是英雄美人的一段佳話。

可不管旁人心裡如何想，大婚之期還是到了。

沈昕顏高坐上首，看著滿臉喜氣的兒子領著他的妻子進門，在一陣唱喏聲中，先後拜過天地、拜過父母，最後夫妻交拜後被送入了洞房。

她的眸中漸漸浮起了水光。

「真真是好事多磨，二嫂這回可總算是了了一樁心事！」一旁的楊氏笑著道。

「是啊，好事多磨，所幸結局都是好的。」沈昕顏一聲喟嘆，目光不知不覺地尋向人群中的某個人。

那人像是感應到她的視線，回頭一望，夫妻二人相視而笑。

所幸，此生有他陪自己終老。

——全篇完

# 番外四　前世

英國公太夫人沈氏離世，英國公府辦起了白事。

英國公魏承霖怔怔地坐在太師椅上，垂著眼簾不知在想什麼？一旁的侍從也不敢打擾，遠遠地避到一旁。

「國公爺！春柳姑姑在太夫人靈前一頭碰死了！」

正在這時，一陣急促的腳步聲傳了進來，魏承霖皺眉不悅，正想喝斥，一名年約十六、七歲的小廝便稟道。

他臉上一僵，薄唇抿了抿，隨即淡淡地道：「死了便死了，念在她侍候母親多年的分上，好生安葬了吧！」此等刁奴，若非她們一直在母親身邊煽風點火，母親何至於會那般處處針對阿莞！

來人不敢多話，恭敬領命而去。

「國公爺，晉寧侯夫人上門弔唁！」

「康郡王妃上門弔唁！」

「徐尚書夫人上門弔唁！」

……

不過一會兒的工夫，陸陸續續有賓客上門，傳話的下人來了一個又一個，也讓魏承霖心中生出一股說不出來的煩躁。

「此等事不必再回我，讓人跟孫嬤嬤說便是了。」

「國公爺，這恐怕不大妥當。來的可全是誥命夫人，孫嬤嬤雖然得臉，但再怎麼說也不過是府裡下人，只怕還得請夫人出面。」剛好進門來的執墨聽到他此話，沈聲勸道。

魏承霖揉揉額角，也知道自己此舉不妥，哪戶人家有讓下人出面招呼貴客之理？

「著人去請夫人吧！讓孫嬤嬤陪著夫人便是。」

只是，他沒有想到的是，因賓客太多，孫嬤嬤又要管著內宅之事，著實無暇分得出身來陪著周莞寧見客。

而周莞寧向來不曾理事，何曾有應對處理的經驗？加上身邊又沒有孫嬤嬤提點，更是如墜雲裡霧裡，除了還能得體地在廳裡陪客，其餘諸事又哪裡管得來？

而魏承霖這邊的事更不少，縱然有得力的管事，可內外諸事都要他這個主子定奪，如何顧得及？一時之間，素來井然有序的國公府漸漸顯出了亂勢。

一會兒是這邊缺了茶盅，一會兒是那邊廳裡的賓客沒有主人作陪，下人們尋不著管事的孫嬤嬤，唯有硬著頭皮來尋魏承霖，這越發讓魏承霖煩不勝煩。

他深深地吸了口氣，勉強壓下心中惱怒。「尋個人到十八胡同請三老夫人……罷了罷了，還是我親自去一趟吧！」便是分了家，只終究仍是長輩，況且如今又有求於人，再怎麼說也得由他親自去請才是。

「論理，既然分了家，咱們便是井水不犯河水，你走你的陽關道，我走我的獨木橋。再者，你們府裡又不是沒有女主子，再怎麼也輪不到我一個隔房的嬸嬸出面理事。」得知他的來意後，楊氏淡淡地道。

「自母親過世後，您姪媳婦她身子便一直不大好，如今也不過是勉強打起精神招呼著客人，卻是再分不出身來掌理其他諸事了。」魏承霖將姿態擺得略低，解釋道。

楊氏本是打算繼續為難為難他，以出一出當年被趕出府的那口惡氣，卻在看到魏承釗衝自己搖頭時改變了主意，微不可聞地嘆了口氣，只到底還有些不甘。「我這是看在你過世了的母親分上，若是其他人，我才不會多事！」

「多謝三嬸。」魏承霖鬆了口氣。不管怎樣，能請得楊氏出面，也算是解了他不少壓力。「二弟。」這時的他也發現了一旁的魏承釗，主動招呼道。

魏承釗客氣而疏離地喚了聲「大哥」，再無話。

楊氏出面後，很快便將漸漸混亂的國公府理順了，也讓魏承霖減輕了不少壓力。

也是到了此刻，他才發現，縱然他本事再大，裡裡外外一把抓，可總也有他不方便、力不從心的時候。

當賓客漸漸散去，他望望到處掛著白布的府邸，眼神有幾分茫然。

雙腿像是不聽使喚一般，緩緩地往靈堂方向走去，那裡躺著他已經過世了的母親。

他的眼神有幾分空洞，心裡也覺得空落落的。

自幼被教養在祖父膝下，身邊事又是大伯母掌理著，他與生母的關係著實算不上親近。

他性子淡泊，習慣與人保持距離，每每看著他的母親一次又一次地親近自己時，心裡總覺得有些不自在，可看著她眼中那帶著小心翼翼的討好，他又覺得有點心酸。

可是，從什麼時候開始，他們母子間的關係越來越遠了呢？

「二嫂，咱們妯娌仨鬥了一輩子，妳也憋屈了一輩子，臨老卻折在自己親兒子手上，妳說，這冤不冤？」

正想邁入靈堂，忽聽裡面傳出楊氏的說話聲，他怔了怔，下意識地收回雙腿，避到門外，聽著裡面的人繼續說話。

「二嫂，如今我方知，妳們都輸了，妳們嫡系的都輸了！大嫂為那爵位爭了一輩子，最終卻是一無所有，甚至還連累了自己的兒子。而妳呢，瞧著風光無限的國公太夫人，結果夫死女喪，親兒不親，最終淒涼地死在家廟裡。妳說，妳們是不是都輸了？」

心口像是被重物一下又一下地錘打著，魏承霖臉色煞白，整個人搖搖欲墜。

「二嫂，這杯我敬妳，黃泉路上多保重，若有來世，不如生在尋常百姓家吧，好歹也能享受一番天倫之樂……」

魏承霖只覺得脖子像是被人死死的掐著，痛苦得幾乎喘不過氣來，他緊緊地揪著胸口，像是落水垂死之人想要抓住唯一的救生浮木。

楊氏的話，毫不留情地一鞭鞭往他心口上抽，他想要說些什麼大聲反駁，卻發現自己一句話也說不出來。

過來接楊氏回府的魏承釗察覺他的異樣，臉色有幾分遲疑，似乎想要上前詢問幾句，可視線觸及他身上的縞素，那些話便一下子嚥了回去。

「母親，該回去了。」他淡漠地轉過臉去，邁步進了靈堂，朝著靈前的楊氏道。

楊氏點點頭，扶著他的手站了起來。邁過門檻，便發現門外慘白著一張臉的魏承霖，她視若無睹地從他身邊走過。

「三嬸——」魏承霖艱難地喚住她。

「你不必擔心，我既答應了你，必不會半途撒手不幹，只我一個尋常老婦人，住不來你這高門大戶，每日還是回自己家，次日一早再過來吧。」楊氏神色淡淡，打斷了他欲說之話。

魏承霖想說他並不是這個意思，可那對母子卻根本無心再與他多話，一步一步地往前走，很快便消失在他的視線裡。

他怔怔地望著他們離開的方向，良久，緩緩地轉身，抬起恍若千斤重的雙腿，邁過門檻。

靈堂上一片肅然，白綾飄飄，燭光跳動著，也映出正中央的棺木。

那種像是被人掐住喉嚨的感覺又再度出現，他顫抖著走到棺木旁，半晌，伸出手去，像是想要推開上面的蓋子，可最後卻是將手搭在了上面。

「……母親。」也不知過了多久，一絲沙啞的低喃從他口中逸出。

回應他的，只有白綾飄動時發出的噗噗之聲。

「國公爺，夫人正尋您呢！」有侍女走了進來，遲疑著稟報。

他合著眼眸，深深地吸了口氣，像是沒有聽到她的話，沈聲問：「守靈之人呢？」

「本來一直是春柳姑姑守靈的，春柳姑姑不在後，這人便……」

「難不成竟沒有安排人前來守靈?!」魏承霖的眼神陡然變得銳利。

「國公爺息怒！三老夫人已經特地安排了人守靈舉哀，只是人手不夠，有幾位被調去前廳幫忙迎客了。」

「荒唐！」怕驚擾了逝者之靈，魏承霖壓抑著滿腹的怒氣。「立刻讓負責守靈舉哀之人過來……不，不必了，將他們各打二十板子，革去兩月米糧！另傳我的話，著在福寧院正房侍候之人守靈，別的差事不准再分派給她們！」見她還呆呆的站著不動，魏承霖低喝一聲。「還愣著做什麼？立即前去安排！」

那侍女嚇得一個激靈，可還是硬著頭皮問：「那夫人那裡……」

「出去！」魏承霖直接轉過頭去，撩起袍角跪在了蒲團上。

「國公爺呢？」久等不見魏承霖歸來，周莞寧望眼欲穿。

「國公爺在守靈，怕是要再等一會兒。」剛聽了小丫頭回稟的流霜皺著眉進來，輕聲稟道。

「守靈嗎……流霜，妳說，他是不是在怪我？」周莞寧輕靠著椅背，許久之後，才輕聲問。

「夫人多慮了，國公爺待妳的心意如何，難不成還用別人說嗎？他又怎會怪您？只是太夫人畢竟是他的生身之母，如今這一去，身為人子，哪裡會不難過？」流霜安慰道。

周莞寧低低地嘆了口氣。

可是，這一晚，她一直沒有等到那個熟悉的身影出現。

到了下葬那日，魏承霖滿身縞素，看著棺木一點一點地被掩埋，他的瞳孔縮了縮，下意識想要阻止，可喉嚨卻堵得厲害。

「如此也好，他們夫妻陰陽相隔數十年，如今可總算是團聚了。」楊氏喃喃地道。

魏承釗扶著她，直到看著新墳立起，不知不覺，彷彿看到遠處的白霧中，一個面容慈愛又有幾分熟悉的男子忽隱忽現，而後緩緩地朝著一名同樣有著熟悉面容的女子伸出手去，兩手交握間，白霧更濃，青山隱隱。「二伯父來接二伯母了。」他忽地道。

「二伯父若真的有靈，就應該把那個不忠不孝的東西……」魏承越啐了一口，話在看到魏承霖望過來的眼神時，便嚥了回去。

像是惱自己的慫包，他狠狠地踢了一腳地上的小石子，直把它踢飛出數丈之遠。

「回去吧！」楊氏彷彿沒有聽到兒子們的話。

魏承霖定定地看著那母子三人漸漸走遠，良久，緩緩轉過身，就著方才魏承釗所站的方向望去。

遠處除了茫茫白霧，哪有什麼人影？更沒有出現那所謂「二伯父來接二伯母了」的一幕。

他說不清是失望，還是別的什麼感覺。

「銘哥兒，你方才有看到祖母嗎？」遲疑半晌，他還是忍不住低低地問身後的兒子。

都說小孩子眼睛最乾淨，母親生前對銘哥兒這個孫兒也頗為疼愛，說不定……

七歲的銘哥兒眨巴眨巴著眼睛。「祖母？」

見他如此，魏承霖眸中閃過一絲失望，低低地道了句。「沒什麼，回去吧。」

直到一切歸於平靜，高壯的樹後才慢慢地走出一個有幾分佝僂的身影，那人踉踉蹌蹌地來到那座新墳前，「撲通」的一聲跪了下去，老淚縱橫。

「妹妹……」

去而復返的魏承霖眸中閃著淚光，遠遠望著哭倒墳前的靖安伯，喉嚨幾度哽咽。

表妹沈慧然的自盡，讓英國公府與靖安伯府徹底決裂，數年來再不曾往來，而他逢年過節送到靖安伯府的禮物，無一例外被退了回來。

直到如今，望著痛不欲生的靖安伯，他才明白，縱是有著隔閡與疏離，也無法阻斷血脈上的親情。

「大舅舅……」他終於忍不住上前。

靖安伯哭聲頓止，陡然起身朝他啐了一口，咬牙切齒地罵了句。「畜生！」

罵聲過後，靖安伯慘然一笑，一把推開他，跌跌撞撞地離開了。

徐徐清風吹來，捲動著墳前的灰燼，越飄越遠……

生母離世，魏承霖守制，三個月後，天子下旨奪情起復，魏承霖重回朝堂，朝野上下再一次感受到今上對英國公的看重。

「銘哥兒昨日將先生教的文章全部解了一遍，嫻姊兒調皮，偏拿些他不曾學過的文章來考他……」周莞寧一邊替他整理著身上的衣袍，一邊將雙生兒女的趣事細細道來。

魏承霖只「嗯」了一聲，再無他話。

周莞寧手上的動作不知不覺便停了下來，臉上帶著一絲苦澀。

自從婆母過世之後，她便敏感地發現夫君的態度有了變化，以往他雖然人前是那副冷漠少言的模樣，可在她和孩子面前，卻是最溫和耐心不過的。

可如今，不論人前還是人後，他都已經變得寡言少語，有時候還會怔怔地坐著出神，甚至在數不清的幾個夜裡，他從夢中驚醒時，眼中隱隱閃現著水光。

「你是不是怪我了？若不是我，當年你也不會將母親送到家廟裡。」終於，她忍不住低聲問。

魏承霖的腳步微頓，片刻，苦澀地道：「為什麼要怪妳？作出決定的是我，執行的也是我，便是要怪，也只能怪我自己。」

周莞寧緊咬著唇瓣，看著他遠去的背影，久久說不出話來。

魏承霖的腳步越來越快，到後來幾乎快要小跑起來，像是一副想要逃離的急切模樣，直到執墨迎面匆匆而來，臉色難看地回稟他。

「國公爺，周二公子出事了！」

他一下子便止了步，好一會兒才想起，這個周二公子指的正是他的舅兄，如今的戶部尚書周懋次子、妻子的二哥周卓。

「他出什麼事了？」他垂著眼簾，臉上瞧不出半分表情，沈聲問。

「意外從山坡上滾了下來，腦袋撞上坡下石頭，當場昏迷，至今仍未清醒，生死未卜！」

「什麼?!我二哥怎麼了？怎會這樣？」發現夫君漏了腰間玉珮的周莞寧追了出來，恰好聽到此話，臉色頓時大變，急得直問。

執墨又將剛得來的消息向她稟報。

周莞寧身子一晃，險些站立不穩，還是魏承霖眼明手快地扶住了她。

「救救我二哥，你快找人去救救我二哥……」周莞寧一把抓住他的手，哀求道。

魏承霖沈默不語。

見他不作聲，周莞寧急了，帶著哭音道：「你救救他，快救救他！只有你才能救他了……」

魏承霖任由她扯著自己的袖子，良久，才平靜地道：「阿莞，妳忘了當年我答應過母親什麼了嗎？」

周莞寧的哭聲頓止，淚眼矇矓地睇著他。「可是、可是當年你也說過，那、那不過是意外，並、並非二哥……」

「我也說過，我不追究，可此後他的生生死死、好歹與否，與我再不相干。外頭風大，妳身子又弱，回去吧！」魏承霖一點一點地掰開她抓著自己袖口的手指，淡淡地道。

周莞寧眼睜睜地看著他推開自己，帶著執墨大步離開，眼中盡是不敢相信。成婚至今，他還是頭一回拋下自己，轉身離開。

「到底是怎麼回事？好端端的怎會突然發生意外，從山坡上滾了下來，還那般巧合地撞到了頭？」回到書房，魏承霖皺眉問。

「這意外二字，不過是當地官府的搪塞之話，依屬下推斷，周二公子應該是被人刻意推下去的。」執墨坦言。

刻意推下去……魏承霖的眉頭皺得更緊了。

「周卓在流放期間可曾得罪過什麼人？」

「據屬下所知是沒有的。」頓一頓，執墨又道：「況且，他的身邊還有不少周大人暗中派去保護他之人，尋常人等哪敢得罪他？」

「能從岳父大人派去之人的眼皮子底下弄出這麼一齣，此人隱藏之深可見一斑。」魏承霖思忖。

「或者也能說明，此人對周二公子恨之入骨，竟連那些暗中保護之人也能成功地蒙混過去，此份不達目的不甘休的耐性，非常人所有。」執墨說出他的看法。

魏承霖頷首。所以，周卓得罪了什麼人？又是什麼人不惜一切代價欲置他於死地？

「國公爺，那咱們需不需要派人查個究竟？」也不知過了多久，執墨終於小心翼翼地問了出來。

周二公子畢竟是夫人的嫡親兄長，夫人必不可能會見死不救；而國公爺向來寵愛妻子，能推得了一回，難不成以後的每一回也能推得掉嗎？

從來英雄難過美人關，更何況還是一個對美人情有獨鍾的英雄。

「不必了，與咱們不相干。」魏承霖平靜地回答。

見他堅持，執墨也不再多話。平心而論，他也不希望國公爺再多事。不管當中原因如何，不管多麼的陰差陽錯，四姑娘當年確確實實是死在了周二公子手上，這一點，沒有任何人可以否認。

況且，千里之外的消息傳回京城，也不知在路上要耽擱幾個月，便是想要追查，一來一回間，只怕人還沒有到，對方便已經逃之夭夭，尋無可尋了。

也不知周懋使了什麼手段，竟求得了元佑帝的默許，將流放千里的周卓帶了回京，只可惜大夫來了一批又一批，始終無法讓重傷昏迷的周卓醒過來。

而正是這個時候，元佑帝突然提拔內閣王次輔一系，王次輔勢力大增，隱隱有壓下周首輔之勢，周首輔為此焦頭爛額。更禍不單行的是，宮裡突然爆出周皇后謀害皇家子嗣，致使後宮嬪妃多年無所出，元佑帝龍顏大怒，下旨徹查，竟然真的從周皇后宮中搜出不少陰私之物。

周皇后自然大聲喊冤，可元佑帝根本不願聽她多言，直接奪了她的鳳印，將其軟禁宮中。

一時間，曾經風光無限、門前日日車馬如龍的周府，成了朝臣們唯恐避之不及的對象。朝堂上周首輔舉步維艱，後宮中周皇后叫天不應、叫地不靈，饒是向來不理事的周莞寧，也開始日夜不安。

魏承霖隱隱有種猜測，只是心裡並不確定。

娘家出了事，周莞寧如何心安？趁著這日休沐，魏承霖便帶著她回了周府。

看著病床上面無血色、瘦得如同皮包骨一般的周卓，他的眼神有些複雜。

當年親妹妹魏盈芷倒在血泊中，母親摟著妹妹遺體悲痛欲絕的那一幕，又再度在他腦海中浮現，他深深地吸了口氣，不敢再想。

盈兒之死，成了母親心中一道過不去的坎，對周家、對周卓的恨也漸漸地轉移到她的兒媳婦身上。當年他硬是頂著母親的壓力饒了周卓一命，可如今，他仍是逃不過因果迴圈，生不如死地躺在這裡。

「你老實回答我，卓兒之事是否與你有關？」翁婿二人坐在書房裡，周懋沈著臉，眸光銳利，不放過他臉上的每一分表情，突然開口問。

並非他多疑，著實是能有此本事卻又對次子懷有恨意之人，唯眼前他的女婿。

魏承霖坦然回答。「與我無關。」他問心無愧，自然不懼任何人。

周懋盯著他良久，終於嘆了口氣。「太醫診斷過後，明言卓兒此生醒過來的希望渺茫……」說到此處，他整個人像是瞬間蒼老了幾歲。「或許，這真是報應。當年他意外害了你妹妹一命，如今他便遭受同樣的意外，雖生，猶死。」

當年一事，幾乎造成魏、周兩家決裂，女兒更因此險些被婆母代子休棄，所幸女婿一心維護，可儘管如此，婆媳關係卻也降到冰點，再難挽回。

聽他提及早夭的妹妹，魏承霖默然不語。

周懋也知他的心思，定定神，轉移了話題。「天牢裡那名刺客被關了一年有餘，他的身分可查明了？」

魏承霖搖搖頭。「那人本就是個硬骨頭，嘴巴著實太緊，無論怎麼問都是一言不發。偏陛下又有旨意，不准用刑，確實有些棘手。」

「那人對皇室有著一種莫名的仇恨，或許可以從此處著手，細細查上一查。」周懋想了想，建議道。

「已經著人去查了，只是一時半刻還查不出個所以然來。」

翁婿二人又談了一會兒公事，自然無可避免地提到了周首輔面臨的困境，以及宮中的周皇后遭遇的危機。

魏承霖不動聲色地觀察著周懋，見他神色淡淡，彷彿絲毫也不在意，對心裡那個猜測又確信了幾分。

辭別周懋夫婦回府，見周莞寧眼眶紅紅的，他低低地嘆了口氣，正想說些話勸慰她一番，便聽她懇求地道——

「我想到廟裡替二哥哥求道平安符，可以嗎？」

魏承霖只盼著她能略將心放寬些，如何會不肯？頷首應下後，吩咐車夫調頭轉了方向。

馬車行駛至京郊幽靜的小路上，突然，「嗖」的一陣風聲，一支利箭破空射進了車廂，穩穩地扎進了車壁上，嚇得險些被射中的周莞寧花容失色，便是魏承霖也被嚇出一身冷汗。

「有刺客！」外頭的護衛頓時牢牢地將馬車圍了起來。

魏承霖一手摟著周莞寧安慰了幾句，一手拔下車壁上的利箭，一摸箭頭，臉色便又變了。

這是……軍中將士所用之箭！是什麼人？是什麼人想要對付自己？

「嗖」的一下，又是利箭破空之聲，魏承霖早有了準備，抱著周莞寧一個側身避過，那箭再度扎入車壁。

他在周莞寧的驚呼當中，「呼」的一下跳了下車，厲聲吩咐侍衛保護夫人，目光如炬地環顧四周，打算看看那暗箭到底從何處射來？

「嗖」的又是一聲，從東南方向的樹林裡射出一箭，魏承霖順手抽出旁邊一名侍衛的長劍，一個凌空躍起，扔下一句「保護夫人」，便朝著利箭射出的方向飛身而去。

樹林裡，一道身影聞風而逃。

魏承霖又如何會放過對方？當下運氣，又是一個縱躍，眼看著離那人越來越近，陡然朝著對方刺出一劍。

說時遲那時快，那人忽地一個打滾，險險避開他的劍勢，待他欲再揮劍時，那人卻如同靈敏的兔子一般，東竄西鑽，不過頃刻間，竟然一下子便將他給撇掉了。

魏承霖大怒，如何肯放棄？朝著他的身影急掠而去，誓要將此人拿下，以報今日此番被暗算之仇。

他的身後，是兩名聞聲急步而來幫忙的護衛。

他追出好一段距離，每每感覺快要抓住對方，卻總是在最關鍵的時候讓對方逃掉，如此幾個幾合，那人幾個跳躍，竟是再瞧不見身影。

「國公爺！」前來相助的護衛此時也趕到了他的身邊。

魏承霖寒著臉，有一種被人戲耍了的感覺。

他深深呼吸幾下，憑著記憶還想要去追，突然，一陣慘叫聲從西北方向傳來，他臉色陡然大變，帶著那兩名護衛循聲飛身而去。

「慕容滔?!」當他看清陷阱中那滿身血污之人的臉龐時，整個人如遭雷轟。

陷阱裡，慕容滔的雙腿已經變得扭曲，不過瞬間，鮮血便染紅了他所躺之處。

「滔兒！」

突然，一個玄色身影從他身邊掠過，他只覺眼前一花，再看時，便見慕容珏蹲在了血人般的慕容滔身邊，雙目通紅，面容因為驚懼憤怒而變得有幾分扭曲。

「魏承霖，你欺人太甚！慕容家與魏家自此誓不兩立！」片刻之後，慕容珏在侍衛的幫助下將慕容滔救了上來，眸中帶著滔天的怒火，緊咬著牙關，一字一頓地放下話來。

魏承霖想要解釋，可對方根本不聽他說，帶著慕容滔便急匆匆離開了。

「國公爺……」不放心地追了過來的執墨也瞧見了方才那一幕，憂心忡忡地喚。

魏承霖緊緊抿著唇瓣，片刻後，冷笑道：「我魏承霖問心無愧，也不屑他人如何看待我。慕容滔此人陰險狡詐，更與我有極深的仇恨，他落得這般下場，也是罪有應得！」

「可如今，只怕鎮北侯府要誤會了……」

「無妨，自當年我毀了慕容滔一身武藝後，兩府便已結了仇恨，今日不管我在不在場，這盆髒水還是會潑到我身上來。」魏承霖不以為然。

當年他毀了慕容滔一身武藝，便相當於斷了他的武將生涯，試問一直視他為繼承人的鎮北侯與慕容玨兄弟倆怎會不恨自己？可那又如何？要怪便怪他們生了一個覬覦人妻的不肖子！

當年他沒有取慕容滔狗命，已經是看在鎮北侯與慕容玨的面子上了！

「可是今日此事頗為蹊蹺，這一切，倒像是想讓咱們府與鎮北侯府對上一般。」執墨心裡總是有些放心不下。

魏承霖眸中幽深，也早就想到了這一層。

今日種種，看來是衝著自己而來的了。

到底是什麼人在背後算計自己？他雖不懼鎮北侯府，可也不代表著他樂意成為替別人出頭的槍！

「回去吧，回去再查一查這到底是怎麼回事？」他皺著眉道。

馬車裡的周莞寧焦急地等著他，見他平安歸來，整個人才鬆了口氣。

「發生什麼事了？可知道方才是什麼人？」她關心地問。

「慕容滔斷了雙腿。」魏承霖沈浸在自己的思緒裡，一時沒有留意她的話，突然便道。

周莞寧沒有想到得到的竟是這樣的答案，心中一驚，瞪大眼睛。「慕、慕容滔斷了雙腿？」

魏承霖卻沒有再說什麼，眉頭緊鎖，想著近日發生之事。

他領旨起復；流放千里的周卓「遭受意外」而昏迷不醒、生死未卜；慕容滔斷腿，魏氏與慕容氏正式反目成仇。

這一樁樁，分明是有人背地設計，可為的是什麼呢？難不成僅是為了讓魏氏和慕容氏反目成仇嗎？

當年因為慕容滔擄走阿莞之事，魏氏與慕容氏的關係已降至冰點，如今再來這一遭，總是有些多此一舉。

他苦思冥想，一時之間倒也找不出合理的答案。

只是，不管是他還是慕容玨都沒有想到，在他們離開後，樹林某處的小山洞中走出一個灰衣男子。

男子望著他們離開的身影，再看看陷阱中留下的慕容滔的血跡，嘴角勾出一絲森然的笑。

他說過，遲早有一日必教這些人付出血的代價！

一切正如執墨所擔憂的那般，鎮北侯府慕容氏與英國公府魏氏正式反目。

魏承霖本就深恨慕容滔，連帶著對慕容氏也難有好感，他更不是任人拿捏的軟柿子，因此對慕容氏的步步進逼全毫不手軟地反擊回去，兩府不僅在朝堂上還是軍營中，均是毫不相讓。

天牢某處。

男子木然地坐在地上，一絲陽光透過高高的窗格投進來，映在他那張儘管佈滿灰塵卻也不失清俊的臉龐。

牢裡不時響著進進出出的腳步聲，可他渾然不覺，那木然的表情，彷彿世間上再沒有任何事能讓他動容。

「這個人是怎麼回事，怎的也沒人來提審？」有新來的獄卒不解地問。

「怎沒提審？已經審了快一年了都沒有答案，上頭也不讓用刑，所以就這般光耗著。」

「他犯了什麼事被抓進來？」

「刺殺誠王。」

「刺殺誠王？誠王已經淪為階下囚了，還刺殺他做什麼？一個原本無比風光的親王，如今不見天日，唯一的兒子又死了，他只怕也是生不如死，有何必要刺殺他？」

「誰知道呢？說不定此人與誠王有不共戴天之仇，必要手刃他才能解氣。」

「有道理。對了，方才我在外頭看到英國公，想來他很快又要來審犯了。」

「說起來陛下對這位國公爺也是看重，下了旨意奪情起復。首輔府那位老夫人據聞快要不行了，若有個萬一，也不知這回陛下可會對首輔大人奪情？」

「噓，別亂說話，小心禍從口出！」

兩人說得興起，渾然不覺牢裡那本是木然得不在乎任何事的男子，瞳孔猛地收縮，臉上的血色「唰」一下便褪了下去。

她死了？太夫人她死了？他抖著雙唇，片刻，許久不曾發聲的喉嚨艱難地逸出一句話。「太、太夫人……」沒有了，在這世間上，他最後的一絲溫暖也沒有了……「我、我要見魏承霖！」

「咦？方才是不是他在說話？」守門的獄卒訝然，有些不敢相信地問同伴，畢竟此人自進來後一直不曾說過半句話。

「我要見魏承霖！」雖然艱澀卻也相當清晰的聲音再度響起。

「你要見我？」魏承霖有些意外，沒有料到那個關在牢裡一年有餘，無論什麼人都無法從他口中得到半句話之人，居然主動要求見自己。只是，當他看到對方臉上那毫不掩飾的憤怒時，不禁有幾分怔忡。此人……與自己有過節嗎？

「是，是我要見你，因為我要看看似你這種毫無人倫的畜生，到底何時才能遭受報應！」男子雙目噴火，從牙關裡擠出話來。

魏承霖當即沈下了臉，殺氣頓現。

「如果你見我只是為了一逞口舌，恕我不奉陪了！」知道自己暫且動不得對方，他唯有將滿腹怒氣壓下。

「背人倫而禽獸行，必不得好死！魏承霖，你不忠不孝，對生身之母不聞不問，致其枉死家廟當中，午夜夢迴之時，便不怕你魏氏列祖列宗來尋你問罪嗎？」

魏承霖的臉色驟變。生母之死已經成了他心裡的一根刺，靖安伯的斥罵、楊氏的冷漠、堂兄弟們的疏離，像是毫不留情地往他身上鞭打著，可卻從來沒有一個人如眼前之人一般，當面如此直白地痛斥他。

「如此禽獸之行，縱然是——」

他陡然伸出手去，死死地掐住那人的脖子，痛罵聲戛然而止，那人被他掐得脹紅了臉，可一雙異常明亮的眼眸卻溢滿了倔強與憤怒，毫無半分畏懼與求饒之意，這更加激起了他的怒火，手下的力量也越來越大。

那人呼吸越來越艱難，臉色也越來越難看，眼看著就要命喪當場，恰好走了進來的執墨大驚失色，連忙上前去，奮力將那人救了下來。

「國公爺，萬萬不可！」見魏承霖臉上殺氣未消，他也顧不上死裡逃生、正倒在地上大口大口地喘著氣的那人，忙勸阻道。

道。

「呵，你、你這是被人說中後的惱羞成怒……」那人好不容易緩過氣來，見狀嘲諷地

魏承霖被執墨勸下的怒火再度升起，又聽那人厲聲道——

「你可知她在家廟過的是什麼日子？堂堂國公府太夫人，身邊只得一個信得過之人侍候，不過只是神智暫且迷失，便連你府中一個家奴也敢言語相欺，而這一切，全是拜你這個好兒子所賜！」

魏承霖身子一顫，下意識地反駁。「一派胡言！」

「一派胡言？呵！」那人一聲冷笑，隨即音調一轉，活脫脫一副趾高氣揚的刁奴模樣。

「下個月是夫人壽辰，國公爺吩咐了要大辦，如今府裡人人均是忙得腳不沾地，反正太夫人整日待在屋裡，哪兒也不去，想必也不急，那四季衣裳便暫且晚些再做吧！」一會兒語調再一變，又道：「太夫人想必也吃不下這般多，這幾個菜不如便賞給老奴，也讓老奴那孫兒嚐嚐鮮吧！」

魏承霖縱是再蠢，也聽得出他這些話是在學著下人，瞳孔縮了縮，為著這番話中透出的內情。

那是他的親生母親，縱然將她送往了家廟，她的吃穿用度也仍是國公太夫人的規格，可是如今……

他強迫自己冷靜下來，沈聲問：「你是何人？與先母是何關係？為何會知道這般多

事？」

那人又是一陣冷笑。「我是何人你不必理會。當日我身受重傷，曾隱於你們魏氏家廟當中，對太夫人遭受的一切，自然清清楚楚。」

自七歲那年養父母先後過世，他被生父生前的忠僕帶走後，方知道自己的身世，自此生存的信念便只有一個，那便是報家族血海深仇！

那一日他身受重傷，不得已逃到了魏氏家廟當中，恰好便隱在那位太夫人屋裡，親眼目睹了她的狀況。

他深呼吸一下，眼神銳利。「你們都以為她已經瘋魔了，可她縱然瘋魔，想的、念的也只是你們兄妹！痛的也是親兒不親，女兒早亡！」

他記得有數不清多少回，明明那人還是神智不清的模樣，更是將自己看成了兒子魏承霖，可喚著「霖哥兒」的語氣，憐惜他身上傷口的動作卻是那樣的溫柔，如同世間上每一位對孩兒充滿疼愛的母親。

「她痛恨自己懦弱無能，無法親自教養、照顧親兒，心傷親兒的淡漠疏離，悲痛女兒早夭，再無法盡人母之責。你只會怪她、怨她不理解自己，可卻從來不曾主動嘗試去理解她，在她最悲痛絕望時，更是將她徹底拋棄！魏承霖，死的人不應該是她，而是你！」

魏承霖面容慘白，身體不停地顫抖。

他很想大聲喝止對方，讓對方閉嘴；想告訴對方，他從來沒有想過要將母親拋棄，他只是……只是不知道如何面對她，面對一個根本毫不理解自己，卻又對自己的妻子充滿了仇恨的人。

那人越說越激動，到後面幾乎不顧手腳上的鎖鏈，掙扎著想上前揍魏承霖，還是執墨及時制止住他，吩咐獄卒強行將他帶了下去。

魏承霖也不知道自己是怎樣走出的天牢，怎麼回的國公府。

當他反應過來的時候，他已經走到了父親生前所在的院落裡。

他輕輕推門而入，屋內一桌一椅都佈置得整整齊齊。自父親離世後，此處便再不曾有人住過，只是每隔數日便有下人前來打掃。

時隔多年，他已經快要想不起父親的模樣了，只記得那張溫和慈愛的臉龐，總是帶著笑，望向自己時，連眼睛都像是在笑。

他坐在書案前，回憶父親生前的音容笑貌，漸漸的，眼中一片茫然。

若是父親知道自己這樣對待母親，致使母親淒苦孤單地離世，是不是……

「國公爺。」執墨的聲音在屋裡響了起來。

他定定神，將心裡那種悲涼的感覺壓下，沈聲問：「可查清楚了？」

「查清楚了。太夫人生前，除了身邊的春柳盡心盡力地照顧她外，其他人，初時還能盡著下人的本分，只是時間一久……春柳一個人，總有顧及不上之處。」執墨遲疑著，還是將他所探明之事一一稟來。

魏承霖神情平靜，可眸中卻蘊著一團風暴。

很好，很好……

周莞寧正做著給一雙兒女的小衣時，忽見侍女流霜慌慌張張地跑了進來。

「夫人，不好了！國公爺要將孫嬤嬤等人杖責趕走！」

「什麼？為什麼會這樣？」周莞寧大驚失色，將手上的繡活放下，一把抓住流霜便問。

孫嬤嬤是她的陪嫁嬤嬤，在她很小的時候便已經在身邊侍候了，這些年也虧得有孫嬤嬤在身邊，替她打理府中雜事，她才能一心一意地相夫教子。

孫嬤嬤便是沒有功勞也有苦勞，夫君為何突然對她發難？

「我在外頭也聽不清楚，只知道國公爺突然吩咐人帶走了孫嬤嬤，連同當年在太夫人身邊侍候之人，一律先打三十板子，說是打死不論，不死再作處置！」想到魏承霖下令時臉上的冷酷，流霜不禁打了個寒顫。

周莞寧心中一緊，下意識地攥緊了手。

太夫人身邊侍候之人……難不成此事還與早已過世的婆母有關？還是說，孫嬤嬤她私底下做了什麼？

她正想去尋魏承霖求情，不管怎樣都要想法子把孫嬤嬤保下來！可不承想還未邁出門，外間又響起了一陣雜亂的腳步聲，還伴隨女子的求饒。

「你們做什麼?!」她再也忍不住地衝了出去，見不知何時來了一批侍衛，正強行將她院裡數名侍女拖走！

「回夫人，屬下奉國公爺之命，將這等吃裡扒外的東西帶下去！」為首的侍衛板著一張臉，朝她躬躬身，回道。

「什麼叫吃裡扒外？什麼裡、什麼外?!」

「屬下不知。夫人若想知道，不如親自去問國公爺，只是這會兒國公爺正忙，怕是一時半刻無暇理會夫人。」

周莞寧還想說什麼，可那人朝她躬身行禮，手一揚，身後的侍衛便已經押著那數名侍女離開了。

周莞寧眼睜睜地看著他們越走越遠，心中突然生出一股恐慌。

到底發生了什麼事？夫君為何未經自己的同意便要處置她身邊之人？

她身邊這些人全是出嫁前父母精心替她挑選的，這些年來一直忠心耿耿，絲毫不用她擔心。如今一朝被帶走，她便是再蠢，也知道她們是一去無回了。

英國公府內宅此番大清洗，讓府裡眾人大惑不解，卻也無人敢說半句話。

連夫人身邊的孫嬤嬤也逃不掉，可見國公爺此回甚是震怒，雖不知她們犯了什麼事才惹來這般下場，但誰也不敢去觸這個霉頭，不見國公爺連一向最寵愛的夫人都不肯見了嗎？

這日，魏承霖剛下衙，正準備回府，周懋遣人來請，才進了他的書房，便聽周懋不滿地問。

「你這是什麼意思？將阿莞身邊得力之人全部遣走，這豈不是折了她的臂膀嗎？」

「那些人目無主子，處置了也是她們應得的。」他面無表情地回答。

「什麼叫應得的？旁人倒也罷了，只那孫嬤嬤——」

「岳父大人！」魏承霖打斷了他未盡之言。「岳父大人，此乃小婿家事，不勞岳父操心。難不成娶了你周家女兒，我國公府也要一併姓了周不成？」

「你！」周懋臉色大變，不敢相信他竟然說出這樣的話，登時大怒。「你這話是什麼意思?!」

「自是明面上的意思。國公府不養吃裡扒外之人，她們既念念不忘舊主，我自成全她們！岳父大人不必擔心她們的去向，如今她們正在阿莞的陪嫁莊子裡，岳父若是仍放心不過，自去將她們帶回來便是！」魏承霖迎著他的怒火道。

「你——」

「好了好了，有什麼話好好說不成嗎，做什麼這般臉紅脖子粗的。」溫氏連忙進來，將盛怒中的夫君勸下，又柔聲對魏承霖道：「這會兒天色不早，阿莞想必在等著你回去呢，我也不留你了，路上當心些。」

魏承霖薄唇抿了抿，到底沒有再說什麼話，拱拱手、行了禮便離開了。

「妳說他這是何意？氣煞我也！」周懋仍是氣憤難消。

溫氏皺著眉，嘆息著道：「只怕女婿心裡存了不滿，不滿孫嬤嬤不時將府裡之事告訴咱們。」

周懋冷笑。「誰有那個閒工夫理會他們府裡之事？我也只是放心不下女兒罷了！」

魏承霖並沒有立即回府，而是遣開隨從，獨自一人騎著馬出了城門，一路往京郊而去。那邊的方向，有魏氏的家廟，他的生身之母，便是亡於那處。

「畜生，放手！」

「賤人！若不是妳，我又怎會落到如今這般下場？」

「放開！你放開我！」

策馬到了山腳下，忽見前方一對男女正爭執拉扯著，男子死死抓住女子的手，像是要將她拖走。女子掙扎不休，陡然低下頭去，用力往男子手上一咬。

男子一個吃痛，手一揚，狠狠地甩了女子一巴掌，直將女子打倒在地。接著他還不解氣，朝前一步，一手揪著女子的領口，一手又要往女子身上打去。

說時遲那時快，魏承霖腳步一閃，大掌一抓，穩穩地抓住了對方的手腕，教對方再也動彈不得。

男子大怒，正欲反擊，可在認出他時臉色驀地一變。「魏承霖?!」

「你認得我？」魏承霖皺眉。他可不記得自己認識這種光天化日之下動手打弱女子之人。

「滿京城的權貴，哪個他不認識？」方才被打倒在地的女子爬了起來，冷冷地道。

「算、算妳運道！」那男子虛張聲勢地扔下話，卻不敢對上魏承霖的臉，急急忙忙便跑掉了。

魏承霖也無心去追，目光落在女子身上，見她半邊臉已經被打得腫了起來，只是神情卻是相當的冷漠。也不知是不是他的錯覺，他竟然從對方眼中看到了一絲厭惡。

「夫人！夫人您怎麼了？是不是那畜生又打您？」突然，從另一邊跑出一個做侍女打扮的女子，逕自跑到受傷的女子跟前，看到她臉上的傷，又是心痛、又是憤怒。

「走吧。」女子並沒有回答她的話，只淡淡地道。

侍女擦了一把眼淚，不經意地看見不發一言的魏承霖，神情像是有幾分愕然，只是也沒有說什麼，追著女子而去。

遠遠的，魏承霖聽到她低聲問——

「……夫人，那位不是老爺生前極力誇讚過的英國公嗎？」

「一個不忠不孝之人，有什麼好說的！」

女子帶著厭惡的聲音，縱是隔得老遠，魏承霖也能聽得出來。

那對主僕越走越遠，最終徹底消失在他的視線裡。

他皺著濃眉，良久，終於想起對方是何人。

若她真的是黃將軍之女，那方才那名男子便是早前欲停妻再娶，卻被元配髮妻當街痛斥、強行「休夫」，鬧得滿城風雨，最終被朝廷罷官革去功名，竹籃打水一場空的那一位了。

那位引來朝野上下議論紛紛的「元配髮妻」不是哪一個，正是早已過世多年的黃將軍唯一的女兒，閨名清姝的女子。

卿本佳人，奈何所嫁非人。

若是黃將軍泉下有知，得知他替女兒千挑萬選訂下的夫婿人選，到頭來卻毀了他女兒的一生，只怕縱是死了也難安！

「早前被元配夫人當眾休夫那一位，想個法子，莫讓他再去擾了那位夫人的清靜。」回到府裡，魏承霖低聲吩咐著執墨。

執墨想了好一會兒才明白「那一位」及「那位夫人」分別指的是什麼人。雖然奇怪主子怎會突然關心此事，但也沒有多問，應聲領命而去。

魏承霖坐在案前，合著雙眸靠著椅背，腦海裡不停地閃著一張張或是痛罵、或是冷漠的臉龐，有他的親人，有他認識的，也有他不認識的。

不忠不孝……他抬起手背摀著眼眸，掩去眼中不知什麼時候滲出的水光。

這些年來，他經歷過數不清多少回的暗算，好幾度出生入死，他從來不曾畏懼過分毫，可如今聽著那一聲聲指責，看著那一張張冷漠的臉龐，他只覺得心都是顫著的。

「……夫君。」

耳邊忽地響起那熟悉的嬌柔嗓音，他「嗯」了一聲，平復思緒，眸光投向臉帶遲疑的周莞寧。

周莞寧沒有錯過他眼眶的微紅，心口一緊，本是想要問的話怎麼也說不出來了。

「有事嗎？」魏承霖見她久久不作聲，啞聲問。

「沒、沒什麼要緊事，就是、就是宏哥兒鬧著要找爹爹。」

宏哥兒是他的次子。五年前周莞寧懷著他的時候被慕容滔擄了去，因此這個孩子自出生起，身子較之其兄姊要弱上許多，魏承霖自然也就偏疼些。

他垂下眼簾，好片刻才緩緩地道：「有什麼事找奶嬤嬤便是，我近來比較忙，若無其他要緊事——」

「那我先回去了，你也要注意保重身子，莫要忙得太久。」周莞寧打斷他的話，勉強扯了個笑容，也不敢再等他的話，轉身便走了出去。

轉過身的那一瞬間，她的眼淚終於無聲地滑落。

真的變了，自從婆母死後，一切都變了。

婆母生前沒能撼動得了他們夫妻半分，可死後卻像是在她與夫君之間劃出了一道巨大的裂縫，無論她怎樣想方設法去修補都無濟於事……

「陳嬤嬤是妳爹爹當年提拔上來的，這些年一直替娘打理著鋪子，她的精明能幹不下於孫嬤嬤，有她在妳身邊幫襯著，妳也能輕鬆些。」溫氏輕撫著女兒的長髮，憐惜地看著她明顯消瘦不少的臉龐，柔聲道。

周莞寧陡然從她懷中抬頭。「不，我不要！娘，您把陳嬤嬤帶回去，我自己府裡之事，我自己來管便是。」上一回因為孫嬤嬤之事，夫君已經相當不高興了，如果再來一個陳嬤嬤，到時還不定會惹來什麼呢！

「妳聽娘說，陳嬤嬤只是在妳身邊提點妳，絕對不會干涉府裡之事，並不會……」

「不要！娘，您若是真的為了我好，便把陳嬤嬤帶回去，日後再不必提。」周莞寧將頭搖得如同撥浪鼓一般。

「可妳自來便對這些雜……」溫氏還想再勸，可周莞寧神情堅決，斷言拒絕。見勸她不下，溫氏長長地嘆了口氣。「也罷，既然妳堅持，娘也不做那討人嫌的，陳嬤嬤我帶回去便是。」

「娘，我已經不再是當年那個，只會躲在爹娘身後懵懂不知的小姑娘了，我已經嫁人生子，該承擔起為人妻、為人母之責，國公府是我與夫君的家，他不願意……便罷了。」周莞寧澀然道。

上一回的白事，夫君請來了三房的嬸娘出面，即使替她想了萬全的藉口掩蓋，可京裡已經偷偷地流傳著關於英國公夫人不善理家的話來。

再接著，孫嬤嬤等得力之人被攆走，她身邊無人，府裡諸事便像是一抹黑，可她還是咬著牙關慢慢開始學著掌事，縱然磕磕碰碰，到底也是心安。

此時的書房內，執墨回稟。「事情都已經辦妥了，那人再不會打擾黃氏清靜。只是，昨日黃氏便帶著她的侍女離開了住處，沒有人知道她們去了何處，看樣子，應該不會再回來了。」

魏承霖「嗯」了聲，並沒有再追問。

翌日，朝堂之上爆出一件大事，承恩公後人、忠義侯唯一的嫡子已經尋到了！

元佑帝走出金殿，在太子的陪伴下，親自前往天牢，接出了被關在天牢裡的忠義侯嫡子。

自去年元佑帝突然降旨，追封元配妻子瑞王妃趙氏為皇后，其父為承恩公，其兄為忠義侯之後，當年趙全忠冤案即大白於天下。

「天牢裡那一位便是忠義侯趙氏一族的後人？可確定？」魏承霖吃了一驚。只是話剛出口，他便知道自己此話白問了。陛下既然親迎趙氏後人，便已經說明他的身分再無可疑。

「原來是他，沒有想到我奉旨尋了多年的蘊福竟然是他……」他喃喃地道。

「陛下不顧朝臣的勸阻，剛剛下了處死誠王的旨意，並著新任忠義侯趙蘊福監斬，告慰當年岳平山下三百四十條冤魂。」執墨又低聲稟道。

魏承霖心中如同驚濤駭浪一般，良久，方才漸漸平靜下來，聞言也只是勾了勾嘴角。

「哪是僅為告慰冤魂，分明是給忠義侯手刃仇人、為父報仇的機會。難怪，難怪他對皇室充滿了怨恨，原來他竟是趙皇后的姪兒，趙家後人。」

當年的瑞王妃從先帝手上死裡逃生，不承想數年之後卻被誠王的人發現了行蹤，最終死於誠王之手。當今陛下痛失髮妻，卻也不能表露半分，只能隱忍不發。

而他的父親，也是在瑞王妃死後不久便出了意外。

再接著便是喬六叔徹查後發現，父親之死並非意外，而是誠王世子所為。

當年，喬六叔帶著年僅十五歲的他追擊竄逃的誠王世子，將其五馬分屍，親自送到了被囚禁的誠王跟前，也是那個時候，他才知道，他的父親並非世人以為的無能「紈袴」，父親一直暗中替陛下辦事，當年也是父親將瑞王妃從先帝手上救了下來。

「國公爺，陛下、陛下傳您立即進宮！」突然，有下人慌慌張張地進來稟報。

魏承霖不敢耽擱，急急換上朝服，匆匆忙忙地出了門。

剛好前來尋他的周莞寧，只能遠遠地看著他的背影。

「爹爹已經許久不曾陪咱們用膳了！」她身邊的女兒不滿地嘟著嘴。

「爹爹太忙，一時抽不出空來，待他忙完，便能陪嫻姊兒用膳了。」她勉強收拾心情，強笑著安慰女兒。

小姑娘還是有點不高興，只是到底也沒有再說什麼。

魏承霖急匆匆地進了宮，待進了殿卻發現裡面站著一個讓他極為驚喜的人。「喬六叔?!」

他想要上前去，可邁出的腳步，卻在看到喬六公子那副陰沈的表情時縮了回去。

「我與你父親自幼相識，雖非親兄弟，卻勝於親兄弟。當年他驟然離世，等同於折我手足，為了替他報仇，我不惜抗旨不遵，執意斬殺了誠王世子。」少頃，喬六公子低啞的聲音便在殿內響了起來。

魏承霖雙唇抖了抖，定定地望著他，看著他痛苦地合上雙眸。

當年斬殺誠王世子，毀了元佑帝藉此肅清朝堂的精心佈置，為此，喬六公子被遠遠發配外地，雖然仍在替元佑帝辦事，只到底不同以往。今日，也是魏承霖多年之後再度見他。

「可是，直到今日我方知，原來凶手另有其人，誠王世子不過是忠人之事！」喬六公子陡然睜開眼睛，裡面滔天的憤怒傾瀉而出。

「什麼?!是誰?到底是誰害了父親?」魏承霖臉色大變,再也顧不得其他,一把上前去抓住他的手,咬牙切齒地問。

「是誰?那人便是你那好妻子的親姑母!宮裡頭尊貴無比的皇后娘娘!」喬六公子面目猙獰,凶狠地瞪著他。

魏承霖身子一晃,不敢相信地連連退後幾步。

周首輔意欲淩駕皇權之上,早已經引得陛下不滿,只是他為官多年,不管怎樣也算是曾有功於朝廷,魏承霖也看得出,陛下雖然想要打壓他,但也記著他多年扶持的功勞,並不願趕盡殺絕。

至於宮裡的周皇后,雖然不怎麼得寵,可身為皇后應該有的體面,陛下也依然替她維持著。

至於他的岳父周懋,自很多年前始,便已經是陛下之人。

假若他的生父確是死於周皇后之手,周皇后出自周府,縱然岳父一房與嫡支並不算親近,可一筆寫不出兩個周字,又豈會全然無辜!

「這、這怎麼可能、怎麼可能……」魏承霖不可置信地睜大了眼睛。

喬六叔還說了些什麼,他也沒有聽清楚,只覺得腦子一片空白,直到元佑帝的身影出現在寶座上,這才頹然跪倒在地。

元佑帝沒有看他,而是將目光投向不知什麼時候走了進來、正白著臉站在門口處的周懋身上。

「朕此生，得周、喬、魏三位卿家忠心相隨，不離不棄，幾度以死相護，是朕之幸！雋航與朕，既為摯友，又為表兄弟，他自年幼便對朕處處維護，替朕擋去不少算計。朕此生無愧先祖，無愧於百姓，唯負二人，一是朕的元配髮妻，二便是雋航。若今日雋航仍舊活著，魏、周兩府姻親斷絕也好，維繫也罷，朕絕不會干涉，哪怕分毫，周首輔與周氏之過錯，朕亦可網開一面。可是，雋航他死了！」說到此處，元佑帝的喉嚨有些哽咽。

那個替他揹了無數黑鍋，卻始終笑臉迎人之人死了，死在了本應大展拳腳的年紀！

所以，一切無可挽回。

「傳朕旨意，周氏謀害皇嗣，聯同逆賊殺害忠臣，德行敗壞，不堪為后，著廢去皇后之位，打入冷宮，賜三尺白綾！」最後，他緩緩地望向魏承霖，一字一頓地說出了最後的判決。「賜，英國公魏承霖與其妻周氏義絕！」

正震驚於生父死亡真相的魏承霖驟然抬眸，俊臉慘白，身體搖搖欲墜。義絕……呵呵，竟是義絕！

「陛下！求陛下開恩！臣願承擔一切罪責，求陛下收回旨意！小女何辜！稚子何辜！」周懋再也忍不住伏倒在地，哀聲懇求。

「周大人，喬六痛失一生摯友，我何辜？故大長公主殿下老而失子，她何辜？你眼前的佳婿承霖少而失父，獨力支撐風雨飄搖的門庭，他又何辜？」本是沈默站於一旁的喬六公子憤而發聲，眼神凌厲。

「臣願……」

「事已至此，你縱是做得再多，又能彌補什麼！」

魏承霖彷彿沒有聽到周懋與喬六公子的爭執，神情木然。良久，朝著始終望著他，似乎在等著他反應的元佑帝伏倒。「臣，領旨謝恩！」

「魏承霖！你……」周懋作夢也沒有想到，他居然就這般領了旨意！

魏承霖迎著他充滿殺氣的眼神，朝著他躬身一拜。「阿莞自此以後便拜託岳……周大人了。」一滴淚從他眼中滑落，砸落在金磚上，激起小小的淚花，不過瞬間便歸於平靜……

這一年，朝廷發生了幾件大事。

其一，皇后周氏被廢，隨後被元佑帝賜死；其二，元佑帝下旨，賜英國公魏承霖與其妻周氏義絕，魏、周兩府姻親關係正式斷絕；其三，周首輔被罷官，周氏一族遣返原籍，男子十年之內不得入仕。

朝野上下一片譁然。

尤其英國公與夫人義絕一事，更引得京城百姓議論紛紛。

誰人不知英國公與夫人情深意重，英國公夫人早就已經成了京城夫人、小姐們羨慕嫉妒的對象，更何況這位夫人還與國公爺育有兩兒一女，如今聖旨一下，夫妻緣斷，怎不教人唏噓？

而下旨拆散一對恩愛夫婦，也是有一代明君之稱的元佑帝屈指可數、為人詬病之處，在後世不少民間野史，及以描繪世間夫妻情義的章回小說當中，元佑帝便化身為棒打鴛鴦的反面人物。當然，這也是百年後之事了。

此時的魏承霖木然地看著抱頭痛哭的妻兒。接連數番打擊，他的心已經完全麻木，縱是對著周莞寧往日那讓他心疼不已的眼淚，也再生不出半點感覺。

他的父親死了，死在了他妻子的親姑姑手上；他的母親死了，死在了他的漠視與遺棄當中；他唯一的妹妹也死了，死在了他愛若至寶的妻子的兄長手中。

「夫君……」周莞寧死死地抓住他的手，直哭得梨花帶雨。她的身後，長女嫻姊兒緊緊抱著哇哇大哭的次子宏哥兒，長子銘哥兒則是紅著眼眶，用力推開想要上前抱他的侍女。

偌大的屋子裡，充滿了此起彼伏的哭聲。

「夠了！阿莞，他既不要妳，妳還死賴在此處做什麼？跟大哥回去！」周昶寒著臉走了進來，一見滿屋子的混亂，沈聲喝道。

「大哥！你去求求陛下，求他收回成命！我這輩子，生是魏家的人，死是魏家的鬼，我不要義絕……」周莞寧如同抓住了救命稻草，撲過去抓著他哭著哀求。

「聖旨已下，一切早已沒有回轉的餘地。若是當日他肯向陛下說幾句軟話、求一下情，何至於到今日妻離子散的地步？阿莞，妳便當自己瞎了眼，錯許了終生吧！」周昶強壓著心裡的怒火與滿懷的心酸，勉強勸道。

「不要，我不要！憑什麼？是姑母害死了人，是祖父犯了錯，憑什麼他們的錯卻要讓我來承擔後果？」周莞寧尖聲叫著推開他。

「就憑姑母害死的是他的親生父親！就憑姑母身上流著周氏一族的血！」周昶痛苦地合著眼眸。

周莞寧俏臉煞白，滿目淚水，搗著嘴不敢相信地直搖頭，而後，一步一步往後退，最終徹底癱軟在地，臉上盡是絕望。

殺父之仇，不共戴天……

魏承霖終於轉過臉來，望著地上掩面痛哭的妻子，再看看哭著想要從各自嬤嬤懷裡掙脫開來的兒女，一直到他們被抱了出去，這才起身上前，親自將周莞寧扶了起來。

周莞寧就勢哭倒在他懷中，任由淚水肆意橫流。

「阿莞，跟妳大哥回去吧。這一生，是我錯了，我對不住之人著實太多，理應落得如此下場……」良久，他啞聲道。

周昶粗暴地將妹妹從他懷中扯出，咬著牙道：「你放心，我這便帶她走，從今往後與你魏氏再無瓜葛！」說完，根本不顧周莞寧的哭叫掙扎，強行將她帶了出去。

混亂的屋內，頓時歸於平靜。

魏承霖跌坐在長椅上，片刻後，搗著臉龐，掩去眼中濕意。

一連數日，魏承霖都將自己關在屋子裡，任由過往的種種記憶侵襲他的腦海。

那些記憶中，有父親溫和的笑意、母親帶著討好的接近、妹妹畏懼卻又倔強的神情，甚至還有表妹沈慧然愛慕的眼神。

而後，所有的一切定格在那陰森寂靜的靈堂之上。

「你果然是個無情無義之人！」

男子冷漠的聲音突然在屋內響了起來，魏承霖抬頭一望，滿目盡是不可置信。

「沈、沈峰?!」

來人不是哪個，正是已經失蹤數年的表兄沈峰！

自當年表妹沈慧然懸梁自盡後，其嫡親兄長沈峰便下落不明，音訊全無。所有人都以為或許他已經在外頭遭遇了不測，沒有想到，今日他居然出現在國公府內。

沈峰沒有理他，緩步而入。「當日你為了她，不顧親妹的枉死，也不念慧兒多年的情分，到後來更將生身之母遣送家廟，不聞不問，如今，又為了你所謂的愧疚而放棄她。魏承霖，你此等假仁假義的嘴臉，當真令人不齒！」

自生母死後，魏承霖已經不記得自己遭受了多少回痛罵，故而對沈峰的斥責，他只是顫了顫雙唇，並沒有多說什麼。

「不過，你放心，當年欺辱過慧兒、殺害了盈兒之人，我一個也不會放過！我要讓他們血債血償，親自嘗一嘗生不如死的滋味！」沈峰湊到他的跟前，表情陰冷，一字一頓地道。

「你、你做了什麼？」魏承霖心中一突，頓生不好的預感。

「當年你不是說過嗎？那只是一場意外，周卓不過是失手才會致使盈兒殞命。你是不是想說，那不過是盈兒命不好，這才遭來此等殺身之禍？今日，我便以其人之道，還治其人之身，也看一看他們姓周的運道。若是這一回他們逃過一劫，那便是上天眷顧，我也無話可說；若是他們逃不過，那也只能算他們命不好，該死！」沈峰一聲冷笑，眼神陰鷙。

「你到底做了什麼?!」魏承霖一把抓住他的領口，顫聲問。

「試一試他們的運氣啊！」沈峰一臉無辜。他抬頭望了望天色，見天邊不知何時掛起了雨後虹彩，美不勝收。他不緊不慢地開口，道：「不過這個時辰，大抵已經有了結果。今日周府滿門啟程返鄉，途經雁明山，可雁明山上有幾塊石頭有些鬆動，又遭逢連日暴雨，說不定……」

他話音未落，魏承霖「呼」的一下便起身，飛也似的跑了出去。

他嘴角勾著一絲冷笑，並不阻止，好整以暇地出了門，接過隨從遞過來的韁繩，翻身上馬，跟著早已策馬狂奔的魏承霖而去。

魏承霖心急如焚，一下又一下用力抽打著駿馬，只盼著牠能跑得再快些，阻止慘劇的發生。

他也不知跑了多久，直到山腳下那四處散落的馬車殘骸、裝著行李等物的箱子，甚至還包括幾攤鮮血出現在他眼前時，他的臉色終於大變。

突然，一陣哭聲從不遠處隱隱傳來，他當即回神，朝著哭聲響起之處飛奔而去。

小溪旁，數名形容狼狽的男女跪在地上，被他們圍在當中的，是一名神情絕望的中年男子，男子懷中，抱著一名滿身血污的女子。

他的瞳孔陡然收縮，認出那絕望的男子正是周懋，而被他抱在懷中的恰恰便是周夫人溫氏。

「娘——」

下一刻，熟悉的悲慟哭喊響起，他望過去，見周莞寧伏在已然氣絕的溫氏身上，泣不成聲。

「看來這周懋一家子的運氣還算是不錯，居然只是死了一個人，連那個半死的周卓也沒事。」

沈峰惋惜的聲音在他身後響著，他倏地回身，狠狠地盯著他。「沈峰，你此舉與濫殺無辜又有何區別！」說完，再不看他，抬腿朝著那一家人走去。

沈峰冷笑。「事到如今還幫著這周家人，看來真是死性不改！」

「你錯了，他要幫的並非全然是周家，而是你。」

男子淡淡的聲音傳入沈峰耳中，他回身一望。

「侯爺！」

蘊福並沒有看他，目光直視遠處哭聲不絕的周懋一家，嗓音平靜。「周懋追隨陛下多年，縱是沒有功勞也有苦勞，陛下絕對不會希望看到他死於非命，他若有個什麼不測，陛下也絕對不會袖手旁觀。到時陛下追查下來，沈峰，你以為自己能有幾條命？屆時不只是你，只怕便是你身後的夏將軍，也會受你連累。周卓重傷昏迷，慕容滔斷腿成為廢人，如今又加上周夫人一條命，沈峰，你已經做得夠多了，枉死之人於九泉之下，也會希望你就此罷手。你的至親還在等著你的歸來，回去吧！靖安伯年已老邁，只怕等不了幾年了，子欲養而親不在，那等絕望，縱是用盡餘生也難以釋懷，不要讓自己後悔。」

沈峰嘴唇翕動，不知不覺間，也想到了前段日子偷偷看望過的老父，背影佝僂，兩鬢斑白，那蒼老的模樣，已經不再是他記憶中的那人。

懷中的身體漸漸變得冰冷，周懋緩緩地低下頭去，臉貼著那張佈滿血污的細緻臉龐，耳邊響著兒女的哭聲，可他恍若未聞，眼神空洞，整個人像是失去了靈魂。

「岳父大人……」魏承霖心中不忍，啞聲喚。

周懋終於抬頭，定定地望向他，良久，喃喃地道：「報應啊……」

說完，他掙扎著起身，也不用人扶，更不理會周昶與周莞寧兄妹的呼喚，踉踉蹌蹌地抱著妻子的遺體，越行越遠……

「爹爹！娘——」

悲慟的哭叫聲響徹半空，久久不散。

前戶部尚書周懋一家回鄉途中遭受意外，周大夫人死於非命一事，除了有心人，並沒有什麼人關注。

京城中來來往往那般多貴人，新鮮事兒一撥又一撥，雁過無痕，誰還能記得誰……

戎狄王族暗中聯合舊部，意欲聯合東冥取道北疆攻入中原的消息傳回時，剛平定不過數年的北疆烽煙將起。

為著由何人領兵平亂，朝堂上展開了激烈的爭論，圍繞的人選有仨，分別是英國公、鎮北侯與夏將軍。

而這其中，又以英國公與鎮北侯的呼聲最高。

魏承霖並沒有理會朝臣對自己的舉薦。

因周大夫人在離京城不遠之處意外身死，周懋一房人自然暫且走不掉，不得已回京，低調地料理了溫氏的後事。

日前，他將長子與長女送到了周莞寧身邊，盼著兩個孩子能稍稍告慰她的喪母之痛。

他耐心地哄著幼子入睡，看著他眼睫上掛著的淚珠，心中酸澀難忍。

他輕撫著小傢伙幼嫩的臉龐，眸中不知不覺便含了淚。

著他領兵出征的旨意到來後，他沈默良久，終於起身，吩咐奶嬤嬤好生照顧沈睡中的次子，而後回到書房取了某個錦盒，孤身一人到了十八胡同。

魏承釗有些意外魏承霖會來尋自己，只是見他滿臉憔悴，整個人瘦削得不成形，不禁想到近日發生在他身上的種種，暗地嘆了口氣，引著他進了屋。

「陛下下旨著我領兵出征。」魏承霖平靜地道。

「在這個時候出征？」魏承釗皺眉。

「我此去，不知歸期，只是放心不下嫻姊兒姊弟三個。過往種種為兄多有不是，在此便向二弟賠個禮，還請二弟看在稚子無辜的分上，好歹代我照顧他們。」說完，他起身，深深地向著魏承釗行了大禮。

魏承釗慌得連忙起身避過。「大哥，你不必如此，我應下便是！」

「多謝。」魏承霖低低地道了謝。

再多的怨恨、再多的不甘，在看著曾經最為欽佩的兄長這般慘況後，魏承釗已是說不出半句指責之話來。

「這裡面，裝著當年四弟的產業，如今，煩請二弟代我轉還給他，物歸原主。」他取出那個偌大的錦盒，輕輕地推到魏承釗跟前。

當年魏承騏以自己所有的一切為代價，換取了生母方氏的性命與自由，這個錦盒裝著的，便是魏承騏交換之物。

這些年來他從來不曾動過，也是不知該如何處置。

他雖然痛恨方氏手段陰狠，意欲陷害身懷六甲的妻子，可對方氏的親兒魏承騏卻是厭惡不起來，更加談不上恨。

事至如今，他也不願去想為何曾經和睦的堂兄弟，近些年來漸漸變得疏離，只知道在他走投無路之時，頭一個能拜託的，便是他的這個堂弟。

託付完後，魏承霖轉身離開，方才邁出門檻，魏承釗便叫住了他。

「大哥！」

他止住腳步，並沒有回頭，只聽到魏承釗低低的話聲響起——

「大哥，務必珍重！別忘了你還有三個孩兒，他們已經沒了母親，再不能失去父親的照拂！」

魏承霖微不可見地點了點頭，一句話也沒有再說，大步離開。

出發之日，喬六公子背手立於城牆之上，看著大軍漸漸遠去，良久，低低地嘆了口氣。

「人都已經走了，你在此嘆氣又有何益？不過幾年不見，不承想當年的喬六爺竟也變得婆婆媽媽起來。」坐在木輪椅上的女子似笑非笑地道。

喬六公子縱有滿腹心事，一時之間也不知該從何說起，乾脆便拋開，勉強揚起笑容道：

「許大當家教訓得是。」

許素敏冷哼一聲，沒有再理他。

城外十里長亭處，周莞寧一手拉著兒子，一手拉著女兒，怔怔地望著已經看不見的大軍，眸中淚光閃閃。

「娘……」懂事的嫻姊兒輕輕搖了搖她的手。

她壓下心酸，摸摸女兒的髮頂，又看看兒子緊繃著的小臉，深吸口氣。「咱們回去吧！」

這一生，對也好，錯也罷，已經沒有回頭路可走了。

北疆的戰事並不算特別艱難，至少對已經和戎狄人對戰過的魏承霖來說如此。況且，戎狄王族與東冥人彼此猜忌，合作根基不穩，只略施小計挑撥離間，自然便能各個攻破了。

短短不到一年的時間，魏承霖親率大軍，生擒了戎狄王族餘孽，逼近東冥領土，逼得東冥國主奉上世代交好的國書。

戰事平息，眼看著便要凱旋，魏承霖臉上卻不見喜色。

牽著馬匹，遠遠遣開隨從，他一人一馬走在清幽的小路上。

這片土地，他已經是第二回踏上來了。上一回，京中有他的祖母、他的母親、他的妹妹在盼著自己歸來，可這一回呢？

心中沒來由的一股沈重。

如今，除了三個孩子，他已是一無所有。或許此番歸去後，他便辭去身上所有的差事吧，從此一心一意教導孩兒，將他們教養成長為真真正正頂天立地的男兒，一如他們的祖父。

他長長地吁了口氣，正欲翻身上馬，忽聽身後傳來一聲暴喝——

「魏承霖！」

他下意識回身，忽覺一道寒光，還來不及反應，心口一陣劇痛，一支利箭已穩穩地插入他心臟位置。

「慕容……」胸口處鮮血噴灑而出，墜落河中時，他只看到有一支利箭從另一個方向射出，重重地射向了輪椅上仰天長笑的慕容滔胸口，那笑聲戛然而止。

「魏承霖！表弟——」沈峰扔掉長弓，瘋了一般策馬奔去。他想要伸手去拉他，可手指只來得及觸及他的指尖，就這麼眼睜睜地看著他墜落洶湧的河水當中，不過頃刻間便不見了蹤跡。

魏承霖只覺得身體一起一伏，神智時而清醒、時而昏迷，待他終於緩緩睜開眼睛時，便見一個纖細的身影朝自己走來。

片刻後，來人蹲在他身前，像是在查看他身上的傷口。他努力凝聚視線，終於認清對方的容貌。

「夫人……」

黃清姝沒有想到他還認得自己，沈默少頃後，平靜地道：「對不住，我救不了你。」一箭穿胸，又在河中泡了這般久，縱是大羅神仙也救不了。

「不要緊，我知道自己快要死了……」魏承霖喃喃地說著，唇邊居然還帶著淺淺的笑意。

黃清姝的眼皮顫了顫，早已如同一潭死水的心突然生出一股波動，她輕聲問：「你有什麼未了心願？我會盡力替你完成。」

「未了心願……」魏承霖的意識漸漸渙散，夢囈般道。

恍恍惚惚中，他的眼前像是出現了一個畫面——

頭髮斑白的父親一手輕握著神情柔和的母親，兩人的臉上同樣帶著慈愛的笑容。他們的身邊，圍繞著一個又一個活潑的孩童，或是叫著「祖父、祖母」，或是喚著「外祖父、外祖母」。

百花叢中，一對璧人相攜而來，瞬間，「爹爹、娘親」的歡叫聲此起彼伏。女子彎下身子抱起小女兒，與身邊同樣抱起兒子的夫君相視而笑。

畫面停住，男的是他，女的，赫然便是黃清姝。

「真好啊……」魏承霖低喃著，嘴角笑意更深，片刻之後，雙手終於無力地垂落下去……

英國公魏承霖，卒於大軍得勝回朝途中。

威名赫赫的武將世家英國公府，再度轉向衰落。

與此同時，元佑帝突然朝鎮北侯府發難，奪去慕容氏一族好不容易得來的爵位。

繼英國公府後，曾經的鎮北侯府，如今的慕容將軍府，同樣迅速走向衰落。

蘊福將裝著魏承霖骨灰的罈子，親手交給了魏承霖與周莞寧的長子銘哥兒，九歲孩童眼中的淚水在打著轉，偏偏倔強地不肯掉下來。

蘊福拍拍他的肩膀，抬頭望望湛藍的天空，心中一片茫然。

生生死死，來來去去。恩恩怨怨，全然化作一縷清風，真真是赤條條而來，赤條條而去。

數月之後，忠義侯趙蘊福皈依佛門，成為靈雲寺惠明大師的關門弟子……

——全篇完

風 文創 696

# 誰說世子紈袴啊 4 完

國家圖書館出版品預行編目資料

誰說世子紈袴啊 / 暮月著. --
初版. -- 臺北市 : 狗屋, 2018.11-
冊 ; 公分. --（文創風）
ISBN 978-986-328-937-1（第4冊：平裝）. --

857.7　　107016162

| | |
|---|---|
| 著作者 | 暮月 |
| 編輯 | 黃淑珍 |
| 校對 | 黃亭蓁　簡郁珊 |
| 發行所 | 狗屋出版社有限公司 |
| 地址 | 台北市104中山區龍江路71巷15號1樓 |
| 電話 | 02-2776-5889～0 |
| 發行字號 | 局版台業字845號 |
| 法律顧問 | 蕭雄淋律師 |
| 總經銷 | 知遠文化事業有限公司 |
| 電話 | 02-2664-8800 |
| 初版 | 2018年12月 |
| 國際書碼 | ISBN-13　978-986-328-937-1 |

本著作物由北京晉江原創網絡科技有限公司授權出版

定價250元

狗屋劃撥帳號：19001626

網址：love.doghouse.com.tw　E-mail：love@doghouse.com.tw